2025

모두 풀어버리는

올풀

타임논술연구소

수원대
논술고사
기출문제 ➕ 실전모의고사

인문계열

수원대 논술고사

기출문제＋실전모의고사
[인문계열]

인쇄일 2024년 9월 1일 초판 1쇄 인쇄
발행일 2024년 9월 5일 초판 1쇄 발행
등 록 제17-269호
판 권 시스컴 2024

발행처 시스컴 출판사
발행인 송인식
지은이 타임논술연구소

ISBN 979-11-6941-400-5 13800
정 가 15,000원

주소 서울시 금천구 가산디지털1로 225, 514호(가산포휴) | **홈페이지** www.siscom.co.kr
E-mail siscombooks@naver.com | **전화** 02)866-9311 | Fax 02)866-9312

머리말

그동안 내신 모의고사 3등급 이하의 학생들이 대학에 입학하기 위한 도구로써 활용했던 대입적성검사가 폐지되고 가칭 약술형 논술고사가 새로운 대안으로 떠올랐다. 약술형 논술고사는 400~1,000자의 서술을 요구하는 상위권 대학의 작문형 논술고사가 아니라, 한두 어절이나 30~40자 이내의 한 문장 또는 빈칸 채우기 등의 단답형 논술고사이다.

약술형 논술고사는 학생들의 시험 준비부담을 덜기 위해 고교 교과과정 내에서 또는 EBS 수능연계 교재를 중심으로 출제되므로, 학생들은 별도의 사교육 부담 없이 학교 수업과 정기고사의 단답형 주관식 시험을 충실하게 준비하고, 아울러 EBS 연계 교재를 꼼꼼히 학습한다면 좋은 성과를 얻을 수 있다.

본 도서는 약술형 논술고사를 통해 대학 입학의 관문을 두드리는 학생들에게 각 대학에서 시행하는 약술형 논술고사의 출제경향과 문제흐름을 익힐 수 있도록 다음과 같은 특징들을 갖고 출간되었다.

실제 시험 유형을 대비한 3개년 기출문제

각 대학에서 시행한 최신 3개년 기출문제를 수록하여 학생들이 각 대학들의 논술시험 특징을 파악하고 엉뚱한 시험 범위와 잘못된 공부 방법으로 시간을 낭비하지 않도록 유도하였다.

기출유형과 100% 똑 닮은 실전모의고사

각 대학별 약술형 논술 유형을 철저히 분석하여 실제 시험과 문제 스타일이나 출제방식이 똑 닮은 싱크로율 100%의 실전문제 총 5회분을 수록하였다.

직관적인 문항 정보 파악을 위한 정답 및 해설

모범답안, 바른해설, 채점기준에서부터 예상 소요 시간과 배점에 이르기까지 수록된 문제에 대한 직관적인 문항 정보를 파악할 수 있도록 하였다.

부디 이 책이 학생들의 대학 진학에 조금이나마 도움이 되길 바라며, 아울러 수험생들의 충실한 길잡이가 되기를 기원한다.

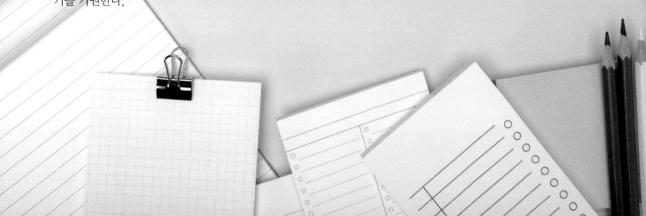

● ● 2025학년도 약술형 논술대학

※ 전형일정 및 입시요강 등은 학교 측의 입장에 따라 변경 가능하므로, 추후 공지되는 변경사항을 각 대학교 홈페이지에서 반드시 확인하시기 바랍니다.

[전형기초]

대학	계열	선발인원	전형방법	문항수 국어	문항수 수학	문항수 합계	독서	문학	화작	문법	기타	수학 I	수학 II	고사시간	수능최저
가천대	인문	286	논술 100%	9	6	15	○	○	○	○	국어	○	○	80분	○
	자연	686		6	9										
고려대 (세종)	자연	193	논술 100%		±6	6	X	X	X	X		○	○	90분	○
삼육대	인문	40	논술 70% 교과 30%	9	6	15	○	○	○	○		○	○	80분	○
	자연	87		6	9										
상명대	인문	54	논술 90% 교과10%	8	2	10	○	○	○	○	국어	○	○	60분	X
	자연	47		2	8										
서경대	공통	216	논술 90% 교과 10%	4	4	8	○	○	X	X		○	○	60분	X
수원대	인문	135	논술 60% 교과 40%	10	5	15	○	○	X	X		○	○	80분	X
	자연	320		5	10										
신한대	인문	75	논술 90% 교과 10%	9	6	15	○	○	X	X		○	○	80분	○
	자연	49		6	9										
을지대	공통	219	논술 70% 교과 30%	7	7	14	○	○	X	○		○	○	70분	X
한국공학대	공통	290	논술 80% 교과 20%		9	9	X	X	X	X		○	○	80분	X
한국기술교대	인문	26	논술 100%	±12		12	X	X	X	X	국어 사회	○	○	80분	X
	자연	144			±10	10									
한국외대 (글로벌)	자연	66	논술 100%		7	7	X	X	X	X		○	○	90분	○
한신대	인문	108	논술 60% 교과 40%	9	6	15	○	○	X	X		○	○	80분	X
	자연	157		6	9										
홍익대 (세종)	자연	122	논술 90% 교과 10%		7	7	X	X	X	X		○	○	70분	○

● ● 2025학년도 수원대 논술전형

[전형일정]

구분		일시	비고
원서접수		2024. 9. 9(월) ~ 13(금) 18:00	
시험일	자연계열 지원자 [혁신공과대학/지능형SW융합대학/라이프케어사이언스대학 (스포츠과학부 제외)]	2024. 11. 16(토)	시험시간 30분전 입실완료
	인문계열 지원자 [인문사회융합대학/경영공학대학/디지털콘텐츠]	2024. 11. 17(일)	
합격자 발표		2024. 12. 13(금) 17:00 이전	본교 입학홈페이지 공고

[특징]

수원대학교 교과논술고사는 별도의 사교육 없이도 충분히 도전할 수 있는 문제로 구성되어 평소 고등학교 교육과정과 대학수학능력시험을 충실하게 준비하는 학생이라면 부담 없이 준비할 수 있는 전형입니다. 수원대학교 교과논술고사 전형은 고교 교육과정 개념에 대한 이해를 바탕으로 한 교과 서술형 논술로 출제된다는 점에서 기존 논술고사에 어려움을 느끼는 수험생에게 차별성 있는 지원의 기회로 다가가게 될 것입니다.

- **약술형 논술** : 묻는 바에 대해서 주어진 요건에 맞게 두세 개의 핵심어로 이루어진 문장이나 수식으로 간략하게 서술하는 논술임.
- **쉬운 논술** : 학교 수업을 충실히 이수한 중위권 학생이라면 누구나 쉽게 도전할 수 있도록 전후 맥락과 주장의 독창성 보다는 핵심적인 개념을 명확하게 이해하고 있는지를 중요하게 평가하는 논술임.

[출제범위]

고교교육과정 범위에서 EBS 수능 연계 교재를 중심으로 고등학교 정기고사 서술·논술형 문항 난이도로 출제

[지원자격]

고등학교 졸업(예정)자 또는 고등학교 졸업학력 검정고시 합격자

2025학년도 약술형 논술고사

[평가방법]

계열	문항수		배점	총점	고사시간	답안지 형식
	국어	수학				
인문	10	5	각 문항 10점	150점 + 450점(기본점수)	80분	노트 형식의 답안지 작성
자연	5	10				

※ 대소문항 구분 없음 / 문항별 부분점수 있음
※ 디지털콘텐츠 전공은 인문계열 평가방법을 따름

[세부 출제범위 및 평가기준]

구분	출제범위	평가기준
국어	문학	• 제시문의 핵심 내용을 정확하게 이해한 표현
	독서	• 문항에서 요구하는 조건에 충실한 서술
수학	수학 I	• 문제에 필요한 개념과 원리에 대한 정확한 서술
	수학 II	• 정확한 용어, 기호를 사용한 표현

[모집단위 및 모집인원]

계열	대학	모집단위	논술 교과논술 전형
인문	인문사회 융합대학	한국언어문화 영미언어문화 일본언어문화 중국언어문화 러시아언어문화 법학 행정학 미디어커뮤니케이션 디지털헤리티지 소방행정	75

계열	대학	모집단위		논술 교과논술 전형
인문	경영공학대학	경제학부	경제금융 국제개발협력	15
		경영학부	경영 회계 글로벌비즈니스	30
		호텔관광학부	호텔경영 외식경영 관광경영	15
자연	혁신 공과대학	바이오화학산업학부	바이오공학 및 마케팅 융합화학산업	15
		건설환경에너지공학부	건설환경공학 환경에너지공학	30
		건축도시부동산학부	건축학 도시부동산학	25
		산업 및 기계공학부	산업공학 기계공학	30
		반도체공학과		15
		전기전자공학부	전기공학 전자공학	30
		화학공학 · 신소재공학부	화학공학 신소재공학	30
	지능형SW 융합대학	데이터과학부		30
		컴퓨터학부	컴퓨터SW 미디어SW	30
		정보통신학부	정보통신 정보보호	30
	라이프케어 사이언스대학	간호학과		20
		아동가족복지학과		10
		의류학과		5
		식품영양학과		10
예체능	문화예술융합 대학	아트앤엔터테인먼트학부	디지털콘텐츠	10
합계				455

2025학년도 약술형 논술고사

[제출서류]

구분	제출서류	비고
고교 졸업(예정)자	학교생활기록부	온라인 제공 동의자 제외
검정고시 출신자	검정고시 성적증명서	
비교내신 대상자	졸업증명서 또는 검정고시 합격증명서	2024. 9. 20(금)까지 제출

[전형방법]

구분	선발방법	학생부	논술	총점	수능최저기준
논술위주(논술)	논술고사	일괄합산	40(40)%	60(60)%	1,000	없음

[학생부 반영방법]

• 인문계열 : 국어, 수학, 영어, 사회 교과 내 학생이 이수한 과목 중 각 교과별 상위등급 5과목만 반영
• 자연계열 : 국어, 수학, 영어, 과학 교과 내 학생이 이수한 과목 중 각 교과별 상위등급 5과목만 반영
• 졸업자, 졸업예정자 모두 3학년 1학기까지의 성적 반영
• 반영과목이 5과목 미만일 경우에는 이수한 교과목만 반영

[등급점수표] – 2017년 2월 이후 졸업(예정)자

석차등급	1	2	3	4	5	6	7	8	9	비고
배점	100	98.75	97.50	96.25	95.00	93.75	82.50	78.75	75	최고 400 최저 300
점수차	–	1.25	1.25	1.25	1.25	1.25	11.25	3.75	3.75	

※ 성적산출 방식은 학교생활기록부 반영방법(공통) 참조

[등급점수표] – 검정고시 합격자 및 2016년 이전 졸업자

논술고사 성적	600	599 ~584	583 ~568	567 ~552	551 ~536	535 ~505	504 ~479	478 ~451	450 ~0	비고
배점	100	98.75	97.50	96.25	95.00	93.75	82.50	78.75	75	최고 400 최저 300
점수차	–	1.25	1.25	1.25	1.25	1.25	11.25	3.75	3.75	

[논술고사성적 반영방법]

구분		내역
평가영역		국어능력 + 수학능력
고사시간		80분
문항수	인문계열	국어 10문항 + 수학 5문항 = 15문항
	자연계열	국어 5문항 + 수학 10문항 = 15문항
배점기준	인문계열	[(10문항 × 10점) + (5문항 × 10점)] + 450점 기본점수 = 600점
	자연계열	[(5문항 × 10점) + (10문항 × 10점)] + 450점 기본점수 = 600점

[유의사항]

1. 수험생은 신분증(주민등록증, 운전면허증, 여권, 청소년증 또는 학생증(사진, 생년월일 필수)) 및 수험표를 반드시 지참해야 함.
2. 필기도구: 답안작성을 위한 흑색필기구를 준비하며, 답안수정이 불가하므로 화이트나 수정테이프 등은 지참하지 않도록 함.
3. 수험생은 휴대폰이나 기타 전자기기 등을 휴대해서는 안 됨(※ 휴대폰 전원은 반드시 OFF).
4. 논술고사 일시 및 장소는 본교 입학홈페이지를 통하여 공고하며, 예비소집은 따로 실시하지 않음.

[동점자 처리기준]

구분	전형유형	계열	비고		
논술위주	교과논술전형	인문계열 (디지털콘텐츠 포함)	① 논술고사성적(총점) ② 논술고사성적(국어영역)	③ 논술고사성적(수학영역) ④ 학교생활기록부성적(국어)	
		자연계열	① 논술고사성적(총점) ② 논술고사성적(수학영역)	③ 논술고사성적(국어영역) ④ 학교생활기록부성적(수학)	

※ 단계별 전형의 경우, 1단계 동점자는 모두 합격으로 처리함.
※ 비교내신 성적 적용자의 동점자처리 시 학교생활기록부 성적 반영은 비교내신 성적 반영 방법에 준하여 처리함.

[신입생 장학안내]

장학금 명칭		선발대상	지급내역
수시우수 장학금	논술최우수	수시 교과논술전형 최종합격자 중 모집단위별 전형 총점 최상위자	등록금전액(1학기)
	논술우수	수시 교과논술전형 최종합격자 중 모집단위별 전형 총점 차상위자	등록금의 50%(1학기)

[원서접수 방법]

1. 원서접수는 인터넷으로 하며, 방문접수는 실시하지 않는다.
2. 본교는 인문계열, 자연계열 구분 없이 교차지원이 가능하다.
3. 원서접수 시 유의사항을 반드시 확인하고 안내문의 지시에 따라 작성한다.
4. 본교는 전형유형별 복수(중복)지원이 가능하다. 단, 전형유형별로 1개의 모집단위만 지원할 수 있으며 중복 합격 시 반드시 1개 전형만 등록해야 한다(예체능 포함).
5. 원서접수시 반명함판(3×4cm) 사진을 입학원서 사진란에 업로드해야 하므로 사전에 사진파일을 저장(보관)하고 있어야 한다.
6. 본교에 2025학년도 수시모집 원서접수를 하는 것으로써 본교가 지원자의 학교생활기록부 및 검정고시(온라인제공 사전 동의자에 한함) 자료를 온라인으로 제공받는 것에 동의하는 것으로 본다.
7. 비동의자 및 비대상교 출신자는 출신고교의 학교장 직인 및 간인이 날인된 학교생활기록부 사본을 서류 제출 마감일까지 등기우편(우편물 도착 기준) 또는 직접 방문하여 제출해야 한다.
8. 원서접수는 전형료 결제 후 수험번호가 부여되어야 완료된 것이며, 수험표를 출력하여 접수 여부를 재확인한다.
9. 원서접수가 완료된 후에는 수시모집 6회 초과지원이 아닌 이상 지원취소, 전형관련 서류반환은 불가하며 전형료도 환불하지 않는다.
10. 서류 위·변조, 허위기재 등 부정한 방법으로 합격(입학)한 사실이 확인될 경우 입학한 후에도 합격(입학)이 취소되며, 합격 또는 입학이 취소된 경우 납부한 등록금은 일절 반환하지 않는다(관련 서류 반환은 불가하며 전형료도 환불하지 않음).
11. 본교 원서접수 시 수집한 지원자의 개인정보를 본교에서 입학전형을 위한 자료로 활용하며, 본교 입학 이후에는 교육, 연구, 행정, 대학생활 및 정보 안내의 목적으로 활용·제공하는 것에 동의한 것으로 본다.
12. 성명, 주민등록번호 등은 반드시 주민등록상의 내용과 같아야 하며, 성명, 주민등록번호, 주소, 전화번호 등이 변경되었을 경우 즉시 입학처에 통보한다.
13. 장애학생은 원서 접수 후 고사 참여에 도움이 필요한 경우 사전에 입학처로 장애정도를 통보하여야 한다(전형방법과 평가기준을 변경할 수 없으나 학생선발과 관련하여 장애로 인한 불이익은 없음).
14. 수험표 분실 시에는 원서접수 대행업체 사이트에서 재출력한다.

2025 올풀 수원대 논술고사를 효율적으로 학습하기 위한

•• Study plan

영 역			날 짜	시 간
PART 1 기출문제	2024학년도	기출문제		
		모의고사		
	2023학년도	기출문제		
		모의고사		
	2022학년도	기출문제		
		모의고사		
PART 2 실전모의고사	제 1 회	국어		
		수학		
	제 2 회	국어		
		수학		
	제 3 회	국어		
		수학		
	제 4 회	국어		
		수학		
	제 5 회	국어		
		수학		

●● 구성과 특징

기출문제
실제 시험 유형을 대비한 3개년 기출문제

각 대학에서 시행한 모의 또는 기출문제를 수록하여 학생들이 각 대학들의 논술시험 특징을 파악하고 엉뚱한 시험범위와 잘못된 공부 방법으로 시간을 낭비하지 않도록 유도하였다.

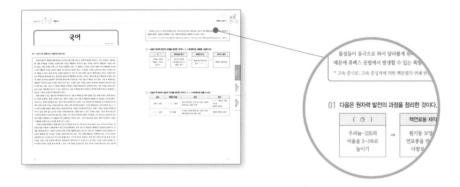

실전모의고사
기출유형과 100% 똑 닮은 실전문제

각 대학별 약술형 논술 유형을 철저히 분석하여 실제 시험과 문제 스타일이나 출제방식이 똑 닮은 싱크로율 100%의 실전문제 총5회분을 수록하였다.

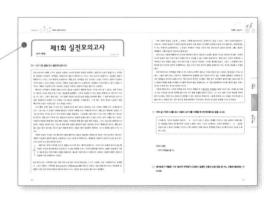

정답 및 해설

직관적인 문항 정보 파악을 위한 정답 및 해설

모범답안, 바른해설, 채점기준에서부터 예상 소요 시간과 배점에 이르기까지 수록된 문제에 대한 직관적인 문항 정보를 파악할 수 있도록 하였다.

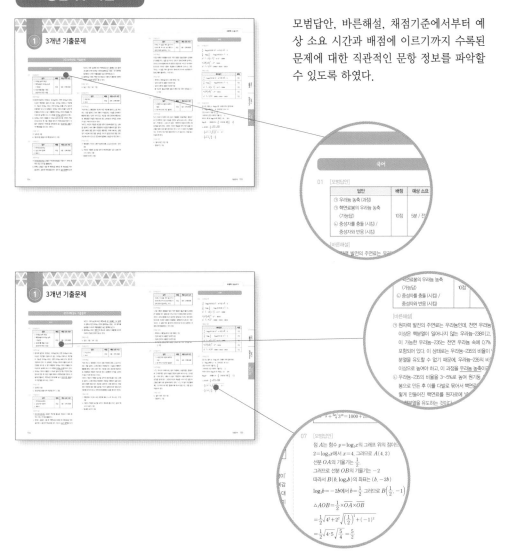

국어

01 [모범답안]

답안	배점	예상 소요
㉮ 우라늄 농축 (과정)		
㉯ 핵연료봉의 우라늄 농축 〈가능답〉	10점	5분 / 전
㉰ 중성자를 충돌 (시킴) / 중성자와 반응 (시킴)		

[바른해설]

[모범답안]

	배점	
핵연료봉의 우라늄 농축 〈가능답〉	10점	
㉰ 중성자를 충돌 (시킴) / 중성자와 반응 (시킴)		

[바른해설]
㉮ 원자력 발전의 주연료는 우라늄인데, 천연 우라늄 이상은 핵분열이 일어나지 않는 우라늄-238이고, 이 가능한 우라늄-235는 천연 우라늄 속에 0.7% 포함되어 있다. 이 상태로는 우라늄-235의 비율이 낮아 분열을 유도할 수 없기 때문에 우라늄-235의 비율 이상으로 높여야 하고, 이 과정을 우라늄 농축이라 한다. ㉯ 우라늄-235의 비율을 3~5%로 높여 원기둥 봉으로 만든 후 이를 다발로 묶어서 핵연료 렇게 만들어진 핵연료를 원자로에 넣 핵분열을 유도하는 것이다.

07 [모범답안]

점 A는 함수 $y = \log_2 x$의 그래프 위의 점이므로

$2 = \log_2 x$에서 $x = 4$. 그러므로 $A(4, 2)$

선분 OA의 기울기는 $\dfrac{1}{2}$.

그러므로 선분 OB의 기울기는 -2

따라서 $B(b, \log_2 b)$의 좌표는 $(b, -2b)$

$\log_2 b = -2b$에서 $b = \dfrac{1}{2}$. 그러므로 $B\left(\dfrac{1}{2}, -1\right)$

$\triangle AOB = \dfrac{1}{2} \times \overline{OA} \times \overline{OB}$

$= \dfrac{1}{2}\sqrt{4^2 + 2^2}\sqrt{\left(\dfrac{1}{2}\right)^2 + (-1)^2}$

$= \dfrac{1}{2}\sqrt{4 \cdot 5}\sqrt{\dfrac{5}{4}} = \dfrac{5}{2}$

합격을
기원합니다

[3개년 기출문제]

			문제	해설
PART 1 기출문제	2024학년도	기출문제	20	154
		모의고사	32	159
	2023학년도	기출문제	40	162
		모의고사	52	166
	2022학년도	기출문제	60	168
		모의고사	72	173

CONTENTS

수원대 논술고사 기출문제 + 실전모의고사[인문계열]

시스컴은
여러분을
응원합니다

PART

기출문제

2024학년도
수원대
논술 기출문제

국어
수학

국어

▶ 해답 p.154

[01~02] 다음 글을 읽고 물음에 답하시오.

원자력 발전은 핵분열 연쇄 반응을 유도하여 에너지를 얻는다. 원자력 발전의 연료로는 주로 우라늄이 사용되는데, 천연 우라늄을 구성하는 물질의 99% 이상은 핵분열이 일어나지 않는 우라늄-238이고 핵분열이 가능한 우라늄-235는 천연 우라늄 속에 0.7% 정도만 포함되어 있다. 이 상태로는 우라늄-235의 비율이 낮아 핵분열을 유도할 수 없기 때문에 우라늄-235의 비율을 3% 이상으로 높여야 하고, 이 과정을 우라늄 농축이라고 한다. 우라늄-235의 비율을 3~5%로 높여 원기둥 모양의 연료봉으로 만든 후 이를 다발로 묶어서 핵연료봉을 만든다. 이렇게 만들어진 핵연료를 원자로에 넣고 중성자를 충돌시켜 핵분열을 유도하는 것이다. 원자로에 넣은 핵연료의 우라늄-235의 비율이 낮아져서 반응력이 떨어지면 원자로에서 꺼내는데, 이를 사용 후 핵연료 라고 한다. 사용 후 핵연료에는 핵분열이 일어나지 않은 우라늄-235가 남아 있고, 우라늄-238, 우라늄-238이 중성자와 반응하여 만들어진 물질인 플루토늄-239, 그리고 이 외에도 핵분열 과정에서 생성된 핵물질들이 포함되어 있다. 이중 우라늄-235와 플루토늄-239는 핵분열을 일으킬 수 있는 물질이므로 사용 후 핵연료에서 추출한 후 원자력 발전의 연료로 재사용할 수 있는데, 이 분리 공정을 핵 재처리라고 한다.

현재 사용하고 있는 대표적인 핵 재처리 방식으로 사용 후 핵연료를 액체 상태로 만든 뒤에 우라늄-235와 플루토늄-239를 추출하는 퓨렉스 공법이 있다. 퓨렉스 공법은 먼저 사용 후 핵연료를 해체한 후 연료봉을 작게 절단한다. 다음으로는 절단한 연료봉을 90℃ 정도의 질산 용액에 담가 녹인다. 이후 질산에 녹인 핵연료를 유기 용매인 TBP 용액과 접촉시키면 우라늄-235와 플루토늄-239는 TBP 용액에 달라붙고 나머지 핵물질들은 질산 용액에 남는다. 이후 산화 및 환원 반응을 통해 우라늄-235와 플루토늄-239를 상호분리하게 된다. 퓨렉스 공법은 공정을 반복할 때마다 더 많은 양과 높은 순도의 우라늄-235와 플루토늄-239를 얻을 수 있다. 우라늄-235는 기존의 원자로에 넣어서 원자력 발전이 가능하지만 플루토늄-239는 고속 증식로*에서만 사용이 가능한데, 고속 증식로는 안정성이 부족하여 폭발의 위험성이 크기 때문에 아직 실용화되지 못하고 있다. 그리고 플루토늄-239는 핵무기의 원료로 사용되기 때문에 국제적으로도 민감한 문제가 될 수 있다.

이러한 문제를 해결하기 위해 개발 중인 핵 재처리 방식으로 파이로프로세싱 공법이 있다. 파이로프로세싱은 핵분열 물질을 추출하기 위해 용액이 아닌 전기를 활용한다. 먼저 사용 후 핵연료를 해체하고 연료봉을 절단한 후, 절단한 연료봉을 600℃ 이상의 고온에서 산화 우라늄 형태의 분말로 만든다. 이를 전기 분해하여 산소를 없애면 금속 물질로 변환되는데, 여기에는 우라늄-235와 플루토늄-239, 기타 다양한 핵물질이 포함되어 있다. 이 금속 물질을 용융염에 넣고 온도를 500℃까지 올려 용해시킨다. 여기에 전극을 연결하고 일정 전압 이하의 전기를 흘려 주는데, 우라늄-235는 다른 물질에 비해 낮은 전압에서도 쉽게 음극으로 움직이므로 음극에는 우라늄-235만 달라붙는다. 여기에서 우라늄-235를 일부 회수할 수 있다. 이후 전압을 올리면 남아 있던 우라늄-235와 플루토늄-239, 다른 핵

물질들이 음극으로 와서 달라붙게 된다. 파이로프로세싱은 플루토늄−239가 다른 핵물질들과 섞인 채로 추출되기 때문에 퓨렉스 공법에서 발생할 수 있는 폭발의 위험성을 상대적으로 줄일 수 있다.

* 고속 증식로: 고속 중성자에 의한 핵분열의 연쇄 반응을 이용하여, 소비한 연료 이상의 핵분열 물질과 에너지를 만드는 원자로.

01 다음은 원자력 발전의 과정을 정리한 것이다. ㉠, ㉡에 들어갈 내용을 기술하시오.

(㉠)	핵연료봉 제작	핵분열 유도	에너지 생성
우라늄−235의 비율을 3~5%로 높이기	원기둥 모양의 연료봉을 만든 후 다발로 묶기	핵연료를 원자로에 넣고 (㉡)	핵분열 연쇄 반응

⇒ 사이 화살표: (㉠) ⇒ 핵연료봉 제작 ⇒ 핵분열 유도 ⇒ 에너지 생성

02 다음은 핵 재처리 공법의 차이를 정리한 것이다. ㉠ ~ ㉢에 들어갈 말을 쓰시오.

공법	핵물질 추출	결과	특성
퓨렉스 공법	(㉡) 활용	많은 양과 높은 순도의 우라늄−235와 플루토늄−239을 추출	− (㉢) 원료로 사용 가능성 − 폭발의 위험성
(㉠) 공법	전기 활용	우라늄−235과 플루토늄−239가 다른 핵물질들과 섞인 채로 추출	폭발의 위험성 줄임

[03] 다음 글을 읽고 물음에 답하시오.

행정청이 상대방에게 법을 집행하는 것을 처분이라 하고 처분은 법적 효과에 따라 두 가지로 구분한다. 세금 부과처럼 처분의 상대방이 가진 이익을 침해하는 것은 침익적 처분이라 한다. 반면에 영업 허가처럼 처분의 상대방에게 이익을 부여하거나, 처벌 기간을 줄여서 처분의 상대방이 입을 불이익을 줄여 주는 것을 수익적 처분이라 한다. 그런데 처분이 어떤 사유로 인하여 무효이거나, 취소 또는 철회가 된다면 처분의 효력은 소멸된다.

처분이 적합한 요건을 갖추지 못하여 흠이 있는 상태를 하자라고 하며, 하자의 판단은 처분을 내린 시점을 기준으로 이루어진다. 그래서 처분을 내린 뒤에 근거가 되는 법령의 내용이 바뀌었더라도 처분 당시의 법령을 따랐다면 그 처분은 적법하다. 무효란 처분 당시에 중대한 하자가 있어서 그 처분은 처음부터 효력이 없는 것을 말한다. 가령 처분 당시 근거가 되는 법률이 위헌이었거나, 권한이 없는 행정청이 처분을 했거나, 행정청의 서명 날인이 없는 경우, 처분의 상대방이 사망을 한 경우 행정법에서는 이들을 중대한 하자로 본다.

반면에 행정청의 착오로 세금의 액수를 법령의 내용과 다르게 거둔 경우나, 행정청이 영업 정지 처분을 하기 전에 처분의 상대방으로 하여금 반박할 수 있는 기회를 주는 청문 절차를 거치지 않은 경우 등을 행정법에서는 중대한 하자까지는 아니라고 보고 취소의 사유로 정해 놓았다. 이러한 처분은 분명 하자는 있지만 일단 처분을 내린 시점부터 처분의 효력은 발생한다. 그리고 나중에 하자를 이유로 행정청이나 법원이 처분을 취소해야 처분의 효력은 소멸된다.

행정청이 자신이 내린 처분에 대해 스스로 취소하는 것을 직권 취소라 한다. 침익적 처분에 대한 직권 취소는 처분의 상대방에 대한 권리를 보호하는 것이므로 별도의 법적인 근거가 없더라도 가능하며, 취소하면 그 처분은 처음부터 없었던 것처럼 된다. 다만 수익적 처분을 취소한다는 것은 처분의 상대방에게 손해를 입히는 것이므로 '상당성의 원칙'에 따른다. 즉 적법한 행정으로 얻는 공익과 취소에 의해 상대방이 입게 될 손해를 비교하여, 공익이 더 크다면 취소할 수 있다. 그리고 이 경우는 취소가 결정된 이후부터 효력이 소멸된다. 단 처분의 상대방이 사실을 은폐했기 때문에 행정 기관이 하자 있는 처분을 내린 경우라면, 상대방은 위법한 처분이 취소될 수 있음을 알고 있었을 것이므로 행정청은 이러한 위법한 처분으로 얻는 상대방의 이익을 고려하지 않고 직권 취소할 수 있다.

직권 취소가 이루어지지 않으면, 처분의 상대방은 법원을 통한 재판으로 자신의 이익이 침해당한 것을 구제받아야 하는데 이를 쟁송 취소라 한다. 쟁송 취소는 처분의 상대방이 잃은 권리를 회복시키는 것이 목적이므로 원고가 승소하면 법원에 의해 그 처분은 취소되어 처음부터 없었던 것처럼 된다. 그래서 쟁송 취소의 대부분은 침익적 처분의 효력을 소멸시킬 목적으로 이루어진다.

철회란 처분 당시에는 적법했지만 이후 발생한 새로운 사정에 의해서 집행했던 행정청이 그 처분을 소멸시키는 행위이다. 철회가 결정되면 결정된 이후부터 효력이 소멸된다. 이때 침익적 처분의 철회는 쉽게 가능하지만, 수익적 처분의 철회는 상당성의 원칙에 따른다.

하자가 있는 처분일지라도 적법한 처분인 것으로 만들 수 있다. 사후 보완을 통해 처분의 취소 사유를 없애는 것을 하자의 치유라 한다. 하자가 치유되면 그 처분은 처음부터 적법했던 것으로 다루어진다. 무효인 처분은 치유될 수 없으며, 사후 보완의 기한은 쟁송 취소를 제기하기 전까지이다. 한편 무효인 처분을 적법한 다른 처분으로 변경시키는 것을 하자의 전환이라 한다. 가령 사망한 자에 대한 영업 허가 처분은 무효이지만 이를 가족 중 다른 사람이 영업할 수 있게 처분의 상대방을 변경하는 경우가 이에 해당한다.

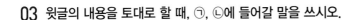

03 윗글의 내용을 토대로 할 때, ㉠, ㉡에 들어갈 말을 쓰시오.

> [사례 1] 자영업자 A는 자신의 소득을 속이고 보조금을 받았다. A가 사실을 은폐했기 때문에 행정청이 잘못된 처분을 내린 것이다. 행정청은 해당 처분으로 얻은 상대방의 이익을 고려하지 않고 (㉠)을/를 할 수 있다.

> [사례 2] 행정청은 식당의 환기 시설을 보완하라는 처분을 이행하지 않은 음식점주 B에게 영업 정지 처분을 내렸다. 이에 대해 B는 영업 정지 처분에 대한 청문 절차를 거치지 않았으므로 영업 정지 처분에 (㉡) 이/가 있다고 판단하여 법원에 소송을 제기하였다.

PART 1
기출문제

PART 2
실전모의고사

PART 3
정답 및 해설

[04~05] 다음 글을 읽고 물음에 답하시오.

> "아무것도 안 보이는데, 길을 지키려구 초소를 지었을 리는 없구."
> 역시 문 상병은 고개를 흔들었다.
> "그러고 보니까, R의 임무는 뭐야? 도대체 모두 철수해 버린 보급 대대 앞 노상을 지킬 무슨 이점이라두 있니?"
> "탑이 있거든."
> "탑이라니…….."
> "그전엔 여기 사원(寺院)이 있었어. 무너진 사원을 불도저루 밀어낼 때 주민들의 반대루 탑만 남겨 놓았거든. 월남인들의 감정에 큰 영향을 준다는 이유로 부대 진주 초기부터 지켜 왔던 거야. 우리는 저 탑을 적이 옮겨가지 못하도록 무사히 보존했다가 정부군에게 물려주는 거지. 저 따위를 지켜야 된다구 생각해 낸 자들은 바보야. 전략적 가치와 정치적 가치가 어떻다느니 하지만, 이놈의 전쟁은 시작부터가 전략적이라 그 말이지."
> 장난감과 같은 작은 탑을 지켜야 하는 일이란 걸 알았을 때, 나는 지프에 실려 이곳으로 오면서 느꼈던 공포감마저도 억울하다는 생각이 들었다. 실로, 그것은 탑이라는 거창한 말을 붙이기엔 너무나도 초라한 물건이었다. 초소와 숲 사이의 마당에 사람 두 키 정도의 높이로 세워져 있는 보잘것없는 돌덩이에 지나지 않았다.
> 돌은 조잡한 솜씨로 여섯 모 비슷하게 다듬어졌고, 중간중간에 희미하게 지워진 문자가 새겨져 있었다. 그러나 자세히 윗부분을 관찰하면서 나는 차츰 그렇게까지 초라한 것은 아님을 깨닫게 되었다. 탑의 위층부터 춤추는 듯한 사람들의 옷자락에 둘러싸인 부처의 좌상이 부조(浮彫)되어 있었는데, 그 꼭대기 부분만은 진짜인 듯했고, 나머지 부분은 나중에 보수한 것 같았다. 부녀들의 옷자락과 긴 띠와 손가락들의 윤곽은 아주 섬세했으며, 부처님의 거의 희미해진 조상은 그래서 더욱 신비로워 보였다. 짐작건대는 이것이 지방민의 사랑과 애착의 대상이리라는 것이었다.

[중략 줄거리] '나'는 비롯한 적군의 공격을 막아내고 많은 희생을 감수하며 탑을 지킨다. 그러던 어느 날 미군이 도착하여 불도저로 탑을 밀어 버리려 한다.

불도저는 드디어 초소 뒤의 빈터를 향하여 굴러왔다. 우리는 담배를 내던지고 벌떡 일어섰다. 선임 조장이 불도저 앞으로 달려갔다. 그는 자동소총을 운전사에게로 겨누었다.

"꺼져 이 새끼."

"갈겨 버려."

미군 중사는 발동을 끄고 어처구니없다는 듯이 우리를 두리번거리고 나서 두 손을 벌리며 어깨를 으쓱했다. 내가 어리둥절해 있는 장교에게 다가가서 말을 걸었다.

"뭐 하는 겁니까?"

장교가 얼굴이 새빨개져서 말했다.

"바나나숲을 밀어내야겠어. 캠프와 토치카를 지을 걸세. 저 해병이 막는 이유가 뭔지 모르겠네."

"우리는 ㉮ 작전 명령 에 따라서 저 탑을 지켰습니다."

나는 초라하게 서 있는 작은 석탑을 가리켰다. 중위가 고개를 저었다.

"탑이라구? 나는 저런 물건에 관해서 명령받은 일이 없는데."

"아직 통고되지 않았을 겁니다. 아군은 월남군에게 탑을 인계하기로 되어 있었습니다. 인민해방전선은 저것을 빼앗아 옮겨가기로 했습니다."

나는 얘기하고 싶지 않았으나, 불교와 주민들의 관계, 참모들의 심리적인 판단이며 마을에 관해서 설명하려고 애썼다. 그렇지만 말하고 나자마자 우리는 깨끗이 속아 왔다는 것을 알았다. 그게 누구의 것인가. 내 말이 다 끝나기 전에 불교라는 낱말이 나오자 이 단순한 서양친구는 으응, 하면서 고개를 끄덕였다. 중위가 말했다.

"그런 골치 아픈 것은 없애 버려야지. 미합중국 군대는 언제 어디서나 변화시키고 새롭게 할 수가 있네. 세계의 도처에서 말이지."

나는 우리가 탑과 맺게 된 더럽고 끈끈한 관계에 대해서 달리 설명할 방도가 없음을 깨달았다. 장교는 자기가 가장 실질적이며 합리적인 강대국 아메리카인의 전형임을 내세우고, 탑에 대한 견해도 그런 바탕에서 출발한 것이다. 한 무더기의 작은 돌덩어리가 무슨 피를 흘려 지킬 가치가 있었겠는가. 나는 안다. 우리가 싸워 지켜 낸 것은 겨우 우리들 자신의 개같은 목숨에 지나지 않는다는 것을. 그러나 나는 역겨움을 꾹 참고 말했다.

"중지시켜 주십시오."

중위는 내게 한쪽 눈을 찡긋 감아 보이면서 고개를 끄덕였다. 그는 기계 앞으로 걸어가서 중사에게 뭔가 일렀다. 배불뚝이 미군 중사는 불도저 위에서 뛰어내리며 투덜거렸다.

"노란 놈들은 이해할 수 없단 말야."

중위가 비워 둔 2.5톤을 가리키며 여단본부까지 태워다 주겠다고 말했다. 우리는 전사자의 시체와 장비를 싣고 R를 떠났다. 차가 바나나숲을 채 돌아가지 못해서, 나는 불도저의 굵직하게 가동하는 엔진 소리를 들었다. 불도저는 빈터의 가운데로 돌격했고, 떠받친 탑이 기우뚱했다가 무너져 자취를 감추었다. 탑의 그림자마저 짓이겨졌을 것이다. 달리는 트럭이 일으켜 놓는 먼지가 시야를 차단했다.

– 황석영, 「탑」

04 ㉮ 작전 명령 의 구체적인 내용을 윗글에서 찾아 쓰시오.

〈유의 사항〉

– 하나의 완전한 문장으로 쓸 것.

05 다음은 '탑'에 대한 주인공 '나'의 인식의 변화 과정을 그리고 있다. ㉠, ㉡에 들어갈 말을 찾아 쓰시오.

> '나'는 '처음에는 보잘것없는 돌덩이'로 인식했지만, 탑을 직접 보고 나서는 (㉠   )임을 알게 되었다. 하지만 자신이 목숨을 바쳐 지킨 탑이 미군들에게는 (㉡   )에 지나지 않는다는 것을 알고 좌절하게 된다.

PART 1 기출문제

PART 2 실전모의고사

PART 3 정답 및 해설

수학

▶ 해답 p.155

06 실수 a와 b가 $a\log_3 8 = b\log_3 \dfrac{1}{5} = 1$을 만족시킬 때, $3^{\frac{1}{a} - \frac{3}{b}} + {}^{3a}\sqrt{3^{10}}$의 값을 구하는 과정을 논술하시오.

07 함수 $y = \log_2 x$의 그래프 위의 두 점 A와 B, 그리고 원점 O를 꼭짓점으로 하는 삼각형 AOB의 $\angle AOB$가 직각이고 점 A의 y좌표가 2일 때, 직각삼각형 AOB의 넓이를 구하는 과정을 논술하시오.

08 방정식

$$\frac{\sqrt{2}}{2}\cos\left(\frac{\pi}{2}+x\right)+\cos^2 x-2\cos\left(\frac{\pi}{2}-x\right)$$
$$=1+\sqrt{2}$$의 모든 해 x를 구하는 과정을 논술하시오. (단, $0 \leq x \leq 2\pi$)

09 등차수열 $\{a_n\}$의 첫째항부터 제n항까지의 합을 S_n이라 하자. $a_3=14$, $S_5=S_7$일 때, S_n의 최댓값을 구하는 과정을 논술하시오.

10 다항함수 $f(x)$가 두 조건

$$\lim_{x \to \infty} \frac{f(x) - x^2}{x - 1} = 2, \quad \lim_{x \to 1} \frac{f(x) - 2}{x - 1} = a$$

를 만족시킬 때, 상수 a의 값을 구하는 과정을 논술하시오.

11 다항함수 $y = f(x)$의 $x = 1$에서의 접선의 방정식이 $y = 3x - 1$일 때, 함수 $y = \{f(x)\}^2 - 2f(x)$의 $x = 1$에서의 접선의 방정식을 구하는 과정을 논술하시오.

12 그림과 같이 반지름의 길이가 3인 구에 내접하는 원뿔 중에 그 부피가 최대가 되도록 하는 원뿔의 높이를 구하는 과정을 논술하시오.

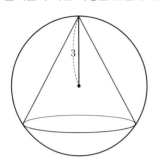

13 다항함수 $f(x)$가 다음 두 조건을 만족시킨다.

> **(가)** 곡선 $y=f(x)$ 위의 임의의 점 $(x, f(x))$ 에서의 접선의 기울기가 x^2-kx이다.
>
> **(나)** 함수 $f(x)$의 극댓값과 극솟값의 차이가 $\dfrac{4}{3}$ 이다.

이때 $\displaystyle\int_{-k}^{k} (x^2-kx)\,dx$를 구하는 과정을 논술하시오. (단, k는 양의 상수)

14 다항함수 $f(x)$가 모든 실수 x에 대하여
$$(x^2+1)f(x)=(x^2+1)^2+2\int_0^x tf(t)dt$$
를 만족시킬 때, $f(x)$를 구하는 과정을 논술하시오.

15 자연수 $n=2,\ 3,\ 4,\ \cdots$에 대하여 두 곡선 $y=x-x^2$과 $y=\dfrac{x}{n}-\left(\dfrac{x}{n}\right)^2$으로 둘러싸인 부분의 넓이를 S_n이라 할 때, $S_n=\dfrac{5}{54}$인 자연수 n의 값을 구하는 과정을 논술하시오.

2024학년도 모의고사

국어

▶ 해답 p.159

[01~02] 다음 글을 읽고 물음에 답하시오.

우리가 일상생활에서 흔히 사용하는 저울은 어떠한 원리로 작동하여 물체의 무게를 측정하는 것일까? 양팔저울과 대저울은 지레의 원리를 응용한다. 양팔저울은 지렛대의 중앙을 받침점으로 하고 양쪽의 똑같은 위치에 접시를 매달거나 올려놓은 것이다. 한쪽 접시에는 측정하고자 하는 물체를, 다른 한쪽에는 추를 올려놓아 지렛대가 수평을 이루었을 때의 추의 부재가 바로 물체의 무게가 되는 것이다. 그러나 양팔저울은 지나치게 무겁거나 부피가 큰 물체의 무게를 측정하기에는 한계가 있었다. 이런 점을 보완한 저울이 바로 대저울이다. 대저울은 받침점에 가까운 곳에 측정하고자 하는 물체를 걸고 반대쪽에는 작은 추를 걸어 움직여서 지렛대가 평형을 이루는 지점을 찾는 방법으로 물체의 무게를 측정한다. '물체의 무게×받침점과 물체 사이의 거리=추의 무게×받침점과 추 사이의 거리'이므로 받침점으로부터 평형을 이루는 지점을 알면 지레의 원리를 이용하여 물체의 무게를 간단히 계산할 수 있다.

전자저울은 스트레인을 감지하는 장치인 스트레인 게이지가 부착된 무게 측정 소자를 작동 원리로 한다. 무게 측정 소자는 금속 탄성체로 되어 있는데, 전자저울에 물체를 올려놓으면 이 금속 탄성체에는 스트레스에 따라 스트레인이 발생한다. 여기서 스트레스란 단위 면적에 작용하는 힘을 가리키는 것으로 압력과 동일하며, 스트레인이란 스트레스에 의한 길이의 변화량을 가리키는 것으로 길이의 변화량을 변화가 일어나기 전의 길이로 나눈 값이다. 스트레스에 따라 금속 탄성체에는 인장 변형이 일어나고 스트레인 게이지에서는 스트레인에 따른 저항 변화가 일어난다. 스트레인은 스트레스의 크기에 비례하고 전기 저항은 그 스트레인에 비례하기 때문이다. 통상적으로 스트레인 게이지에서의 저항 변화는 매우 작기 때문에 증폭 회로를 통해 약 100~200배를 증폭시키고 전기 신호로 전환한 다음, 디지털 신호로 바꾸면 전자저울의 지시계에 물체의 무게가 나타나게 된다. 전자저울에서 금속 탄성체는 가해진 스트레스에 대해 일정한 스트레인을 발생시켜야 하는 매우 중요한 부품으로, 시간에 따라 특성이 변하지 않아야 하고 탄성의 한계점이 높아야 한다. 전자저울에 너무 스트레스가 가해지면 금속 탄성체가 다시 원래대로 복귀하지 않는 소성변형이 일어난다.

스트레인이 생겨나지 않을 정도로 작은 물질의 무게는 어떻게 측정해야 할까? 과학 분야에서는 세포막이나 DNA 등의 무게를 측정하기 위해 초정밀 미량저울을 사용한다. 초정밀 미량저울은 압전 효과가 일어나는 수정 진동자 센서를 통해 무게를 측정하도록 설계되어 있다. 압전 효과란 1차 압전 효과와 2차 압전 효과에 의해 전기적 에너지와 기계적 에너지가 상호 변환되는 특이한 현상이다. 1차 압전 효과란 결정 구조를 가지는 재료인 결정성 재료에 기계적 압력을 가하면 그 압력에 비례하여 결정성 재료의 결정면 사이에 전압이 발생되는 것을 가리키며, 2차 압전 효과만 결정성 재료의 결정면 사이에 전압을 걸어 주면 결정성 재료에 변형이 생기는 것을 가리킨다. 수정은 절단된 각도와 두께에 따라 고유 주파수가 달라지는 재료로, 압전 효과가 일어나는 대표적인 결정성 재료이다. 고유 주파수는 물체가 갖는 고유의 진동 주파수이다. 초정밀 미량 저울에 사용되는 수정 진동자 센서는 전극 사이에 일정한 두께와 방향으로 잘린 수정 결정판을 넣고 특정한 주파수 값을 갖는 전압을 가하면 수정의 고유 주파수에서 공진이 발생하도록 되어 있다. 공진 주파수는 질량 변화에 민감하여 수정 진동자 센서를 사용하는 초정밀 미량 저울 위에 물질을 흡

착시키면 흡착되는 물질의 무게에 비례하여 공진 주파수 감소가 일어난다. 물질의 흡착과 탈착에 의한 공진 주파수 변화량을 통해 물질의 무게를 확인할 수 있다.

01 다음은 저울의 종류와 측정 원리를 정리한 것이다. ㉠~㉢에 들어갈 말을 쓰시오.

종류	측정 원리
양팔저울	지렛대의 중앙을 (㉠)(으)로 하여 지렛대가 평형을 이루었을 때의 추의 무게를 통해 측정함.
대저울	지렛대의 받침점에 가까운 곳에 물체를 걸고 반대쪽에는 추를 걸어서 평형을 이루는 지점을 찾는 방법으로 측정함.
전자저울	스트레인 게이지가 부착된 (㉡)을/를 이용하여 측정함.
초정밀 미량저울	(㉢)이/가 일어나는 수정 진동자 센서를 활용하여 측정함.

02 다음은 물체의 무게를 재다가 발생한 문제 상황과 대책을 정리한 것이다. ㉠~㉡에 들어갈 말을 쓰시오.

상황	문제점 발생	대책
양팔저울로 무게를 측정하고 있다.	측정할 물체가 (㉠)	대저울을 사용한다.
전자저울로 무게를 측정하고 있다.	측정할 물질이 (㉡)	초정밀 미량저울을 사용한다.

〈유의사항〉

– 각각 15자(±3자)로 쓸 것(공백 제외).

PART 1
기출문제

PART 2
실전모의고사

PART 3
정답 및 해설

[03~04] 다음 글을 읽고 물음에 답하시오.

여승(女僧)은 합장(合掌) 하고 절을 했다
가지취*의 내음새가 났다
쓸쓸한 낯이 옛날같이 늙었다
나는 불경(佛經)처럼 서러워졌다

평안도의 어늬 산 깊은 금점판*
나는 파리한 여인에게서 옥수수를 샀다
여인은 나어린 딸아이를 때리며 가을밤같이 차게 울었다

섶벌*같이 나아간 지아비 기다려 십 년이 갔다
지아비는 돌아오지 않고
어린딸은 도라지꽃이 좋아 돌무덤으로 갔다

산(山) 꿩도 섧게 울은 슬픈 날이 있었다
산(山) 절의 마당귀에 여인의 머리오리*가 눈물방울과 같이 떨어진 날이 있었다

― 백석, 「여승」

*가지취: 산지의 맑은 숲속에서 자라는 참취나물

*금점(金店)판: 예전에, 주로 수공업적 방식으로 작업하던 금광의 일터

*섶벌: 나무섶체 집을 틀고 항상 나가서 다니는 벌

*머리오리: 낱낱의 머리털

03 윗글의 시구와 이에 대한 감상을 정리한 것이다. ㉠~㉢에 해당하는 시구를 찾아 쓰시오.

시구		감상
㉠_____	⇨	후각적 심상을 구사하여 '여승'이 속세와 단절된 삶을 살고 있음을 표현하고 있어요.
가을밤같이 차게 울었다.	⇨	소리를 온도에 대한 감각으로 표현하여 '여인'이 느낀 서러움을 인상적으로 드러내고 있어요.
㉡_____	⇨	'딸'의 죽음을 에둘러 표현함으로써 감정의 직접적 표출을 절제하면서도 슬픔을 심화시키고 있어요.
㉢_____	⇨	'여인'이 출가의 과정에서 느꼈을 심리적 고통을 자연물에 투영하여 드러내고 있어요.

04 〈보기〉를 참고로 하여, 다음 물음에 답하시오.

〈보기〉

선생님: 이 작품은 가족과 이별하고 여승이 된 한 여인의 기구한 운명을 통해 일제 강점기에 민중이 겪은 고난을 다룬 시입니다. 이 시를 읽고 나면 마치 짧은 영화 한 편을 본 것같은 느낌을 받게 되지요? 그건 이 작품이 시간의 흐름과 관련있는 시상 전개 방식을 택하고 있기 때문일 거예요. 즉 주인공 격인 여인의 고단한 삶의 내력이 ㉠( )연 → ( )연 → ( )연 → ( )연의 순서대로 전개되고 있는 것이죠. 또한 ㉡연결어를 사용하여 서로 다른 두 대상을 비교하는 비유적 표현을 활발하게 사용하여 감동을 증폭시키고 있어요.

〈유의사항〉

– ㉠의 ( )에 해당하는 연의 숫자를 순서대로 쓸 것.

– ㉡에 해당하는 표현을 3개 이상 쓰되, 반드시 연결어를 포함할 것.

수학

▶ 해답 p.160

05 부등식

$\log_2(x+2)+\log_{\frac{1}{4}}(2x+5)<\dfrac{1}{2}$을 만족시키는 정수 x의 개수를 구하는 과정을 논술하시오.

06 (단답형 문제) 아래는 수열 $\{a_n\}$이 $a_1=\sqrt{2}-1$이고, 모든 자연수 n에 대하여 $a_{n+1}-\sqrt{2}a_n+(1-\sqrt{2})n+1=0$일 때, a_{16}의 값을 구하는 과정이다. 빈칸 ① , ② , ③ , ④ 를 알맞게 채우시오.

주어진 식 $a_{n+1}-\sqrt{2}a_n+(1-\sqrt{2})n+1=0$ 을 정리하면, $a_{n+1}+(n+1)=$ ① 으로 쓸 수 있다. 그러므로 수열 $\{a_n+n\}$ 은 공비가 ② 인 등비수열임을 알 수 있다. 일반항을 구하면 $a_n+n=$ ③ 이다. 따라서 $a_{16}+16=$ ④ 이고, $a_{16}=$ ④ -16이다.

07 상수 a에 대하여 극한

$$\lim_{x \to -2} \frac{\sqrt{a-2x}-3}{x^2-(a-2)x-2a}$$ 이 존재할 때,

극한값을 구하는 과정을 논술하시오.

08 다항함수 $f(x)$에 대하여

$$f'(x)=3x^2-12x$$이고 $f(0)=0$일 때,

곡선 $y=f(x)$와 x축으로 둘러싸인 부분의

넓이를 구하는 과정을 논술하시오.

PART 1
기출문제

PART 2
실전모의고사

PART 3
정답 및 해설

2023학년도

수원대
논술 기출문제

국어

수학

국어

▶ 해답 p.162

[01~02] 다음 글을 읽고 물음에 답하시오.

작품을 전시회에 출품하는 게 아니라 잡지에 기고하는 화가들이 있다. '개념 미술가'라 불리는 이들이 그들이다. '개념 미술'이라는 말을 처음 사용한 사람은 헨리 플린트인데, 그는 개념 미술이 언어와 아주 밀접한 관계가 있다는 점을 들어 개념 미술을 언어를 재료로 하는 미술 형식이라고 말하였다. 이와 같이 개념 미술에서는 작품이 지닌 물질성이 중요하지 않다.

예술의 물질성에 대해 견해를 밝힌 사람들 가운데 헤겔의 견해에 따르면, 예술은 필연적으로 물질성에서 정신성으로 이행한다. 고대 오리엔트의 예술을 대표한 것은 피라미드나 스핑크스와 같은 거대한 건축물이나 기념비였다. 이때 정신은 아직 육중한 물질에 눌려 있었다. 이어서 등장한 그리스 예술에서 주도적 역할을 맡은 장르는 조각이었다. 헤겔은 예술의 본질이 정신적 이념을 감각적 물질로 구현하는 데 있다고 주장했다. 이 때문에 그는 정신과 물질이 어느 쪽에도 치우치지 않고 적절히 조화를 이룬 그리스 조각에서 예술이 정점에 도달했다고 보았다.

이후 정신은 더 성장하여 서서히 물질을 압도하기 시작한다. 르네상스 예술을 주도한 장르는 회화였다. 회화는 개별 사물이나 표상에서 공통된 속성이나 관계를 뽑아내는 정신적 과정을 통해 현실의 한 차원을 접어 3차원의 공간을 2차원의 평면으로 환원시킨다는 점에서 조각보다 더 정신적이다. 또한 회화의 재료인 물감 역시 조각에 사용되는 육중한 돌에 비해 물질성이 한결 약하다. 17세기에는 음악이 예술을 주도하는 역할을 이어받게 된다. 음악의 재료인 소리에는 거의 물질성이 없다. 19세기 이후의 주도적 장르는 시였다. 이제 예술은 마침내 물질성을 완전히 벗고 학문과 똑같은 재료, 즉 개념을 사용하게 된다. 다 자란 정신에게 예술의 물질성은 그저 거추장스러운 옷일 뿐이다. 이 지점에서 헤겔은 예술의 종언을 선언한다. 절대정신이 물질적 매체를 통해 표현되는 시대는 지났다는 것이다.

본격적인 의미에서 최초의 개념 미술가는 멜 보크너였다. 1966년 그는 동료 작가들의 드로잉과 작업 구상을 담은 종이를 여러 번 복사하여 네 권의 파일 노트에 끼워 조각의 받침대 위에 올려놓았다. 거기에는 솔 르윗과 댄 플래빈의 작업 스케치, 그들의 작품에 대한 자세한 설명을 담은 송장, 존 케이지가 작곡한 악보가 포함되어 있었다. 파일의 첫 장은 화랑의 도면, 마지막 장은 복사기의 조립 도면이었다. 이 전시회를 찾은 관객들은 작품을 보는 게 아니라 파일을 넘겨 가며 읽어야 했다. 이렇게 작업 구상을 담은 종이, 작업 스케치, 작품에 대한 설명을 담은 송장 등이 예술이 될 때, 미술은 문학에 가까워진다.

〈그림〉 멜 보크너, 「어쩌구 저쩌구」 (2008)

솔 르윗에 따르면 개념 미술에서는 생각이나 관념이 작품의 가장 중요한 측면이 된다. 예술가가 예술에 개념적 형식을 사용한다는 것은 곧 모든 계획과 결정이 미리 만들어지고 실행은 요식 행위가 된다는 것을 의미한다. 실제로 솔 르윗은 그의 작품 '벽 드로잉'의 실행을 고용된 인부들에게 위탁했다. 그는 벽 드로잉을 제작하기 위한 지침을 고용된 인부들에게 주었을 뿐이다. 이렇듯 개념 미술에서는 시각화되지 않은 생각이나 관념도 완성된 산물 못지않은 작품이다.

개념 미술은 일반적으로 네 가지 형식을 선호한다. 첫째는 '레디메이드'로, 이를테면, 마르셀뒤샹의 변기처럼 일상의 사물을 예술로 선언하는 것이다. 둘째는 '개입'으로, 오브제나 이미지를 엉뚱하거나 다른 맥락에 옮겨 놓는 것이다. 예를 들어, 다니엘 뷔랑은 모든 곳을 미술관으로 만들기 위해 줄무늬가 그려진 간판을 등에 짊어지고 파리의 거리를 활보했다. 셋째는 '자료화'이다. 자료화는 작품을 구성할 때에 실제 작품이 모두 기록, 지도, 차트, 그리고 사진 등을 바탕으로 이루어지는 것을 말한다. 위에서 언급한 보크너의 작업 스케치 전시가 여기에 속한다. 넷째는 개념 미술의 가장 보편적 형식으로, '언어'를 사용하는 것이다. 독일의 작가 한네 다르보벤은 숫자와 글자, 낙서를 계열적으로 늘어놓음으로써 회화가 글쓰기라는 관념을 표현했다. 개념 미술은 예술이 구체적으로 실재하는 작품이라는 전통적인 인식에서 벗어나 언어를 비롯한 비물질성을 지닌 생각이나 관념도 예술이 될 수 있다는 예술에 대한 새로운 인식을 가능하게 하였다.

01 다음은 예술의 물질성에 대한 헤겔의 견해를 정리한 것이다. ㉠, ㉡에 들어갈 말을 기술하시오.

시대	예술 작품	물질성
고대 오리엔트	피라미드, 스핑크스	정신이 물질에 눌려 있음
그리스	조각	㉠
르네상스	회화	물질성이 약화됨
17세기	음악	㉡
19세기 이후	시	물질성에서 완전히 벗어남

〈유의 사항〉

– 각각 10자(±3) 내외로 쓸 것(공백 제외).

02 다음은 개념 미술에 대한 화가들의 관점을 정리한 것이다. ㉠~㉢에 들어갈 말을 찾아 쓰시오.

헨리 플린트 : (㉠)을/를 재료로 하는 미술 형식이다.

솔 르윗 : (㉡)이/가 작품에서 중요하다.

한네 다르보벤 : 회화는 (㉢)이다./다.

PART 1 기출문제

PART 2 실전모의고사

PART 3 정답 및 해설

[03~04] 다음 글을 읽고 물음에 답하시오.

　자기 치유 소재란 시간이 지남에 따라 균열이나 부식이 생기는 금속이나 플라스틱, 콘크리트와 같은 재료에 첨가되어 이러한 손상을 스스로 치유할 수 있도록 돕는 물질을 말하는데, 이와 관련된 기술을 자기 치유 기술이라고 한다. 기본 원리는 금속, 플라스틱, 콘크리트와 같은 재료에 강력 접착제와 유사한 복원 물질을 첨가함으로써, 균열이나 부식이 일어날 경우 첨가되었던 복원 물질이 흘러나와 굳어져 균열이나 부식을 메우고 손상된 부분이 저절로 복구되게 하는 것이다.

　자기 치유 기술의 적용은 사용 목적과 환경에 따라 달라진다. 복구가 시급한 경우에는 기술의 효과가 신속하게 나타나야 하지만, 비행기 날개나 헬리콥터의 회전 날개인 로터와 같이 장시간 사용하면서 생기는 균열, 즉 피로 파괴에 대응하는 것이 중요한 경우에는 균열이 생길 때마다 내부에서 조금씩 천천히 물질이 새어 나오는 것이 좋다. 사용 환경의 경우, 일상생활에서 사용하는 것이라면 공기를 만났을 때 굳어지는 것으로 충분하지만, 선박의 스크루나 바닥, 잠수함의 외벽에는 물을 만나 굳어지는 복원 물질을 사용하는 것이 좋다. 공기가 아예 없는 밀폐된 환경이나 우주선의 외벽에는 복원 물질과 함께 이를 견고하게 해 주는 화학 물질인 가교제를 추가로 넣어 주어야 한다. 이 외에도 온도에 반응해 가교제의 반응이 일어나도록 하는 방법도 존재한다.

　자기 치유 기술에서 사용하는 방법으로는 우선 마이크로캡슐을 사용하는 방법을 들 수 있다. 머리카락 굵기 정도 지름의 작은 초소형 캡슐 속에 복원 물질을 넣은 후, 이 캡슐을 다시 재료 속에 섞어 넣어 여러 가지 제품을 만드는 것이다. 원래의 재료 속에 섞어 넣는 캡슐의 크기나 수를 조정하면 원하는 만큼의 성능을 기대할 수 있다. 이 방법은 캡슐이 일회용이라 동일 부위에 균열이 생기면 두 번째부터는 복구가 어려우며, 이로 인한 경제적 부담이 큰 편이라는 단점이 있다. 하지만 실제로 균열이 그렇게 자주 일어나지는 않는다는 점, 한 번이라도 큰 사고를 막을 수 있으니 그 자체로 쓸모가 크다는 점 등을 감안하면 적지 않은 이점이 존재하며, 주로 단단한 합성수지로 만든 제품의 내구성을 올리는 방법으로 활용된다.

　유리 혹은 유사 소재로 만든 미세관이나 속이 빈 섬유에 복원 물질을 주입했다가 충격이나 균열이 생기면 미세관이나 섬유가 파괴되면서 속에 있던 복원 물질이 흘러나오게 만드는 방식인 혈관 모사법도 있다. 이 방법은 미세관이나 섬유를 통해 복원 물질을 지속적으로 공급할 수 있기 때문에 자기 치유 소재의 복원 능력이 장시간 유지된다는 장점이 있으나, 자기 치유 과정에서 마이크로캡슐에 비해 복원 물질이 더 많이 흘러나오는 경향이 있기 때문에 정밀 부품에 사용하기에는 다소 어려움이 존재한다.

　전통적으로는 실리콘이나 젤과 같은 물질이 복원 물질로 활용되었지만, 최근에는 세균이나 곰팡이를 자기 치유 기술에 활용하기도 한다. 세균을 활용하는 경우는, 세균을 건조시켜 포자 모양의 껍질 속에서 휴면상태에 들어가게 한 뒤 영양분인 젖산 칼슘과 함께 압축, 건조해 생분해성 플라스틱으로 만든 캡슐에 넣어 콘크리트에 섞는다. 플라스틱 캡슐은 콘크리트가 굳은 후 서서히 분해되는데, 콘크리트에 균열이 생기면 캡슐 안의 포자 모양 껍질에 들어 있던 휴면 상태의 세균이 공기 중의 수분 및 산소와 결합하면서 활성화된다. 이후 세균은 옆에 있던 젖산 칼슘을 먹고 이를 분해하면서 시멘트 원료인 석회석의 주성분을 이루는 탄산 칼슘을 생성해 자동으로 균열을 메우게 된다. 세균이 들어간 캡슐 대신 곰팡이를 이용하기도 한다. 곰팡이의 포자는 오랜 시간 동안 산소나 물 없이 생존할 수 있는데, 균열이 발생해서 그 틈으로 물과 산소가 공급되면 증식하기 시작한다. 이 과정에서 주변 물질을 흡수한 곰팡이는 탄산 칼슘 구조물을 만들어서 균열을 복원한다. 보통 건축물에 생기는 곰팡이가 건축물 균열 틈새로 성장하며 달라붙어 붕괴를 초래하는 것과는 정반대이다. 생명체의 대사 과정을 이용한다는 점에서는 세균을 이용한 방법과 비슷하다. 균열이 완전히 메워지면 물과 산소의 공급이 중단되기 때문에 곰팡이는 다시 포자 상태로 돌아가 다음 기회를 노린다.

03 다음은 자기 치유 기술 방법의 장단점을 정리한 것이다. ㉠, ㉡에 들어갈 내용을 쓰시오.

종류	장점	단점
마이크로캡슐 사용법	단단한 합성수지로 만든 제품의 (㉠)을/를 올릴 수 있음.	동일 부위 균열 시 경제적 부담이 큼.
혈관 모사법	복원 능력이 장시간 유지됨.	복원 물질이 많이 흘러나와 (㉡)에 사용하기 어려움.

04 다음은 세균을 자기 치유 기술에 활용하는 단계를 정리한 것이다. ㉠, ㉡에 들어갈 내용을 쓰시오.

세균을 건조시켜 포자 모양의 껍질 속에 넣는다.

⇩

(㉠)와/과 함께 압축하고 건조해 콘크리트에 섞는다.

⇩

콘크리트에 균열이 생기면 휴면 상태의 세균이 공기와 결합하면서 활성화된다.

⇩

세균이 젖산 칼슘을 먹고 이를 분해하면서 (㉡)을/를 생성하여 균열을 메우게 된다.

[05~06] 다음 글을 읽고 물음에 답하시오.

(가)

흐느끼며 바라보매
이슬 밝힌 달이
흰 구름 따라 떠간 언저리에
모래 가른 물가에
기랑의 모습이올시 수풀이여.
일오내 자갈 벌에서
낭이 지니시던
[ⓐ] 좇고 있노라.
아아, 잣나무 가지가 높아
눈이라도 덮지 못할 고깔이여.

늣겨곰 ᄇ라매
이슬 ᄇᆯ갼 ᄃ라리
흰 구룸 조초 ᄠᅥ간 언저레
몰이 가른 믈서리여히
기랑(耆郎)이 즈싀올시 수프리야.
일오(逸烏)나릿 ᄌᆡ벼긔
낭(郎)이여 디니더시온
ᄆᆞᄉᆞᄆᆡ ᄀᆞᆺ 좃ᄂᆞ라져.
아야 자싯가지 노포
누니 모ᄃᆞᆯ 두폴 곳가리여.

– 충담사, 「찬기파랑가」 (김완진 역)

(나)

생사 길은
예 있으매 머뭇거리고,
나는 간다는 말도
못다 이르고 어찌 갑니까.
어느 가을 이른 바람에
[ⓑ].
한 가지에 나고
가는 곳 모르온저.
아아, 미타찰에서 만날 나
도 닦아 기다리겠노라.

생사(生死) 길흔
이에 이샤매 머뭇그리고,
나ᄂᆞᆫ 가ᄂᆞ다 말ㅅ도
몯다 니르고 가ᄂᆞ닛고.
어느 ᄀᆞᄉᆞᆯ 이른 ᄇᆞᄅᆞ매
이에 뎌에 ᄠᅳ러딜 닙ᄀᆞᆫ,
ᄒᆞᄃᆞᆫ 가지라 나고
가논 곧 모ᄃᆞ론뎌.
아야 미타찰(彌陀刹)아 맛보올 나
도(道) 닷가 기드리고다.

– 월명사, 「제망매가」 (김완진 역)

05 (가), (나)의 ⓐ, ⓑ에 들어갈 말을 쓰시오.

06 다음의 ㉠, ㉡에 들어갈 시어를 (가)와 (나)에서 각각 찾아 쓰시오.

고전 시가에서는 종종 자연물을 활용하여 대상의 이미지나 속성을 드러낸다.

(가)에서는 (㉠)을/를 활용하여 대상의 고결한 이미지를 나타내고 있으며,

(나)에서는 (㉡)을/를 활용하여 대상의 갑작스러운 죽음을 비유적으로 나타나고 있다.

수학

▶ 해답 p.163

07 1이 아닌 세 양의 실수가 a, b, c가 $\log_a bc = 2$, $2\log_a b - \log_a c = 0$을 만족시킬 때, $\log_b a + \log_c a$의 값을 구하는 과정을 논술하시오.

08 그림과 같이 $\angle A = \dfrac{\pi}{3}$이고 $\overline{AB} = 5$, $\overline{AC} = 8$인 삼각형 ABC의 외접원의 반지름의 길이를 구하는 과정을 논술하시오.

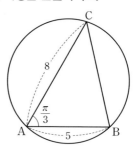

09 등차수열 $\{a_n\}$이 $a_9+a_{19}+a_{29}=12$와 $a_{29}+a_{39}+a_{49}=21$을 만족시킬 때, a_{29}의 값을 구하는 과정을 논술하시오.

10 (단답형 문제) 아래는

$$\lim_{x \to \infty} \frac{(f(x)+x)(f(x)-x^2+2x)}{x^2+2}=3$$

을 만족시키는 다항함수 $f(x)$를 구하는 과정을 논술한 것이다. 빈칸 ① , ② , ③ , ④ 를 알맞게 채우시오.

다항함수 $f(x)$의 차수에 따라 상수함수, 일차함수, 이차함수, … 순으로 생각해본다.

(i) $f(x)=c$ (c는 상수)인 경우, 분자 $(f(x)+x)(f(x)-x^2+2x)$는 ①

이(가) 되어 극한 $\displaystyle\lim_{x \to \infty} \frac{①}{2\text{차다항식}}$이 존재하지 않는다.

(ii) $f(x)=ax+b$ (a와 b는 상수)인 경우, 극한이 존재하기 위하여 분자 $(f(x)+x)(f(x)-x^2+2x)$가 ② 이(가) 되려면 $(f(x)+x)$가 상수가 되어야 한다.

그러므로 $a=-1$이다.

$f(x)=-x+b$를

$$\lim_{x \to \infty} \frac{(f(x)+x)(f(x)-x^2+2x)}{x^2+2}=3$$에

대입하여 풀면 $b=$ ③ 이다.

(iii) $f(x)$가 ② 인 경우, 극한이 존재하기 위한 분자 $(f(x)+x)(f(x)-x^2+2x)$가 ② 이(가) 되어야 한다. 그래서 $f(x)-x^2+2x=c$ (c는 상수)이다.

이것을

$$\lim_{x \to \infty} \frac{(f(x)+x)(f(x)-x^2+2x)}{x^2+2}=3$$에

대입하여 풀면 $c=$ ④ 이다.

(iv) $f(x)$의 차수가 3차 이상이면, 극한값이 존재하지 않는다.

그래서 (i)~(iv)에 의하여, 문제의 극한 식을 만족시키는 다항함수 $f(x)$는

$f(x)=-x+$ ③ 과(와)

$f(x)=x^2-2x+$ ④ 이다.

---

11 함수 $f(x)=x^3-2x^2+3x-4$에 대하여 극한 $\displaystyle\lim_{t\to\infty} t\left(f\left(1+\dfrac{1}{t}\right)-f\left(1-\dfrac{1}{t}\right)\right)$의 값을 구하는 과정을 논술하시오.

12 함수 $f(x)=x^2-2x+1$의 그래프 위의 점 $(a,f(a))\,(0<a<1)$에서의 접선이 x축 및 y축과 만나는 점을 각각 P, Q라 할 때, 삼각형 OPQ의 넓이가 최대가 되도록 하는 a를 구하는 과정을 논술하시오. (단, O는 원점)

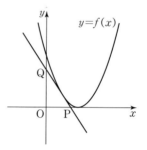

13 수직선 위를 움직이는 점 P의 시각 $t(t \geq 0)$ 에서의 위치 x가 $x = t^3 - 3t^2 - 9t$이다. 점 P의 이동 방향이 바뀌는 순간의 가속도를 구하는 과정을 논술하시오.

14 모든 실수 x에 대하여

$$xf(x) = \int_1^x f(t)dt + 2x^3 - 3x^2$$

을 만족시키는 다항함수 $f(x)$를 구하는 과정을 논술하시오.

15 곡선 $y = x^4 - (6+k)x^3 + 6kx^2$과 x축으로 둘러싸인 두 부분의 넓이가 서로 같을 때, 상수 k의 값을 구하는 과정을 논술하시오.

(단, $k > 6$)

2023학년도
수원대
논술 모의고사

국어

수학

국어

▶ 해답 p.166

[01~02] 다음 글을 읽고 물음에 답하시오.

고대 이집트인들은 인간이 저승에서 계속 살아가기 위해서는 영혼이 들어가 사용할 육체가 필요하다고 믿었기 때문에 부패하여 없어질 신체의 대용품 역할을 하는 조각상을 만들어 묘지 내부의 방에 세웠다. 그들은 내세에서 영원히 살아갈 이가 노년의 고통을 겪지 않게 하기 위해 청년의 모습으로 조각상을 만들었다. 죽은 이의 사실적인 모습이 아닌 이상적인 인간의 모습을 조각상에 표현하려 한 것이다. 이처럼 만들어낸 미술품이 실제 인물을 대체한다는 생각은 고대 이집트 미술 전반에 깔려 있다.

당시 사람들은 조각상이 묘사되는 실제 인물과 똑같이 생겨야 할 필요를 느끼지 못했기 때문에 조각가들은 미리 조각상을 만들어서 보관하였다. 구매자가 조각상 제작을 의뢰하면 조각가는 조각상에 주인의 이름과 칭호를 붙임으로써 조각상이 나타내는 대상을 지정하였다. 당시에는 인간의 이상적인 모습을 드러내기에 가장 적합하다고 여겨지는 비례 규준이 통용되었는데, 당시 조각가들은 이 비례 규준에 따라 조각상을 만들어야 했다. 그들은 〈그림〉과 같은 격자 도안을 고안하여 사용했는데, 여기에서 신체 각 부분의 비율이 정확하게 규정되었다. 정사각형을 축소하거나 확대하면 조각상의 크기는 달라지지만 각 신체 부분은 조각상 내에서 항상 일정한 비례를 갖게 되었다. 인물의 자세 또한

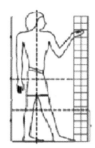

정형적이어서 대부분 서 있거나 앉아 있는 자세였고, 서 있는 자세도 남성들은 걷는 모습, 여성은 발을 나란히 모은 모습인 경우가 대부분이었다. 고대 이집트 조각상의 대다수는 석회암이나 화강암 등의 암석으로 만들어졌다. 목재는 암석보다 가공이 쉬워서 신체 형상을 더 자유롭게 만들 수 있었지만, 이집트에서 목재는 적은 양만 산출되었기 때문에 부유한 이들만이 목재를 사용하여 조각상을 만들 수 있었다.

고대 이집트인들은 회화나 부조 역시 조각상처럼 실존 인물의 대체물로 간주하였다. 현대의 회화나 부조에서는 일반적으로 멀리 있는 대상을 가까이 있는 대상보다 작게 그리는 원근법이 사용되지만, 고대 이집트의 회화나 부조에서는 원근법이 사용되지 않았다. 그들은 대상을 사실적이고 아름답게 표현하기보다, 대상의 본질적인 부분을 분명하고 완전하게 드러내기를 원했다. 대상의 본질적인 모습을 잘 담은 미술품이 실제 인물을 완전히 대체할 수 있다고 보았기 때문이다. 그래서 그들은 정면법이라고 부르는 독특한 방법을 사용하였는데, 정면법은 대상을 각각의 부분으로 분해하고 각 부분의 본질적인 인상이 가장 잘 드러나도록 표현한 뒤 새롭게 조합하는 것이다. 따라서 고대 이집트의 회화나 부조는 실제로 있을 수 없는 형태의 신체를 가진 사람이 자주 등장한다. 가변적인 현실과 달리 내세는 불변한다고 보았기 때문에 순간적이고 변덕스러운 모습이 아닌 대상 그 자체를 완전히 드러내는데 중점을 둔 것이다. 이러한 방법은 풍경을 묘사할 때도 그대로 적용되었다. 그들은 연못은 위에서 본 모습으로, 연못 옆의 나무는 옆에서 본 모습으로 그렸다. 고대 이집트인들은 회화나 부조를 만들 때도 격자 도안을 사용했는데, 밑바탕에 격자 도안을 먼저 깔고 인물의 전체 윤곽을 그린 뒤, 각 부분을 정면법에 따라 표현하였다. 이로 인해 인물의 지위와 관계없이 인물들의 모습, 신체의 비례 등이 모두 유사하게 표현되었다. 따라서 그들은 좋은 옷, 장신구 등을 덧붙임으로써 인물의

지위가 높음을 드러내었는데, 이러한 방법은 조각에도 그대로 적용되었다. 예를 들어 왕과 왕족은 왕관이나 머리띠, 두건 등을 사용하여 신분을 표현하였고, 그 외의 백성들은 머리에 아무것도 쓰지 않았다.

이러한 점들 때문에 어떤 예술 평론가는 ⓐ"고대 이집트인들은 그들이 본 것을 그린 게 아니라, 머릿속으로 알고 있던 것을 그렸다."라고 말하기도 하였다.

01 윗글의 밑줄 친 ⓐ의 예를 설명하려고 할 때, 다음의 ㉠, ㉡에 들어갈 단어를 본문에서 찾아 쓰시오.

> ○ 조각상을 정확한 비례 규준에 따라 만들기 위해 (㉠)을(를) 사용하였다.
> ○ 회화나 부조에서는 대상의 본질적인 모습을 드러내기 위하여 (㉡)를(을) 사용하였다.

02 다음의 핵심어를 모두 사용하여 고대 이집트인들의 미술관을 한 문장으로 표현할 때, ㉢에 들어갈 내용을 기술하시오.

> 핵심어: 미술품, 실제 인물

> 고대 이집트 사람들은 _____㉢_____ 라고 생각했다.

〈유의사항〉

– 15자 내외로 기술할 것(공백 제외).

[03~04] 다음 글을 읽고 물음에 답하시오.

그렇다고는 하여도 꼭 한 번의 첫 일을 잊을 수는 없었다. 뒤에도 처음에도 없는 단 한 번의 괴이한 인연. 봉평에 다니기 시작한 젊은 시절의 일이었으나 그것을 생각할 적만은 그도 산 보람을 느꼈다.

"달밤이었으나 어떻게 해서 그렇게 됐는지 지금 생각해두 도무지 알 수 없어."

허 생원은 오늘 밤도 또 그 이야기를 끄집어내려는 것이다. 조 선달은 친구가 된 이래 귀에 못이 박이도록 들어 왔다. 그렇다고 싫증을 낼 수도 없었으나 허 생원은 시침을 떼고 되풀이할 대로는 되풀이하고야 말았다.

"달밤에는 그런 이야기가 격에 맞거든."

[A] 조 선달 편을 바라는 보았으나 물론 미안해서가 아니라 달빛에 감동하여서였다. 이지러는 졌으나 보름을 가제 지난 달은 부드러운 빛을 흣붓이 흘리고 있다. 대화까지는 칠십 리의 밤길, 고개를 둘이나 넘고 개울을 하나 건너고 벌판과 산길을 걸어야 된다. 길은 지금 긴 산허리에 걸려 있다. 밤중을 지난 무렵인지 죽은 듯이 고요한 속에서 짐승 같은 달의 숨소리가 손에 잡힐 듯이 들리며, 콩 포기와 옥수수 잎새가 한층 달에 푸르게 젖었다. 산 허리는 온통 메밀밭이어서 피기 시작한 꽃이 소금을 뿌린 듯이 흣붓한 달빛에 숨이 막힐 지경이다. 붉은 대궁*이 향기같이 애잔하고 나귀들의 걸음도 시원하다. 길이 좁은 까닭에 세 사람은 나귀를 타고 외줄로 늘어섰다. 방울 소리가 시원스럽게 딸랑딸랑 메밀밭께로 흘러간다. 앞장선 허 생원의 이야기 소리는 꽁무니에 선 동이에게는 확적히*는 안 들렸으나, 그는 그대로 개운한 제멋에 적적하지는 않았다.

"장 선 꼭 이런 날 밤이었네. 객줏집 토방이란 무더워서 잠이 들어야지. 밤중은 돼서 혼자 일어나 개울가에 목욕하러 나갔지. 봉평은 지금이나 그제나 마찬가지나, 보이는 곳마다 메밀밭이어서 개울가가 어디 없이 하얀 꽃이야. 돌밭에 벗어도 좋을 것을, 달이 너무도 밝은 까닭에 옷을 벗으러 물방앗간으로 들어가지 않았나. 이상한 일도 많지. 거기서 난데없는 성 서방네 처녀와 마주쳤단 말이네. 봉평서야 제일가는 일색이었지."

"팔자에 있었나 부지."

아무렴 하고 응답하면서 말머리를 아끼는 듯이 한참이나 담배를 빨 뿐이었다. 구수한 자줏빛 연기가 밤기운 속에 흘러서는 녹았다.

"날 기다린 것은 아니었으나 그렇다고 달리 기다리는 놈팽이가 있는 것두 아니었네. 처녀는 울고 있단 말야. 짐작은 대고 있었으나 성 서방네는 한창 어려워서 들고날 판인 때였지. 한집안 일이니 딸에겐들 걱정이 없을 리 있겠나. 좋은 데만 있으면 시집도 보내련만 시집은 죽어도 싫다지…… 그러나 처녀란 울 때같이 정을 끄는 때가 있을까. 처음에는 놀라기도 한 눈치였으나 걱정 있을 때는 누그러지기도 쉬운 듯해서 이럭저럭 이야기가 되었네…… 생각하면 무섭고도 기막힌 밤이었어."

"제천인지로 줄행랑을 놓은 건 그 다음 날이렷다."

"다음 장도막*에는 벌써 왼 집안이 사라진 뒤였네. 장판은 소문에 발끈 뒤집혀 고작해야 술집에 팔려가기가 상수라고 처녀의 뒷공론이 자자들 하단 말이야. 제천 장판을 몇 번이나 뒤졌겠나. 하나 처녀의 꼴은 꿩 궈 먹은 자리야. 첫날밤이 마지막 밤이었지. 그때부터 봉평이 마음에 든 것이 반평생을 두고 다니게 되었네. 평생인들 잊을 수 있겠나."

"수 좋았지. 그렇게 신통한 일이란 쉽지 않아. 항용 못난 것 얻어 새끼 낳고 걱정 늘고 생각만 해두 진저리 나지…… 그러나 늘그막바지까지 장돌뱅이로 지내기도 힘드는 노릇 아닌가. 난 가을까지만 하구 이 생애와두 하직하려네. 대화쯤에 조그만 전방이나 하나 벌이구 식구들을 부르겠어. 사시장철 뚜벅뚜벅 걷기란 여간이래야지."

"옛 처녀나 만나면 같이나 살까…… 난 거꾸러질 때까지 이 길 걷고 저 달 볼 테야."

산길을 벗어나니 큰길로 틔어졌다. 꽁무니의 동이도 앞으로 나서 나귀들은 가로 늘어섰다.

"총각두 젊겠다 지금이 한창 시절이렷다. 충줏집에서는 그만 실수를 해서 그 꼴이 되었으나 섧게 생각 말게."

"처, 천만에요. 되려 부끄러워요. 계집이란 지금 웬 제격인가요. 자나깨나 어머니 생각뿐인데요."

허 생원의 이야기로 실심한 끝이라 동이의 어조는 한풀 수그러진 것이었다.

"아비 어미란 말에 가슴이 터지는 것도 같았으나 제겐 아버지가 없어요. 피붙이라고는 어머니 하나뿐인걸요."

"돌아가셨나?"

"당초부터 없어요."

"그런 법이 세상에."

생원과 선달이 야단스럽게 껄껄들 웃으니 동이는 정색하고 우길 수밖에는 없었다.

– 이효석, 「메밀꽃 필 무렵」

*대궁: '대'의 방언. 꽃을 받치는 줄기.

*확적히: 정확하게 맞아 조금도 틀리지 아니하게.

*장도막: 한 장날로부터 다음 장날 사이의 동안을 세는 단위.

03 '소설의 형식을 가지고 시를 읊은 작가'라는 평을 받고있는 이효석은 시각적 이미지와 청각적 이미지가 함께 어우러지는 감각적인 문체를 구사하는 것으로 정평이 나 있다. [A]에서 청각적 이미지가 드러나는 구절을 찾아 쓰시오.(3개)

㉠ _____

㉡ _____

㉢ _____

04 다음은 '허생원'의 삶에 대한 수업의 한 장면이다. ㉣에 들어갈 허생원의 대화를 찾아 쓰시오.

> 선생님: 작가는 이 작품을 통해 자연과 하나되는 삶을 형상화하고 있다고 볼 수 있어요. 어떠한 면에서 그러한 가요?
>
> 학 생: 주인공 허생원이 '_____㉣_____' 라고 말하고 있는 것으로 보아 그가 장돌뱅이의 삶을 계 속하면서 자연과 하나되는 삶을 지향하고 있음을 알 수 있어요.

〈유의사항〉

– 15자 내외로 기술할 것(공백 제외).

2023학년도 모의고사 # 수학

▶ 해답 p.167

05 방정식 $\log_2(3x+2)=1+2\log_2(x-1)$ 의 해를 구하는 과정을 논술하시오.

06 (단답형 문제) 다음은 0이 아닌 두 실수 a, b 에 대하여 세 수 $4a$, $2a+b$, $a+2b$가 순서대로 등비수열을 이룰 때 이 수열의 공비를 구하는 과정을 논술한 것이다. 빈칸 ① , ② , ③ 을 알맞게 채우시오.

$4a$, $2a+b$, $a+2b$가 순서대로 등비수열을 이루므로, 공비는 $r=\dfrac{\boxed{①}}{4a}=\dfrac{a+2b}{\boxed{①}}$

이다. 그래서 $\boxed{①}^2=4a(a+2b)$이고, 이를 정리하면 $b(b-\boxed{②})=0$이다. 이때 $b\neq0$이므로 $b=\boxed{②}$ 이다. 그래서

공비는 $r=\dfrac{\boxed{①}}{4a}=\boxed{③}$ 이다.

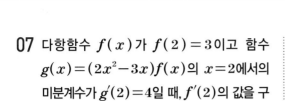

07 다항함수 $f(x)$가 $f(2)=3$이고 함수 $g(x)=(2x^2-3x)f(x)$의 $x=2$에서의 미분계수가 $g'(2)=4$일 때, $f'(2)$의 값을 구하는 과정을 논술하시오.

08 곡선 $y=x^2-ax$와 x축으로 둘러싸인 영역의 넓이가 $\dfrac{4}{3}$일 때, 양수 a의 값을 구하는 과정을 논술하시오.

2022학년도
수원대
논술 기출문제

국어

수학

국어

▶ 해답 p.168

[01~02] 다음 글을 읽고 물음에 답하시오.

　사업에 필요한 돈을 마련하는데, 이때 회사의 정관에 발행 예정인 주식의 총수를 기재해야 한다. 이를 '수권 자본'이라고 하며 처음에는 수권 자본 내에서 주식의 일부만을 발행하고 나머지는 회사 설립 이후 필요에 따라 발행할 수도 있다. 이렇게 실제 발행한 주식의 수와 주식의 액면가를 곱한 것을 '자본금'이라고 한다. 예를 들어 액면가가 1천 원인 주식을 1만 주 발행하면 자본금은 1천만 원이 되는 것이다. 하지만 주식회사에서 초기의 자본금만으로 사업을 하는 것은 아니다. 회사를 경영하면서 더 많은 돈이 필요하게 될 수 있는데 이럴 때에는 금융 기관에서 대출을 받거나 회사의 이름으로 채권을 발행할 수 있다. 하지만 대출이나 채권은 원금 상환과 이자 지급의 의무가 발생하고 장기적으로는 회사에 부담이 될 가능성이 존재한다. 따라서 이런 방법들 외에 더 많이 쓰이는 방법은 주식을 새로 발행하여 자본금을 늘리는 증자이다.

　증자에는 두 가지 방식이 있는데, 먼저 주식을 발행할 때 주주들에게 대가를 받는 '유상 증자'가 있다. 유상 증자는 모집 대상을 기준으로 하여 3가지로 나뉜다. 첫째, 기존의 주주들을 대상으로 주식을 발행하는 주주 배정 방식이다. 이는 새로운 주식을 발행하는 기본적인 방식으로 기존 주주들의 권리를 잘 보장해 준다. 기존의 주주들은 보유하고 있는 주식의 비율대로 새로운 주식을 구입할 수 있는 권리를 가지고 이에 따라 주식 구입 여부를 결정할 수 있다. 둘째, 불특정 다수의 투자자들을 대상으로 새로운 주식을 발행하는 일반 공모 방식이다. 대부분의 유상 증자는 기존의 주주들에게 먼저 새로운 주식을 배정한 후 기존의 주주들이 구입하지 않은 나머지 주식을 일반 공모로 처리하는 방식으로 이루어지고 있다. 이 방식을 시행하면 새로운 주주들을 모을 수는 있지만 기존 주주들은 주식 보유 비율이 낮아지고 주가의 하락으로 손해를 입을 수 있다. 마지막으로는 특정인에게 새로운 주식을 발행해서 투자금을 받는 제삼자 배정 방식이 있다. 이는 주로 회사와 밀접한 관련이 있는 특정 대상의 투자가 필요할 때 이루어지는데, 신기술의 도입이나 재무 구조의 개선 등 회사의 경영상 목적을 달성하기 위한 특별한 경우로 한정된다. 또한 기존 주주들의 이해관계나 지분에 따른 경영권 문제가 발생할 수 있으므로 정관에 의거하거나 정관에 관련 규정이 없는 경우에는 이사회의 의결 외에도 주주들의 의결 절차를 거치는 등 엄격한 규제 속에서 이루어진다.

[A] 　한편, 증자의 다른 방식으로 주식을 발행하지만 이를 주주들에게 대가 없이 나누어 주는 '무상 증자'가 있다. 무상 증자도 유상 증자와 마찬가지로 새로운 주식이 발행되는 것이기 때문에 자본금의 총액은 증가한다. 주주들에게 주식이 무상으로 제공되기 때문에 회사에 실제로 돈이 들어오지는 않지만 재무적 변화는 발생한다. 그렇다면 어떻게 자본금이 늘어나는 것일까? 회사의 자산은 자기 자본과 부채로 조달되는데, 자기 자본은 자본금과 잉여금 등으로 구성된다. 잉여금에는 자본금을 바탕으로 사업을 해서 얻은 이익인 이익 잉여금과 시장의 현재 주가가 액면가보다 높을 때 주식을 새로 발행하여 얻게 된 이익인 자본 잉여금이 있다. 무상 증자는 이러한 잉여금을 자본금으로 이동시키는 것이다. 잉여금 중 일부에 해당하는 금액만큼의 주식을 발행한 후, 기존의 주주들이 보유한 주식의 비율에 따라 주식을 나누어 준다.

　무상 증자는 회계상으로는 자본금이 증가하지만 기존 자산 내의 숫자가 이동한 것일 뿐, 실제로 회사가 보유한 자

산이 늘어나는 것은 아니다. 기존의 주주는 새로운 주식을 받을 수 있기 때문에 보유한 주식의 수는 늘어나지만 시장 전체의 주식 수가 늘어난 만큼 주당 가격은 떨어지게 되므로 주주들 각자가 보유한 주식의 전체 가치는 달라지지 않는다. 하지만 무상 증자를 실시한다는 것은 회사 내에 잉여금이 많다는 것이고 그만큼 재무 구조가 건전한 것으로 해석될 수 있기 때문에 투자자의 심리에 긍정적인 영향을 줄 수 있다.

01 다음은 어느 기업의 유상증자에 대한 사례이다. 윗글의 내용을 토대로 하여 ⓐ의 이유를 기술하시오.

(주)○○상사는 신규 사업 진출에 따라 일반 공모 방식의 유상증자를 실행하고자 하였다. 그러자 ⓐ기존 주주들이 크게 반발하였다.

〈유의 사항〉
– 30자(±5)로 기술할 것(공백 제외)

02 [A]의 내용을 토대로 하여 '무상증자'를 하게 되었을 때의 재무적 변화를 다음 핵심어를 사용하여 기술하시오.

핵심어: 잉여금

〈유의 사항〉
– 20자 이내의 한 문장으로 기술할 것(공백 제외)

PART 1
기출문제

PART 2
실전모의고사

PART 3
정답 및 해설

[03~04] 다음 글을 읽고 물음에 답하시오.

최근 각광을 받고 있는 자율 주행 자동차는 센서 정보를 이용하여 스스로 차의 위치와 주변 환경을 탐지하고, 주행 경로를 계획하며, 충돌 없이 교통 법규에 따라 안전하게 운행이 가능한 자동차를 지칭한다. 자율 주행 자동차의 핵심 기술은 크게 인식, 판단, 제어의 3가지 기술로 구성된다. 센서 등을 통해 주변 장애물을 인지하고 자신의 위치를 확인하는 인식 기술, 인식된 결과를 바탕으로 다음 행동을 결정하는 판단기술, 수행할 행동이 결정되면 그것을 신속 정확하게 실행하는 제어 기술이 바로 그것이다. 이 세 가지 기술 중 특히 인식 기술은 자율 주행 자동차의 판단과 제어 기술의 방향과 수준을 결정하는 것으로서, 최근 기술적 발전이 크게 이루어졌다.

자율 주행 자동차의 인식 기술에는 카메라, 레이더(Radar), 초음파 센서, 라이다(LiDAR)와 같이 주변을 감지하는 다양한 센서가 사용된다. 이러한 센서들은 각 센서가 수집하는 정보의 특성, 탐지 거리, 사용 빈도, 가격 등을 고려하여 탑재 위치와 수량 등이 결정되는데, 다양한 센서들로부터 획득된 정보가 통합되어 자율 주행에 이용된다. 카메라는 다른 센서로는 수집할 수 없는 색상이나 무늬와 같은 2차원 영상 정보를 수집하는 데 탁월하지만, 환경 변화 및 거리 측정에 취약하고 데이터의 크기가 커 정보 처리에 시간이 많이 걸리는 단점이 있다. 또 차량에 장착되는 레이더는 야간이나 악천후에도 사용이 가능하고 최소 60m에서 최대 250m 사이에 있는 물체를 탐지할 수 있지만, 물체의 위치 및 형태를 식별할 수 있을 정도의 정밀한 측정이 불가능하다. 초음파 센서는 주로 차량 전후방에 장착되어, 주차 시 차량 주변의 장애물 유무를 탐지하는 데 사용된다. 초음파 센서는 단순히 장애물 유무 정도만을 탐지하는 센서로, 가격이 저렴하다는 장점이 있지만 탐지 거리가 15m 이내이고 오차가 커서 정밀한 측정이 어렵다. 카메라, 레이더, 초음파 센서는 기존의 자동차에 사용되었던 센서들로, 안전한 자율 주행에 필요한 정보를 안정적으로 제공해 줄 수 없기 때문에 자율 주행 자동차에는 이러한 센서들과 함께 라이다가 사용된다. 라이다는 높은 출력을 지닌 레이저를 물체에 방사하고, 이 레이저가 물체의 표면에 반사되어 돌아오는 데 걸리는 시간을 측정하여 물체까지의 거리뿐만 아니라 물체의 위치 및 형태와 같은 3차원 정보를 수집하는 장치이다. 약 150m 이내에 있는 물체에 대한 정보를 1~2cm 이내의 오차로 정밀하게 측정할 수 있다.

자율 주행 자동차에 사용되는 라이다로는 [3D 레이저 스캐너] 와 [3D 플래시 라이다] 가 있다. 3D 레이저 스캐너는 다수의 레이저 출력부와 수신부가 묶여 있는 장치가 회전하는 축에 고정되어 있다. 이러한 구조로 인해 3D 레이저 스캐너는 특정 방향의 수평 시야각에 대해 레이저의 입출력이 가능하며, 대상에 대한 레이저 방사와 거리 측정이 동시에 이루어진다. 그리고 이 축을 회전시킴으로써 다른 수평 시야각의 거리 정보를 수집하고, 이 정보를 조합해 전체 시야각, 즉 360도의 3차원 영상을 구성한다. 3D 레이저 스캐너는 넓은 시야각 확보를 위해 레이저 출력 및 수신 소자의 수를 증가시키고, 회전축이 지속적으로 회전할 수 있도록 하는 기계 장치를 갖출 필요가 있다. 하지만 높은 정밀도의 정보를 얻기 위해 레이저 수신부의 광검출기에 사용되는 갈륨 화합물의 가격이 비싸고, 차량 운행 시 발생하는 진동에 의해 회전체가 흔들려 레이저 입출력을 안정적으로 유지하는 것이 어렵다.

3D 플래시 라이다는 넓은 시야각을 확보하기 위해 단일 레이저 빔을, 광 확산기를 통과시켜 360도의 모든 방향으로 동시에 방사하고, 물체에 반사되어 돌아오는 레이저를 광 검출기를 통해 수신함으로써 실시간으로 3차원 영상을 얻는다. 수평 시야각이 360도로, 모든 방향에서 반사되어 돌아오는 레이저를 동시에 수신해야 하므로 값비싼 갈륨 화합물로 제작된 광 검출기의 개수가 상대적으로 많고 제작 공정이 까다롭다는 단점이 있다. 하지만 3D 플래시 라이다는 3D 레이저 스캐너가 수행하는 회전과 순차적인 레이저 스캐닝 과정을 생략할 수 있어, 정보 처리 시간이 단축되고 관련 장치를 소형화하는 데 유리하다.

3D 플래시 라이다는 정보 처리 시간이 짧고 수평 시야각이 360도나 되어 성능이 좋지만 높은 가격으로 인해 지금까지 자율 주행 자동차에는 주로 3D 레이저 스캐너가 사용되고 있다. 3D 레이저 스캐너는 상대적으로 저렴하지만

회전축이 360도 회전하며 많은 정보를 수집하여 정보 처리 속도가 느리고 진동에 취약하다는 단점이 있다. 이에 대한 대안으로 자율 주행 자동차 개발 업체들은 각도 고정형 3D 레이저 스캐너를 설치하려는 경향을 보이고 있다. 굳이 360도를 회전하여 탐색하는 방식보다는 제한된 수평 시야각만을 탐색하는 방식을 선택한 것이다. 이와 더불어 향후 자율 주행 자동차가 늘어나 수많은 차량에서 라이다를 사용할 경우, 각 차량에서 출력된 레이저가 간섭하는 문제, 다양한 기후 및 도로 환경에서 레이저를 통한 3D 거리 정보를 안정적으로 확보하는 문제, 레이저가 보행자의 시력을 손상시키는 문제 등이 발생할 수 있는데, 이를 해결하기 위한 연구도 활발하게 진행되고 있다.

03 다음은 자율 주행 자동차의 인식 기술과 관련된 센서들의 장단점을 정리한 것이다. ㉠, ㉡에 들어갈 내용을 쓰시오.

종류	장점	단점
카메라	– 2차원 영상 정보 수집 탁월	– 환경 변화 취약 – 정보처리 시간이 많이 걸림
레이더	– 야간이나 악천후 사용 가능 – 장거리 물체 탐지 가능	– 정밀한 측정이 불가
초음파센서	– 주차 시 장애물 유무 탐지에 탁월 – 가격이 저렴함	– 탐지 거리가 짧음 – 측정 오차가 큼
라이다	– ㉠ _____ – ㉡ _____	– 가격이 비쌈

04 다음은 '3D 플래시 라이다'와 '3D 레이저 스캐너'의 문제점을 정리한 것이다. 이러한 문제점을 해결하기 위한 대안으로 ㉢에 들어갈 내용을 기술하시오.

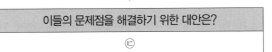

3D 플래시 라이다		3D 레이저 스캐너
수평 시야각이 360도로 성능이 좋지만 가격이 높음.	문제점	상대적으로 가격이 저렴하지만 360도 회전하여 정보처리 속도가 느리고 진동에 취약함.

↓

이들의 문제점을 해결하기 위한 대안은?
㉢

〈유의 사항〉

– 윗글에서 언급된 장치를 제시할 것

– 20자 이내로 기술할 것(공백 제외)

[05~06] 다음 글을 읽고 물음에 답하시오.

S# 39. 방송국 전경(낮)

　　김추자의 「빗속의 여인」 흐르는 가운데 방송국 건물이 비에 젖고 있다. 카메라 스튜디오 창가로 다가가면 석영이 창가에 서서 밖을 보고 있다. 노란 우비를 입은 한 여성이 오토바이를 타고 방송국 입구를 지나 방송국 마당으로 들어오고 있다.

S# 40. 라디오 스튜디오(낮)

　　김추자의 「빗속의 여인」 계속 흐르고…… 창밖을 보던 석영이 고개를 돌려 부스를 보면 최곤과, 박민수까지 짬뽕을 먹고 있다. 배달부 장 씨, 부스 안에서 최곤의 헤드폰을 끼고 음악에 흠뻑 취해 있다. 석영, 포기하는 표정으로 다시 창밖을 바라본다. 그때 김 양이 문을 열고 들어선다.

김 양: (낭랑한 목소리로) 커피 시키신 분.

박민수: (부스 안에서 마이크 통해) 여기.

하고 손을 흔든다.

　　(jump) 김추자의 「빗속의 여인」 계속 흐르고 있다. 최곤, 김 양이 배달해 온 커피를 마시고 있다.

　　김 양, 김추자의 「빗속의 여인」에 젖어 든다. 석영이 최곤을 못마땅한 표정으로 바라보고 있다.

김 양: 아저씨, 이 노래 한 번만 더 틀어 주면 안 돼?

　　최곤, 보면

김 양: 안 돼요? 우리 다방은 리필해 주는데.

최곤: 그러지 뭐.

김 양: 난 이 노래 들으면 엄마 생각나더라. 우리 엄마 십팔번이거든.

　　그때 석영이 들어온다.

석영: 나와요.

김 양: 손님 다 마실 때까지 옆에 있는 거예요.

　　노래 끝나 간다. 최곤을 노려보던 석영이 나가려는 순간,

최곤: (석영 들으란 듯) 너 엄마한테 한마디 할래?

　　최곤 말에 깜짝 놀라는 김 양.

김 양: 아저씨 뭔 이야기를 해?

최곤: 엄마 십팔번이라며. 엄마 이야기해.

　　석영, 멈춰 돌아보고 노래 완전히 끝난다.

최곤: (마이크 올리고) 오늘은 애청자 중 한 분을 스튜디오에 모셨습니다. 밖에서 듣고 있던 박민수와 박 기사가 놀란다. 최곤, 김 양에게 얘기하라고 손짓한다. 석영, 화난 표정으로 최곤을 바라본다.

김 양: (마이크 앞으로 다가앉으며) 안녕하세요? 저는 요 앞 터미널 바로 건너편 터미널 다방에 근무하는 김 양입니다.

　　INS. 터미널 다방. 다방 안 스피커에서 김 양의 목소리가 나오자 다방 안에 있던 사람들이 놀란다.

박 양: 김 양이다.

손님 1: 쟤 저기서 뭐하는 거냐?

김 양 (E): 저, 먼저…… 평소 터미널 다방을 이용해 주시는 손님 여러분들께 감사드리구요.

김 양의 말에 다방 손님들과, 특히 사장이 흐뭇한 표정을 짓는다.

김 양 (E): 세탁소 김 사장님하고 철물점 박 사장님, 이번 달에는 외상값 꼭 갚아 주세요. 김 사장님 4단 7천원이구요…….

INS. 영월 시내 세탁소 내부. 세탁소 사장, 라디오에서 나오는 김 양의 얘기를 듣다 놀란다.

김 양: 철물점 박 사장님…… 맨날 쌍화차 드셔서 좀 많은데…… 10만 4천 원인데…… 4천 원 까고 10만 원만 받을게요.

INS. 영월 시내 철물점. 철물점 사장, 라디오에서 나오는 김 양의 얘기를 듣고 당황한다. 옆에서 철물들을 정리하던 사장의 와이프가 남편을 째려본다.

김 양: 안 갚으시면 제 월급에서 까지는 거 아시죠?

스튜디오, 김 양의 말 계속 이어진다.

김 양: (잠시 뜸들이다) 엄마, 나 선옥인데…… 나 방송 출연했거든. 엄마, 잘 있지?

석영, '어디까지 가나 보자.' 하는 표정으로 최곤을 노려본다. 최곤, 석영의 시선에 아랑곳 않고 김 양에게 계속 말하라고 손을 흔든다. 김 양, 잠시 말을 멈추더니 표정이 무거워진다.

〈영화 '라디오스타'〉

[A] 김 양: 엄마, 비 오네. 엄마, 기억 나? 나 집 나오던 날도 비 왔는데. 엄마, 알어? 나 엄마 미워서 집 나온 거 아니거든. 그때는 내가 엄마를 미워하는 줄 알았는데…… (울음을 삼키며) 집 나와서 생각해 보니까 세상 사람들 다 밉고, 엄마만 안 미웠어……. 그래서 내가 미웠어. 엄마, 나 내가 너무 미워서…… 좀 막 살았다. 그래서 지금은 내가 더 미워.

김 양을 삐딱하게 바라보는 석영의 표정이 동정으로 변한다.

INS. 지국장실. 라디오에서 나오는 김 양의 사연을 듣고 있는 지국장의 표정 슬프다.

[B] 김 양: 엄마, 나 비 오면 엄마가 해 주던 부침개 해 보거든. 근데 엄마가 해 주던 것처럼 맛있게 안 돼. 이렇게도 해 보고 저렇게도 해 봤는데 잘 안 돼. 엄마, 보고 싶어. 너무 보고 싶어…….

하고는 무너져 테이블에 고개를 묻고 흐느낀다. 최곤이 김 양을 바라보다 김추자의 「빗속의 여인」을 내보낸다. 김 양의 흐느낌이 노래에 묻힌다. 최곤, 부스를 나온다. 석영이 김 양을 측은하게 바라본다. 최곤이 창가에 선 박민수에게 다가가면 박민수의 눈이 젖어 있다.

최곤: 뭐야?

박민수: 장마가 지려나?

박민수, 괜히 목을 빼고 창밖을 바라본다.

― 최석환, 「라디오 스타」

05 [A]와 [B]에 드러난 '김 양'의 발화는 '비 오는 날'을 공통적인 화제로 삼고 있다. 발화 내용을 중심으로 ㉠과 ㉡의 내용을 기술하시오.

	행동		엄마에 대한 회상		정서
[A]	집을 나옴	⇒	"엄마를 미워하는 줄 알았어."	⇒	㉠
[B]	㉡		"엄마가 해 주던 것처럼 맛있게 안 돼."		엄마가 보고 싶음

06 S#39와 S#40은 서로 다른 공간이지만 두 장면을 연결시켜 주는 요소에 의해 내적 필연성을 갖게 된다. 내적 필연성을 위해 S#39에 사용된 효과음을 기술하시오.

수학

▶ 해답 p.169

07 방정식 $4^{x+2}=\left(\dfrac{1}{4}\right)^{-x}+30$의 해를 구하는 과정을 논술하시오.

08 다음은 반지름의 길이가 $\sqrt{3}$인 원에 내접하는 삼각형 ABC에서

$$3\sin(A+B)\sin C=2$$

일 때, 선분 AB의 길이를 구하는 과정을 논술한 것입니다. 빈칸 ① , ② , ③ 을 채우시오.

삼각형의 내각의 합 $A+B+C=\pi$이므로
$3\sin(A+B)\sin C=3\sin(\pi-C)\sin C=2$
인데, $0<C<\pi$이므로 $\sin C=$ ① 이다.
외접원의 반지름의 길이가 $\sqrt{3}$이므로 사인법칙에 의하여 $\dfrac{\overline{AB}}{\sin C}=$ ② 이므로
$\overline{AB}=\sin C\times$ ② $=$ ③

PART 1
기출문제

PART 2
실전모의고사

PART 3
정답 및 해설

67

09 첫째항이 3이고 공차가 4인 등차수열 $\{a_n\}$에 대하여 $\sum_{n=1}^{32} \dfrac{1}{(a_n-1)(a_{n+1}-1)}$의 값을 구하는 과정을 논술하시오.

10 두 함수 $f(x)=\begin{cases} x-1 & (x<1) \\ x+a & (x\geq1) \end{cases}$와

$g(x)=\begin{cases} x^3-x & (x<1) \\ 2x^2+6 & (x\geq1) \end{cases}$에 대하여,

함수 $\dfrac{g(x)}{f(x)}$가 $x=1$에서 연속이 되도록 실수 a의 값을 구하는 과정을 논술하시오.

11 함수 $f(x) = x^3 - 2x^2 - 3x + 1$에 대하여 곡선 $y = f(x)$ 위의 $x = 1$일 때의 점에서의 접선의 방정식을 구하는 과정을 논술하시오.

12 함수 $f(x) = \frac{1}{3}x^3 + ax^2 + (2-a)x + 2a$ 가 일대일대응이 되기 위한 실수 a의 범위를 구하는 과정을 논술하시오.

13 삼차함수 $f(x)$의 도함수 $y=f'(x)$의 그래프가 그림과 같고, 함수 $f(x)$의 극솟값이 -2, 극댓값이 2일 때, 삼차함수 $f(x)$를 구하는 과정을 논술하시오.

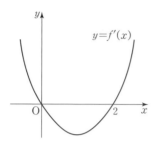

14 함수 $f(x)=4x^3+2x$의 역함수를 $g(x)$라고 할 때, $\displaystyle\int_0^6 g(x)dx$의 값을 구하는 과정을 논술하시오.

15 원점을 출발하여 수직선 위를 움직이는 점 P의 시각 t에서의 속도 $v(t)$는 $v(t)=-3t^2+6t$이다. 점 P가 움직이는 방향을 바꾼 후부터 다시 원점으로 돌아오는 데 걸린 시간을 구하는 과정을 논술하시오.

2022학년도
수원대
논술 모의고사

국어

수학

국어

▶ 해답 p.173

[01~02] 다음 글을 읽고 물음에 답하시오.

사전적 정의에 의하면 '매체(media)'란 어떤 작용을 다른 곳으로 전하는 역할을 하는 물체나 수단이다. 이에 따르면 젓가락이 부딪치는 소리를 우리 귀에 전달하는 공기, 또 음성의 정체를 분석하도록 뇌에 전달하는 귀도 일종의 매체이다. 곧 매체란 우리의 감각적 활동이나 사고를 가능하게 하는 매개체라 할 수 있다. 그런데 매체학자인 마셜 매클루언은 매체에 대한 이러한 기존 인식이 매체를 피상적으로 이해하는 것이라며 문제를 제기했다. 그는 매체가 우리의 감각적 활동이나 사고 작용을 유발하여 의사소통을 하는 데 활용되기는 하지만, 단순히 의사소통에 사용되는 매개 도구가 아니라 의사소통을 위해 반드시 필요한 조건이라고 보았다. 따라서 그는 연설이나 편지처럼 직접적으로 의미를 담고 있는 말과 글뿐만 아니라 간접적으로 의미를 전달하는 데 활용되는 옷과 집, 과학과 철학, 회화와 음악 등도 매체가 될 수 있다고 보았다. 그리고 이런 매체에 의해 인간의 사고가 결정되고, 인식 체계가 바뀌며, 인간관계와 사회 질서까지 변화될 수 있다고 주장하였다. '매체는 메시지이다.'라는 그의 말에는 새로운 매체의 등장을 바라보는 관점이 잘 담겨있다.

매클루언은 매체 자체를 아무런 내용도 갖지 않은 중립적 도구라고 보는 태도야말로 기존 매체론이 지닌 가장 근본적 오류라고 지적하였다. 기존 매체론에서는 콘텐츠(contents)를 매체에 의해 전달되는 정보와 지식 등으로 한정하였고, 그 콘텐츠를 담기에 적절한 매체가 무엇인지 파악하는 것을 중요하게 여겼다. 하지만 매클루언은 음식을 담고 있는 그릇, 즉 콘텐츠를 담고 있는 매체 자체가 지닌 의미에 주목하였다. 그는 콘텐츠가 우리에게 필요한 정보와 지식을 주지만 매체는 어떤 것이 콘텐츠가 될 수 있는지를 결정할 수 있으며, 심지어 매체에 의해 콘텐츠의 의미가 달라질 수 있다고 하였다. 예컨대 편지지에 인쇄되어 전달된 '사랑한다.'라는 글을 읽을 때와 감미로운 음악과 함께 휴대 전화로 전달된 '사랑해.'라는 문자 메시지를 읽을 때를 비교해 보자. 두 매체를 통해 전달하는 내용은 동일하지만, 매체에 따라 콘텐츠의 해석에 활용되는 감각의 종류와 정도가 다르고, 이로 인해 매체 사용자가 받게 될 감동이 달라진다. 매클루언은 바로 이런 이유로 [(가)   ](라)고 주장하였다.

또 매클루언은 매체의 종류에 따라 우리의 인식 체계가 달라질 수 있다고 여겼다. 예를 들어, 표음 문자와 상형 문자는 동일한 정보라도 다른 방식으로 표현한다는 점에서 다른 매체로 볼 수 있다. 그런데 표음 문자는 그 지시 대상과 전혀 관련이 없는 그저 추상적 상징으로 이루어져 있지만 상형 문자는 도상*처럼 지시대상과 유사성을 지니고 있다. 인식 체계의 측면으로 볼 때 표음 문자는 기호와 그것이 지시하는 대상의 의미가 분리되어 있다. 소쉬르의 주장처럼 알파벳과 같은 언어 체계는 현실 세계와 동떨어져 있는 반면에, 상형 문자는 그림처럼 나름대로 대상을 재현하고 있으며 현실 세계와 조응하고 있다. 그러므로 상형 문자라는 매체로 인식된 세계와 표음 문자라는 매체로 인식된 세계는 근본적으로 다를 수밖에 없다. 이런 점에서 매클루언은 매체가 달라지면 곧 우리 인식 체계도 달라진다고 판단하였다.

매클루언은 자신의 저서에서 매체를 기술과 동의어처럼 사용하였다. 새로운 기술의 등장으로 새로운 의사소통 체계와 사회 구조가 나타난 것처럼 매체의 변화가 의사소통 체계와 사회 질서를 변화시킬 수 있다고 여겼기 때문이다. 전화라는 기술, 곧 매체가 등장함에 따라 일반 회사의 분위기가 이전과 달라졌다. 시간과 장소에 상관없이 전화가 걸려 오기 시작한 후, 하급 회사원들은 관리자들이 자리를 비우는 식사 시간에만 전화를 피할 수 있게 되었다. 심지어 퇴근 후 가정에서도 전화에 시달리게 되었다. 전화로 인해 사생활이 위협받게 되었고, 차츰 의사소통 체계와 사회 구조가 일방 전달식으로 변화하게 된 것이다. 이처럼 매클루언은 전화로 인해 사람들의 의사소통 체계와 사회 구조가 근본적으로 바뀌었다고 주장하였다. 전화라는 매체 자체가 사회적 의미를 갖는 내용이며, 새로운 사회 질서와 의사소통 체계를 의미하는 메시지라는 것이다.

01 윗글의 내용을 토대로 할 때, ㉠과 ㉡에 들어갈 단어를 찾아 쓰시오.

표음 문자는 대상을 추상적으로 (㉠)하는 것으로 현실 세계와 분리되어 있으며, 상형 문자는 대상을 구체적으로 (㉡)하는 것으로 현실 세계와 조응하고 있다.

02 다음의 핵심어를 모두 사용하여 윗글의 (가)에 들어갈 하나의 문장을 20자 이내로 기술하시오.

핵심어: 매체, 콘텐츠

PART 1
기출문제

PART 2
실전모의고사

PART 3
정답 및 해설

[03~04] 다음 글을 읽고 물음에 답하시오.

임 씨는 자신의 아들딸이 네 명이란 것, 큰놈은 국민학교 4학년인데 공부를 썩 잘하고 둘째딸년은 학교 대표 농구 선수인데 박찬숙 못지않을 재주꾼이라고 자랑했다.

"그놈들 곰국 한번 못 먹인 게 한이오, 형씨. 내 이번에 가리봉동에 가면 그 녀석 멱살을 휘어잡아야지."

임 씨가 이빨 사이로 침을 찍 뱉었다. 뭐 맛있는 거나 되는 줄 알고 김반장의 발발이 새끼가 쪼르르 달려왔다.

"가리봉동에 가면 곰국이 나와요?"

임 씨가 따라 주는 잔을 받으면서 그는 온몸을 휘감는 술기운에 문득 머리를 내둘렀다. 아까부터 비 오는 날에는 가리봉동에 간다는 임 씨의 말을 술기운과 더불어 떠올랐다.

"곰국만 나오나. 큰놈 자전거도 나오고 우리 농구 선수 운동화도 나오지요. 마누라 빠마값도 쑥 빠집니다요. 자그마치 팔십만원이오, 팔십만원. 제기랄. 쉐타 공장 하던 놈한테 일 년내 연탄을 대줬더니 이놈이 연탄값 떼어먹고 야반도주했어요. 공장이 망했다고 엄살을 까길래, 내 마음인들 좋았겠소. 근데 형씨. 아, 그놈이 가리봉동에 가서 더 크게 공장을 차렸지 뭡니까. 우리네 노가다들, 출신이 다양해서 그런 소식이야 제꺼덕 들어오지, 뭐."

"그럼 받아야지, 암. 받아야 하구말구."

그는 딸국질을 시작했다. 임 씨에게 술을 붓는 손도 정처 없이 흔들렸다. 그에 비하면 임 씨의 기세 좋은 입만큼은 아직 든든하다.

"누군 받기 싫어 못 받수. 줘야 받지. 형씨, 돈 있는 놈은 죄다 도둑놈이오. 쫓아가면 지가 먼저 울상이네. 여공들 노임도 밀렸다, 부도가 나서 그거 메우노라 마누라 목걸이까지 팔았다고 지가 먼저 성깔 내."

"쥑일 놈."

그는 스웨터 공장 사장을 눈앞에 그려본다. 빤질빤질한 상판에 배는 툭 불거져 나왔겠지.

"그게 작년 일인데, 형씨 올여름에 비가 오죽 많았소. 비만 오면 가리봉동에 갔지요. 비만 오면 갔단 말이요."

"아따, 일년 삼백육십오일 비오는 날은 쌔김고 쌨는디 머시 그리 걱정이당가요?"

김반장이 맥주를 새로 가져오며 임 씨를 놀려먹었다.

"시끄러, 임마. 비가 와야 가리봉동에 가지, 비가 와야……."

"해 뜨는 날은 돈 벌어서 좋고, 비 오는 날은 돈 받아서 좋고, 조오타!"

김반장이 젓가락으로 장단까지 맞추자 임씨는 김반장 엉덩이를 찰싹 갈긴다.

"형씨, 형씨는 집이 있으니 걱정할 것 없소. 토끼띠면 어쩔 거여. 집이 있는데, 어디 집값이 내리겠소?"

"저런 것도 집 축에 끼나……."

이번엔 또 무슨 까탈을 일으킬 것인지, 시도 때도 없이 돈을 삼키는 허술한 집이라고 대꾸하려다가 임씨의 말에 가로채여서 그는 입을 다물었다.

"난 말요. 이 토끼띠 사내는 말요, 보증금 백오십만 원에 월세 삼만 원짜리 지하실 방에서 여섯 식구가 살고 있소. 가리봉동 그 새끼는 곧 죽어도 맨션아파트요, 맨션아파트!"

임 씨는 주먹을 흔들며 맨션아파트라고 외쳤는데 그의 귀에는 꼭 맨손아파트처럼 들렸다.

"돈 받으러 갈 시간도 없다구. 마누라는 마누라대로 벽돌 찍는 공장에 나 댕기지, 나는 나대로 이짓 해서 벌어야지. 그래도 달걀후라이 한 개 마음 놓고 못 먹는 세상!"

임 씨의 목소리가 거칠어졌다. 술이 너무 과하지 않나 해서 그는 선뜻 임 씨에게 잔을 돌리지 못하고 있었다.

"돌고 돌아서 돈이라고? 돌고 도는 돈 본 놈 있음 나와 보라 그래! 우리 같은 신세는 평생 이 지랄로 끝장이야. 돈? 에이! 개수작 말라고 해."

임 씨가 갑자기 탁자를 내리쳤다. 그 바람에 기우뚱거리던 맥주병이 기어이 바닥으로 나뒹굴면서 요란한 소리를 내었다.

"참고 살다 보면 나중에는……."

"모두 다 소용없는 일이야."

임 씨의 기세에 눌려 그는 또 말을 맺지 못하고 입을 다물었다. 나중에는 임 씨 역시 맨션아파트에 살게 되고 달걀 프라이쯤은 역겨워서, 곰국은 물배만 채우니 싫어서 갖은 음식 타박에 비 오는 날에는 양주나 찔끔거리며 사는 인생이 될 것이다, 라고 말할 수는 없었다. 천 번 만 번 참는다고 해서 이 두터운 벽이, 오를 수 없는 저 꼭대기가 발밑으로 걸어와 주는 게 아님을 모르는 사람이 그 누구인가.

그는 임 씨의 핏발 선 눈을 마주 보지는 못하였다. 엉터리 견적으로 주인 속이는 일꾼이라고 종일토록 의심하며 손해 볼까 두려워 궁리를 거듭하던 꼴을 눈치채이지는 않았는지, 아무래도 술기운이 확 달아나 버리는 느낌이었다. 제아무리 탄탄해도 라면 가닥으로 유지되는 사내의 몸뚱이는 술 앞에서 이미 제 기운을 잃고 있음이 분명했다. 임 씨의 몸이 자꾸만 한쪽으로 쏠리는 것을 보면서 그는 점차 술이 깨고 있었다.

– 양귀자, 「비오는 날에는 가리봉동에 가야 한다.」

PART 1
기출문제

PART 2
실전모의고사

PART 3
정답 및 해설

03 '반어(irony)'는 본래의 뜻과는 반대되는 말을 하여 문장의 의미를 강화하는 문학적 기법이다. 윗글 중 '임 씨'의 처지에 대해 김반장이 반어적으로 표현한 문장을 찾아 쓰시오.

04 윗글의 내용을 참조하여 다음의 유의 사항을 준수하여 ㉠에 들어갈 말을 쓰시오.

> 주인공 '그'는 일꾼인 '임 씨'에게 위로의 말을 전하려다가 그만둔다. 그것은 소시민인 자신과 노동자인 임 씨 사이에 (㉠)이(가) 존재하고 있음을 느끼고 있기 때문이었다.

〈유의사항〉

1. 윗글의 지문에 나온 단어를 사용할 것.

2. 두 개의 어절로 쓸 것.

2022학년도 모의고사

수학

▶ 해답 p.174

05 공비가 양수인 등비수열 $\{a_n\}$에 대하여
$$a_3+a_4+a_5=8,$$
$$a_5+a_6+a_7=\frac{1}{2}(a_4+a_5+a_6)+12$$
일 때, $a_6+a_7+a_8$의 값을 구하고 그 과정을 서술하시오.

06 함수 $f(x)=x^2-6x+11$과
함수 $g(x)=\log_3 x$가 있다.
구간 $\{x\,|\,1\leq x\leq 7\}$에서 합성함수
$(g \circ f)(x)=g(f(x))$의 최댓값과 최솟값
의 차를 구하여 간단히 나타내고 그 과정을 서술하시오.

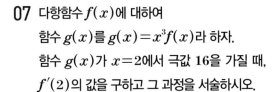
07 다항함수 $f(x)$에 대하여
함수 $g(x)$를 $g(x)=x^3f(x)$라 하자.
함수 $g(x)$가 $x=2$에서 극값 16을 가질 때,
$f'(2)$의 값을 구하고 그 과정을 서술하시오.

08 두 곡선 $y=2x^2-4x+3$과
$y=-x^2+8x-6$으로 둘러싸인 부분의 넓
이를 구하고 그 과정을 서술하시오.

PART 1
기출문제

PART 2
실전모의고사

PART 3
정답 및 해설

It is confidence in our bodies, minds and spirits that allows us
to keep looking for new adventures, new directions to grow in,
and new lessons to learn - which is what life is all about.
자신의 몸, 정신, 영혼에 대한 자신감이야말로 새로운 모험, 새로운 성장 방향,
새로운 교훈을 계속 찾아나서게 하는 원동력이며, 바로 이것이 인생이다.

– 오프라 윈프리 –

PART

2

실전모의고사

[인문계열] – 5회

[인문계열]

수원대
논술 실전모의고사

제1회 실전모의고사

[국어 영역]

▶ 해답 p.176

[01~02] 다음 글을 읽고 물음에 답하시오.

(가) 논증이란 전제를 근거로 결론을 도출하는 논리적 증명의 과정을 의미한다. 대표적인 논증의 방법으로는 연역법과 귀납법이 거론된다. 연역법은 전제로부터 결론이 필연적으로 나오는 '진리 보존적 논증법'이고, 귀납법은 결론이 확률적으로 나오는 '진리 확장적 논증법'이다. 예를 들어, 연역법은 모든 포유류는 심장을 가진다는 일반적 사실에서 각각의 말과 소 등이 심장을 가진다는 개별적 사실을 결론으로 도출하지만, 귀납법은 각각의 말과 소 등이 심장을 가진다는 개별적 사실에서 모든 포유류는 심장을 가진다는 일반적 사실을 결론으로 도출한다.

베이컨은 연역법이 전제된 내용으로부터 결론을 도출하기 때문에 새로운 지식을 얻어 낼 수 없다는 점에 주목하여, 새로운 지식을 만들어 낼 수 있는 귀납법에 집중했다. 그러나 귀납법으로 얻은 결론은 확률적으로 참이어서 거짓일 수도 있다. 그래서 '참의 정도', 다시 말해 '귀납적 강도'를 높일 방법을 찾아야만 했다. 그 결과 베이컨은 앞서 언급한 귀납법보다 복잡한 사고 과정을 가진 새로운 귀납법을 구상해 냈다. 그 한 예로, '열'의 개념을 도출하기 위한 베이컨의 논증은 다음과 같은 사고 과정을 거친다.

우선 햇빛, 번개, 불꽃, 뜨거운 증기, 동물의 몸 등 열이 있다고 판단되는 모든 '긍정적 사례'를 모은 '존재표'를 만든다. 그런 다음 각 긍정적 사례에 대응하는 '부정적 사례'를 모은 '부재표'를 만든다. 예를 들어 햇빛에는 달빛이, 뜨거운 증기에는 차가운 공기가 각각 부정적 사례로 대응된다. 그다음에는 열의 정도가 서로 다른 사례를 모아 '정도표'를 만든다. 예를 들어 가만히 있는 동물보다 움직이는 동물의 몸에서 열이 더 많이 난다는 등의 사례를 적는 것이다. 이렇게 존재표를 통해 열이 있을 때의 성질을, 부재표를 통해 열이 없을 때의 성질을, 그리고 정도표를 통해 열이 증감하는 성질을 정리한 다음, 이들 중 열에 대한 성질로 합당하지 않은 것들만을 모아서 '배제표'를 만든다. 예를 들어 끓는 물은 열이 있는데도 빛나지 않기 때문에 빛나는 성질은 열의 성질에서 제외하는 식으로 범위를 좁혀 나가는 것이다.

이렇게 귀납적 추리를 거쳐 베이컨이 열에 대해 얻은 결론은 놀랍게도 현대적 열 개념과 거의 일치한다. 베이컨은 개별적 사실에서 일반적 결론을 도출한다는 논증 구조를 유지하면서도, 배제표를 사용하여 귀납적 강도를 높여 감으로써 논증의 우수성을 확보한 것이다.

[A]
베이컨은 개미가 먹이를 모으듯 경험을 모으기만 하는 '개미의 방법'이나, 거미가 자기 속에서 하나의 실을 뽑아내듯 자신의 확신에 따라 독자적으로 사고를 전개해 나가는 '거미의 방법'에서 벗어나, 꿀벌이 꽃들에서 구해 온 재료를 꿀로 바꾸어내듯 경험을 통해 얻은 재료를 지성의 힘으로 변화시켜 소화하는 '꿀벌의 방법'이 참된 귀납법에 가장 부합한다고 보았다.

(나) 데카르트는 수학처럼 다른 어떤 것의 도움 없이 자신의 확실성을 스스로 드러내는 것을 '자명하다'라고 정의했다. 그리고 철학도 수학처럼 명료(clear)하고 분명(distinct)해야 한다고 보았다. 이를 위해 데카르트는 명료함과 분명함이 어떤 것인지부터 확실히 알아야 한다고 보고, 다음과 같이 통증을 예로 들어 설명했다.

어떤 사람이 통증을 느낄 때, 그 통증은 그에게 명료하더라도 분명하지는 않을 수 있다. 그것이 심리적 통증인지, 신체 어느 부위의 통증인지 확실치 않다면 통증의 적용 범위가 모호해져 분명하지 않게 되기 때문이다. 반면에 통증이 어느 부위인지 분명하더라도 그 증상이 가벼워서 가려운 것인지 아픈 것인지조차 혼동이 된다면 그때는 통증이 애매해져 그에게 통증은 명료하지 않게 된다.

데카르트는 이렇게 애매하거나 모호한 판단에서 벗어나 명료하고 분명한 절대적 지식을 파악하고자 했다. 연역적 사고의 결과로 얻은 지식이 참이 되려면 아무도 의심할 수 없는 전제가 필요하므로, 데카르트는 자신이 자명하게 그러하다고 믿고 있었던 것들도 모두 참이 아닐 수 있다고 의심하는 사고를 계속해 나갔다. 그리고 그 과정에서 착시 현상과 같이 인간의 감각이 부정확하다는 것을 근거로 하여 감각적 경험을 통해 얻은 모든 지식을 의심하고 부정하였다.

또한 데카르트는 연역법을 바탕으로 한 고전적 논리학이 새로운 지식을 만들어 낼 수 없다는 데 반감을 가지고 있었다. 그래서 데카르트는 수학이나 기하학에서의 증명법과 같이 의심의 여지가 없는 자명한 명제에서 시작하여 또 다른 명제들을 하나씩 도출해 나가는 '데카르트적 연역'을 시도했다. 예를 들어 '삼각형의 내각의 합은 180도이다.'라는 불변의 명제를 통해 사각형과 오각형의 내각의 합을 증명해 내고, 또 이를 일반화하여 다각형 내각의 합을 구하는 공식을 추론해 내는 방식을 반복한 것이다.

이렇게 데카르트는 고전적 연역법 대신 자신이 개발해 낸 ㉠생산적인 연역법을 통해 기본이 되는 전제의 틀 안에서 다른 지식들을 하나씩 연역해 냄으로써 지식 체계 전체를 만들어 나갔다. 그는 모든 철학 지식이 책상에 가만히 앉아 사고하는 것만으로도 얼마든지 증명될 수 있는 것이라고 믿었으며, 그렇게 연역의 사고 과정을 거쳐 하나씩 진흙을 바르고 청동을 붓는 '첨가 방식'을 통해 절대적인 지식이라는 하나의 조각상을 완성해 나가고자 하였다.

01 위의 글 (가)와 (나)를 읽고 다음의 〈보기〉를 이해할 때 빈칸에 들어갈 말을 쓰시오.

〈보기〉

(가)에서는 기존의 귀납법이 결론의 (ⓐ)이/가 낮을 수 있다는 한계를 가지므로 이를 보완하기 위해 새로운 귀납법을 만들어 낸 베이컨의 시도를 소개하고 있다. 그리고 (나)에서는 고전적 연역법이 (ⓑ)을/를 만들어 낼 수 없다는 한계를 가지므로 이를 보완하기 위해 새로운 연역법을 만들어 낸 데카르트의 시도를 소개하고 있다.

〈유의 사항〉

– 각각 2어절로 쓸 것.

02 데카르트가 개발한 ㉠의 '생산적 연역법'이 [A]에서 설명한 곤충의 논증 방법 중 어느 곤충에 해당하는 지 쓰시오.

[03～04] 다음 글을 읽고 물음에 답하시오.

경제학에서는 GDP가 장기간 하락하고 실업이 상당히 증가하는 상황을 불황이라고 부르며, 이러한 불황이 더욱 장기화되고 수치가 심각한 상황이 되는 것을 공황이라고 부른다. 이러한 상황에서는 상품이 부족해서가 아니라 너무 많아져서 문제가 된다. 물건을 아무리 많이 만들어도 ㉠소비가 감소하여 팔리지 않는다면 생산을 하지 않는 것만 못하게 된다. 이러한 현상이 개별 기업이 아닌 경제 전반에 걸쳐 지속적으로 발생한다면 심각한 사회 문제가 되는데, 공황 중에서도 야기한 충격이 컸기에 대공황이라고 불렸던 시대를 살아온 경제학자였던 하이에크와 슘페터는 공황을 다음과 같이 설명했다.

하이에크는 신용이 발달한 경제에서는 호황과 불황이 잇달아 일어나는 경기 변동 현상이 일어나게 마련이라고 보았다. 그가 주목하는 대공황의 근본 원인은 과잉 투자였다. 신용과 투자 그리고 이윤이 서로를 강화하는 과정에서 호황과 불황이 번갈아 발생하게 마련이며 호황은 불황의 씨앗을, 불황은 호황의 씨앗을 품고 있다는 것이다. 하이에크는 대출 금리가 가계의 저축과 기업의 투자가 균형을 이룰 수 있다고 보는 수준의 이자율에서 벗어나기 때문에 산출량의 변동이 발생한다고 보았다. 즉 적정한 이자율보다 금리가 낮으면 신용과 투자는 빠르게 증가하는 반면 가계는 저축을 줄이게 된다. 이 과정에서 투자 증가로 인해 미래의 산출량은 늘어나지만 저축은 감소하고 미래의 소비도 줄어들어 결국 미래의 산출과 수요의 불일치가 일어나게 된다. 또한 이러한 과잉 투자는 설비 과잉을 초래하여 기업의 수익률을 떨어뜨리고, 수익률 하락을 목격한 은행이 신규 대출을 줄이고 기존 대출을 회수하며 금리도 상승하게 된다. 이에 따라 기업의 투자가 빠르게 줄어들고 불황이 찾아오지만, 이후 불황으로 기업이 도산하거나 과잉 설비가 정리되면 자연히 이윤과 투자가 다시 늘면서 호황 국면으로 진입하게 된다.

슘페터 역시 공황은 저지해야 할 악이 아니라 혁신의 잠재력이 쇠퇴할 때 불가피하게 발생하는 것이며, 경제의 혁신을 위해 반드시 필요한 조정의 수단으로 보았다. 따라서 하이에크와 슘페터는 공황 해결을 위해 누군가가 개입해서 조정을 하면 오히려 문제가 심각해질 수 있기 때문에 시장에 자율적 조정을 맡겨야 한다고 보았다.

이처럼 인위적 개입을 반대하는 자유 시장주의자의 입장과 대비되는 입장을 가진 학자에는 케인스가 있었다. 케인스는 경제에는 장기적으로 균형을 회복하는 힘이 있으므로 정부의 개입 없이 두어야 한다는 일련의 입장에 대해 대단히 비판적이었다. 또한 그는 경기 침체를 사회가 자원을 탕진한 결과로 감수해야 하는 징벌이 아닌, 얼마든지 극복할 수 있는 질병이라고 보았다. 그리고 침체의 원인도 생산이 아닌 수요의 부족에 있다고 보았다. 민간 부문에서 수요란 가계의 소비와 기업의 투자로 구성된다. 케인스는 투자 감소에서 시작된 침체가 소비의 위축을 통해 더욱 심화된다고 보았다. 투자재에 대한 수요가 축소되면 투자재 부문에 고용된 사람들의 소득이 줄어들거나 이들이 실업으로 인해 소득을 상실한다. 이는 다시 소비재 부문에 대한 수요 축소로 연결되어 경제 전반에 걸쳐 소비가 감소한다. 사람들이 미래에 대한 불안으로 소비를 미루며, 화폐 자체에 대한 수요가 높아지는 현상을 그는 유동성 선호라고 불렀다. 따라서 그는 정부의 적극적인 개입을 통해 수요를 살리는 정책을 펼쳐야 경기 침체를 극복할 수 있다고 보았다.

03 제시문의 ㉠에 대해 이해할 때 다음 〈보기〉의 빈칸에 들어갈 경제학자들을 제시문에서 찾아 차례대로 쓰시오.

〈보기〉
① ( )은/는 소비 감소 역시 시장의 자율 조정 기능에 의해 해결될 문제라고 보았다.
② ( )은/는 투자재에 대한 수요 축소로 인한 실업에서 발생한 소득 상실이 소득 감소로 연결된다고 보았다.
③ ( )은/는 투자 증가로 인한 미래의 산출량 증가가 미래 소비의 감소를 가져올 수 있다고 보았다.

04 하이에크와 슘페터 등의 자유 시장주의자와 케인즈는 불황에 대한 정부의 개입에 대해 상반된 시선을 보이고 있다. 다음의 ⓐ, ⓑ에 들어갈 단어를 제시문에서 찾아 차례대로 쓰시오.

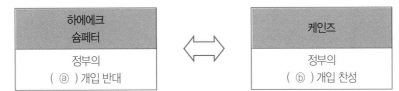

ⓐ _____

ⓑ _____

〈유의 사항〉
– 각각 3음절어로 쓸 것.

PART 1
기출문제

PART 2
실전모의고사

PART 3
정답 및 해설

[05~06] 다음 글을 읽고 물음에 답하시오.

[앞부분 줄거리] 서북간도로 이주하기 위해 거쳐야 할 길목에 위치한 목넘이 마을에 떠돌이 개 신둥이가 나타난다. 동장 형제는 신둥이를 미친개로 몰아 동네 개 누렁이, 검둥이, 바둑이가 신둥이와 어울렸다는 이유로 잡아먹고, 신둥이도 잡으려 든다.

동네 사람들이 방앗간의 터진 두 면을 둘러쌌다. 그리고 방앗간 속을 들여다보았다. 과연 어둠 속에 움직이는 게 있었다. 그리고 그게 어둠 속에서도 흰 짐승이라는 걸 알 수 있었다. 분명히 그놈의 신둥이 개다. 동네 사람들은 한 걸음 한 걸음 죄어들었다. 점점 뒤로 움직여 쫓기는 짐승의 어느 한 부분에 불이 켜졌다. 저게 산개의 눈이다. 동네 사람들은 몽둥이 잡은 손에 힘을 주었다. 이 속에서 간난이 할아버지도 몽둥이 잡은 손에 힘을 주었다. 한 걸음 더 죄어들었다. 눈앞의 새파란 불이 빠져나갈 틈을 엿보듯이 휙 한 바퀴 돌았다. 별나게 새파란 불이었다. 문득 간난이 할아버지는 이런 새파란 불이란 눈앞에 있는 신둥이 개 한 마리의 몸에서 나오는 것이 아니고 여럿의 몸에서 나오는 것이 합쳐진 것이라는 생각이 들었다. 말하자면 지금 이 신둥이 개의 뱃속에 든 새끼의 몫까지 합쳐진 것이라는. 그러자 간난이 할아버지의 가슴속을 흘러 지나가는 게 있었다. 짐승이라도 새끼 밴 것을 차마?

이때에 누구의 입에선가, 때레라! 하는 고함 소리가 나왔다. 다음 순간 간난이 할아버지의 양옆 사람들이 욱 개를 향해 달려들며 몽둥이를 내리쳤다. 그와 동시에 간난이 할아버지는 푸른 불꽃이 자기 다리 곁을 빠져나가는 것을 느꼈다.

뒤이어 누구의 입에선가, 누가 빈틈을 냈어? 하는 흥분에 찬 목소리가 들렸다. 그리고 저마다, 거 누구야? 거 누구야? 하고 못마땅해하는 말소리 속에 간난이 할아버지 턱 밑으로 디미는 얼굴이 있어,

"아즈반이웨다레."

하는 것은 동장네 절가였다.

그러자 저편 어둠 속에서 궁금한 듯 큰동장의,

"어떻게들 됐노?"

하는 소리가 들려왔다.

"파투웨다."

절가의 말에 크고 작은 동장이 한꺼번에 지르는 목소리로,

"파투라니?"

하는 소리에 이어 큰동장이 이리로 걸어오는 목소리로,

"틈새를 낸 놈이 누구야?"

하는 결난 소리가 들려왔다.

간난이 할아버지는 옆의 자기 집으로 들어갔다.

좀 뒤에 역시 큰동장의 결난 목소리로,

"늙은 것은 뒈데야 해, 뒈데야 해."

하는 소리가 집 안까지 들려왔다.

이런 일이 있은 지 한 달쯤 뒤, 가을도 다 끝나고 이제 곧 겨울나무 준비로 바쁜 어느 날, 간난이 할아버지는 서산 너머의 옛날부터 험한 곳이라고 해서 좀처럼 나무꾼들이 드나들지 않는, 따라서 거기만 가면 쉽게 나무 한 짐을 해 올 수 있는 여웃골로 나무를 하러 갔다. 손쉽게 나무 한 짐을 해 가지고 돌아오는 길에, 무심코 길 한옆에 눈을 준 간난이 할아버지는 거기 웬 짐승의 새끼가 뭉켜 있는 걸 보았다. 이게 범의 새끼나 아닌가 하고 놀라 자세히 보니, 그것은 다른 것 아닌 잠든 강아지들이었다. 그리고 저만큼에 바로 신둥이 개가 이쪽을 지키고 서 있는 것이었다. 앙상하니 뼈만 남아 가지고.

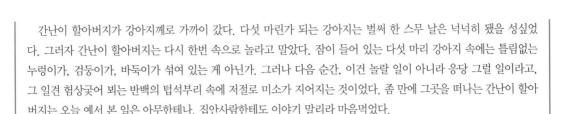

간난이 할아버지가 강아지께로 가까이 갔다. 다섯 마린가 되는 강아지는 벌써 한 스무 날은 넉넉히 됐을 성싶었다. 그러자 간난이 할아버지는 다시 한번 속으로 놀라고 말았다. 잠이 들어 있는 다섯 마리 강아지 속에는 틀림없는 누렁이가, 검둥이가, 바둑이가 섞여 있는 게 아닌가. 그러나 다음 순간, 이건 놀랄 일이 아니라 응당 그럴 일이라고, 그 일견 험상궂어 뵈는 반백의 텁석부리 속에 저절로 미소가 지어지는 것이었다. 좀 만에 그곳을 떠나는 간난이 할아버지는 오늘 예서 본 일은 아무한테나, 집안사람한테도 이야기 말리라 마음먹었다.

이것은 내 중학 이삼 년 시절 여름 방학 때 내 외가가 있는 목넘이 마을에 가서 들은 이야기로, 그때 간난이 할아버지와 김 선달과 차손이 아버지가 서산 앞 우물가 능수버들 아래에 일손을 쉬며 와 앉아 이런 이야기 저런 이야기 끝에 한 이야기다. 간난이 할아버지가 주가 되어 이야기를 해 나가는 도중 벌써 수삼 년 전 일이라 이야기의 앞뒤가 바뀐다든가 착오가 있으면 서로 바로잡고, 빠지는 대목은 서로 보태가며 하는 것이었다.

간난이 할아버지는 여웃골에서 강아지를 본 뒤부터는 한층 조심해서 누가 눈치채지 못하게 나무하러 가서는 이 강아지들을 보는 게 한 재미였다. 사람이 먹기에도 부족한 보리범벅이었으나, 그 부스러기를 집안사람 몰래 가져다주기도 했다. 아주 강아지가 밥을 먹게쯤 됐을 때 간난이 할아버지는 집안사람들보고 아무 곳 아무개한테서 얻어 오는 것이라 하며 강아지 한 마리를 안고 내려왔다. 한동네 곱단이네도 어디서 얻어 준다고 하고 한 마리 안아다 주었다. 그리고 여웃골에서 그냥 갈 수 있는 절골 사는 아무개네도 한 마리, 서젯골 사는 아무개네도 한 마리, 이렇게 한 마리씩 다섯 마리를 다 안아다 주었다.

이런 이야기 끝에, 간난이 할아버지는 지금 자기네 집에 기르는 개가 그 신둥이의 증손녀라는 말과 원체 종자가 좋아서 지금 목넘이 마을에서 기르는 개란 개는 거의 다 이 신둥이의 증손이 아니면 고손이라고 했다. 크고 작은 동장네 두 집에서까지도 요새 자기네 개가 낳은 신둥이 개의 고손자를 얻어 갔다는 말도 했다.

– 황순원, 「목넘이 마을의 개」

*아즈반: '아저씨'의 방언.

*파투: 일이 잘못되어 흐지부지됨을 비유적으로 이르는 말.

05 다음은 위 작품의 구조를 도식화한 것이다. 빈칸에 들어갈 구성 방식과 시점을 차례대로 쓰시오.

(ⓐ) 구성

┌─────────────────────────────┐
│ [외부 이야기] │
│ (ⓑ) 시점 │
│ ┌─────────────────────┐ │
│ │ [내부이야기] │ │
│ │ (ⓒ) 시점 │ │
│ └─────────────────────┘ │
└─────────────────────────────┘

ⓐ _____

ⓑ _____

ⓒ _____

06 다음 〈보기〉의 밑줄 친 ⊙을 반영할 때, 위 작품에서 '신둥이'가 상징하는 것이 무언이지 쓰시오.

〈보기〉

선생님: 소설은 작품의 제목 속에 주제를 가장 함축적으로 담기 마련입니다. 1948년 발표된 「목넘이 마을의 개」에서 '목넘이'는 어떤 곳으로 가기 위해 거쳐야 할 통로를 지나는 것으로, 어떠한 과정을 넘는 것을 의미한다고 할 수 있습니다. 또한 '개'는 주인공인 신둥이를 가리키는데 ⊙신둥이는 흰둥이의 방언으로, 신둥이가 겪는 폭력과 배척 등의 고난과 이를 헤쳐 낸 신둥이의 강인한 생명력은 작품이 발표된 격동의 시기에 우리 민족이 겪은 삶과 밀접한 관련이 있다고 할 수 있겠죠.

〈유의 사항〉

– 4음절어로 쓸 것.

[07~09] 다음 글을 읽고 물음에 답하시오.

(가)
서경(西京)이 아즐가 서경이 서울이지마는
위 두어렁셩 두어렁셩 다링디리
닦은 곳 아즐가 닦은 곳 쇼셩경* 고외마른
위 두어렁셩 두어렁셩 다링디리
여히므론 아즐가 여히므론 길쌈베 버리고
위 두어렁셩 두어렁셩 다링디리
괴시란디 아즐가 괴시란디 우러곰 좃겠나이다
위 두어렁셩 두어렁셩 다링디리

구스리 아즐가 구스리 바위에 떨어진들
위 두어렁셩 두어렁셩 다링디리
끈이야 아즐가 끈이야 끊어지리까 나난*
위 두어렁셩 두어렁셩 다링디리
천 년을 아즐가 천 년을 홀로 살아간들
위 두어렁셩 두어렁셩 다링디리
신(信)이야 아즐가 신(信)이야 끊어지리까 나난*
위 두어렁셩 두어렁셩 다링디리

대동강 아즐가 대동강 넓은 줄 몰라서

위 두어렁셩 두어렁셩 다링디리

배 내어 아즐가 배 내어놓느냐 사공아

위 두어렁셩 두어렁셩 다링디리

네 각시 아즐가 네 각시 럼난디* 몰라서

위 두어렁셩 두어렁셩 다링디리

가는 배에 아즐가 가는 배에 얹었느냐 사공아

위 두어렁셩 두어렁셩 다링디리

대동강 아즐가 대동강 건너편 꽃을

위 두어렁셩 두어렁셩 다링디리

배 타 들면 아즐가 배 타 들면 꺾으리이다 나난

위 두어렁셩 두어렁셩 다링디리

– 작자 미상, 「서경별곡」

＊쇼셩경: 작은 서울. 지금의 평양.

＊나난: 의미 없이 흥을 일으키는 여음구.

＊럼난디: 음란한 줄.

(나)

배를 민다

배를 밀어 보는 것은 아주 드문 경험

희번덕이는 잔잔한 가을 바닷물 위에

배를 밀어 넣고는

온몸이 아주 추락하지 않을 순간의 한 허공에서

밀던 힘을 한껏 더해 밀어 주고는

아슬아슬히 배에서 떨어진 손, 순간 환해진 손을

허공으로부터 거둔다

사랑은 참 부드럽게도 떠나지

뵈지도 않는 길을 부드럽게도

배를 한껏 세계 밀어내듯이 슬픔도

그렇게 밀어내는 것이지

배가 나가고 남은 빈 물 위의 흉터

잠시 머물다 가라앉고

그런데 오, 내 안으로 들어오는 배여

아무 소리 없이 밀려 들어오는 배여

– 장석남, 「배를 밀며」

PART 1
기출문제

PART 2
실전모의고사

PART 3
정답 및 해설

07 다음의 한글 풀이에 알맞은 시어를 (가)에서 찾아 차례대로 쓰시오.

이별할 바엔	ⓐ
사랑하신다면	ⓑ
울면서	ⓒ

08 (가)와 (나)에서는 '물'과 '배'를 활용하여 이별의 상황을 비유적으로 드러내고 있다. (가)와 (나)를 감상할 때 〈보기〉의 빈칸에 '물' 또는 '배'를 적절히 골라 쓰시오.

〈보기〉

　(가)에서 '(ⓐ)'은/는 애정 관계가 끊어지게 된 이별의 상황을 암시하며, '(ⓑ)'은/는 이별의 상황이 일어나게 되는 구체적 사건을 의미하는 것이다. 반면, (나)의 '(ⓒ)'은/는 화자와 애정 관계에 있는 대상을 의미하며 '물'은 '배'가 이동하게 되는 공간이다. '물' 위의 '배'를 밀어내는 화자의 행위를 통해 애정 관계가 끊어지게 되는 변화를 보여 주고 있다. 또한 '(ⓓ)'을 통해 애정 관계의 변화에 따른 화자의 심정을 비유적으로 표현하고 있다.

ⓐ _____ ⓑ _____

ⓒ _____ ⓓ _____

09 (나)에서 의도적인 시상 전환을 통해 진정한 사랑의 의미가 무엇인지를 깊이 생각해 보게 하는 여운을 주는 연을 찾아 첫 어절과 마지막 어절을 차례대로 쓰시오.

첫 어절: _____ ,　마지막 어절: _____

[10] 다음 글을 읽고 물음에 답하시오.

"네 아까 읊던 글을 들으니 큰 뜻을 품었음이 분명한데, 나를 속이지 마라."

"잠결에 읊는 것이 무슨 뜻이 있겠소? 말하기 싫으니 가겠소."

일어나 소를 끌고 가려 하자, 양자윤이 잡아 앉혔다.

"네 비록 어린아이나 예의를 모르는구나. 나는 나이 든 사람이고 너는 나이 어린 아이인데 어찌 그리 버릇없이 구느냐?"

"목동이 무슨 예를 알겠소?"

"너는 내 얼굴을 자세히 봐라."

경작이 머리를 헤쳐 쓸고 보니, 흰옷을 입은 어른이 머리에 갈건을 쓰고 오른손에는 보석으로 장식된 채를 잡고 왼손에는 명아줏대로 만든 지팡이를 짚고 있었다. 흰 수염이 가슴에 늘어졌는데 골격이 맑아 마치 신선 같았다. 경작은 마음속으로 '사람을 많이 보았지만 이러한 사람 없었으니 이 사람은 뭔가 있는 늙은이로구나.'라고 생각하였다.

"제가 대인의 기상을 보니 봉황이 그려진 궁궐의 전각 위에 홀을 받들 기질이요, 구중궁궐의 신하로 나라를 다스리고 백성을 편안하게 할 재주와 덕이 있어 보이는데 무슨 이유로 갈건과 평복 차림으로 이리저리 다니십니까?"

양자윤이 웃으며 말하였다.

"네 말이 우습구나. 뒤늦게 공경하는 것은 무슨 이유냐?

네 승상 양자윤을 아느냐?"

"가장 어진 재상이라 들었습니다. 지척에서 만나 뵙게 되었습니다."

"알아보다니, 얼굴 보기를 좀 하는구나."

"아까 그 말씀에 깨달았습니다."

"내가 비록 보는 눈이 없지만 평생 사람을 눈여겨보았다.

너를 보니 결코 천한 신분의 사람이 아니고, 지은 글이 틀림없이 뜻이 있는 듯하니, 나를 속이지 마라."

"그렇게 물어보시니 마음속에 담은 일을 말씀드리겠습니다."

이어서 경작은 세 살에 부모를 잃고 유모에게 맡겨졌다가 일곱 살에 유모가 죽자 의지할 데 없어 장우의 집 머슴이 된 사연을 이르고 동쪽 산을 가리키며 말하였다.

"저 분묘가 제 부모의 분묘입니다."

경작이 말을 끝내고 눈물을 흘리니, 양자윤이 슬퍼 탄식하며 말하였다.

"예로부터 어려운 처지에 놓인 영웅호걸이 많다 하나, 어찌 너 같은 사람이 있겠느냐? 네 나이 얼마나 되었느냐?"

"속절없이 열네 봄을 지내었습니다."

"내가 너에게 청할 말이 있는데 받아들이겠느냐?"

"들을 말씀이면 듣고 못 들을 말씀이면 못 듣는 것이지 미리 정할 수 있겠습니까?"

"다른 일이 아니다. 내가 두 아들과 두 딸을 두었는데 위로 셋은 결혼을 하고 막내만 남았다. 막내딸의 나이가 열넷인데, 결혼할 때가 되어 제법 아름다우나 현명한 군자를 만나지 못하였다. 이제 너와 내 딸이 쌍을 이루게 하려고 하는데 허락할 수 있느냐?"

경작이 하늘을 보며 크게 웃었다.

"어르신의 따님은 재상의 천금과 같은 소저로 존귀하기가 끝이 없습니다. 저는 상민 집의 종인데 어르신의 말씀이 사실인가 의심이 갑니다. 하지만 정말로 숙녀라면 어찌 사양하겠습니까?"

[중략 부분 줄거리] 경작은 양자윤의 사위가 되지만, 그가 죽자 처가에서 쫓겨난다. 거리를 떠돌다 어려운 처지에 놓인 사람을 만나 자신이 가진 전부인 은자 삼백 냥을 준 후 하룻밤 신세를 질 집을 찾게 된다.

서당에 촛불이 휘황하고 누각이 기이하여 세상 같지 않았다. 백의 노인이 당상에 앉아 있는데, 맑고 기이하여 평범한 사람 같지 않았다. 경작이 다가가 계단 가운데에서 예를 취하였다. 노인이 팔을 들어 인사하며 말하였다.

"귀한 손님이 저녁을 못 하셨을 것이니 밥 한 그릇 내오는 것이 어떻겠느냐?"

경작이 감사히 여겨 말하였다.

"궁한 선비가 길을 잘못 들어 귀댁에 이르렀습니다. 이렇게 과하게 대접하시니 몸 둘 바를 모르겠습니다."

"대인은 작은 인사를 하지 않는다고 합니다. 어찌 작은 일에 감사하려 합니까?"

그러고 나서 동자를 불러 말하였다.

"귀한 손님의 양이 매우 많아 보이니 밥을 한 말을 짓고 반찬을 갖추어 내어 오라."

경작이 '처음 보는데도 내 양이 많은 줄을 아니 슬기로운 어른이구나.' 하고 생각하였다. 이윽고 동자가 식반을 가져오는데 과연 말밥이 푸짐하고 산채가 정결하면서도 많았다.

경작이 저물도록 주렸던 까닭에 밥술을 크게 떠서 먹었다.

노인이 말하였다.

"양에 차지 못할 터인데 더 가져오라고 하는 것이 어떠합니까?"

경작이 사양하여 말하였다.

"주신 밥이 많아서 소생의 넓은 배를 채웠으니 그만하십시오."

"그대는 양이 적군요! 나는 젊어서는 이렇게 두 그릇을 먹었습니다. 그대가 오늘 큰 적선을 하여 깊이 감동하였소."

경작이 노인장이 이렇듯 신기한 것을 보고 평범한 사람은 아닐 것이라 생각하며 의아해 마지않았다.

"어르신이 무엇을 말씀하시는 것입니까? 저는 가난하여 적선한 일이 없습니다."

"대인은 사람 속이는 일을 하지 않소. 그런데 그대 그렇게 많이 먹으면서 양식 없이 어찌 다니려 하는 것이오?"

"이처럼 얻어먹으면 못 살겠습니까?"

"젊은 사람의 말이 사정에 어둡구료. 나는 마침 그대 먹는 양을 알아 대접하였지만, 누가 그대의 먹는 양을 알겠소? 나는 그대의 성명을 알거니와 그대는 나의 성명을 알아도 부질없으니 말하지 않겠소. 그대는 이렇게 떠도니 평안히 거처하며 학문을 하는 것이 어떻겠소? 길거리에 떠돌아다니는 것은 무익하오. 낙양 땅 청운사가 평안하고 조용한데, 그 절의 중이 의롭고 부유하여 어려운 선비를 많이 대접하였다오. 그리로 가서 몸을 편안히 하고 공부를 착실히 하시오. 노자가 없으니 노부가 간단하게나마 차려주겠소."

말을 마치고 문득 베개 밑에서 돈 네 꾸러미를 내어 주었다.

"이 정도면 가는 길에 풍족하게 먹을 것이오. 청운사로 가면 좋은 일이 많을 것이외다."

경작이 사례하는데 노인이 웃으며 말하였다.

"삼백여 냥 은자는 통째로 주고도 사례하는 것에 대해 기뻐하지 않더니 도리어 네 냥 화폐를 사례하시오?"

그리고 이어서 말하였다.

"여행의 피로로 노곤할 것이고, 본래 잠이 많으니 어서 자고 내일 떠나시오. 그리고 다시 나를 찾지 마시오. 내일 부어 놓은 차를 마시고 가시오. 후일 영화를 이루고 부귀할 것이니 미리 축하하오."

경작이 깜짝 놀라 물었다.

"어르신의 말씀이 예사롭지 않으니 무슨 뜻입니까?"

"내 말이 그르지 않을 것이니 의심치 마시오."

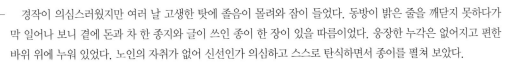

경작이 의심스러웠지만 여러 날 고생한 탓에 졸음이 몰려와 잠이 들었다. 동방이 밝은 줄을 깨닫지 못하다가 막 일어나 보니 곁에 돈과 차 한 종지와 글이 쓰인 종이 한 장이 있을 따름이었다. 웅장한 누각은 없어지고 편한 바위 위에 누워 있었다. 노인의 자취가 없어 신선인가 의심하고 스스로 탄식하면서 종이를 펼쳐 보았다.

[A]
"장인 양 공이 사랑스러운 이 서방에게 부친다. 노부가 세상을 버린 뒤 너의 몸이 항상 괴롭구나. 떠나가는 길에 행낭마저 사람에게 적선하고 밤늦도록 숙소를 찾지 못하여 배가 고픈데도 행낭을 아쉬워 않는구나. 마음이 크고 덕이 넓어 사람을 감동케 하니 푸른 하늘이 어찌 감동하지 않겠는가? 내 너를 위하여 하늘에 하루 말미를 급하게 구하였다. 가르친 말을 어기지 말고 차를 마시고 빨리 떠나라."

경작이 편지를 다 읽고 크게 놀라고 슬퍼 눈물을 흘렸다. 차를 마시니 정신이 상쾌하였다. 차 종지를 거두고 돈을 허리에 찼다.

옛일을 생각하며 어젯밤을 떠올리고는 슬픔을 금치 못하여 돌 위에 어린 듯이 앉아 있었다. 한바탕 부는 바람에 종이와 차 종지가 간데없고 다만 공중에서 어서 가라는 소리만 들렸다. 경작이 공중을 향해 두 번 절하고 떠났다.

– 작자 미상, 「낙성비룡」

10 환상 속 대화에 등장한 소재들로, 현실에도 나타남으로써 두 세계를 이어 주는 역할을 하는 소재 2가지를 [A]에서 찾아 쓰시오.

① _____

② _____

제1회 실전모의고사

[수학 영역]

▶ 해답 p.179

11 (단답형 문제) 다음은 $\dfrac{\pi}{2}<\theta<\dfrac{3}{2}\pi$이고 $\tan^2\theta+4\tan\theta+1=0$일 때, $\sin\theta-\cos\theta$ 의 값을 구하는 과정을 논술한 것이다. 빈칸 ①, ②, ③, ④ 를 채우시오.

$\tan\theta\dfrac{\sin\theta}{\cos\theta}$이므로 $\tan^2\theta+4\tan\theta+1=0$

에서 $\dfrac{\sin^2\theta}{\cos^2\theta}+4\times\dfrac{\sin\theta}{\cos\theta}+1=0$

$\sin^2\theta+4\sin\theta\cos\theta+\cos^2\theta=0$, $1+4\sin\theta\cos\theta=0$

$\sin\theta\cos\theta=$ ① ...... ㉠

이때 $(\sin\theta-\cos\theta)^2=(\sin^2\theta+\cos^2\theta)-2\sin\theta\cos\theta$

이므로

$(\sin\theta-\cos\theta)^2=$ ②

한편, $\dfrac{\pi}{2}<\theta<\dfrac{3}{2}\pi$인 θ에 대하여 ㉠이 성립

하려면 $\dfrac{\pi}{2}<\theta<\pi$, 즉 $\sin\theta>0$, $\cos\theta<0$임

을 알 수 있다.

따라서 ③ 이므로

$\sin\theta-\cos\theta=$ ④

---

12 모든 항이 양수인 수열 $\{a_n\}$에 대하여

$a_1=1$, $\displaystyle\sum_{k=1}^{10}\dfrac{ka_{k+1}-(k+1)a_k}{a_{k+1}a_k}=\dfrac{2}{3}$일 때,

a_{11}의 값을 구하는 과정을 논술하시오.

13 1보다 큰 실수 m에 대하여 함수 $y=|x+2|-1$의 그래프와 직선 $u=m$이 만나는 두 점의 x좌표 중 큰 값을 $f(m)$, 작은 값을 $g(m)$이라 하자. $f(m)$의 제곱근 중 음수인 것의 값과 $g(m)$의 세제곱근 중 실수인 것의 값이 같을 때, $\dfrac{g(m)}{f(m)}$의 값을 구하는 과정을 논술하시오.

14 다항함수 $f(x)$가 모든 실수 x에 대하여 $f(x)+(x-1)f'(x)=4x^3+4x$를 만족시킬 때, $f'(-1)$의 값을 구하는 과정을 논술하시오.

15 점 $(0, 1)$에서 곡선 $y = x^3 - 3x^2$에 그은 두 접선의 기울기를 각각 m_1, m_2라 하자. $m_1 \times m_2$의 값을 구하는 과정을 논술하시오.

제2회 실전모의고사

[국어 영역]   ▶ 해답 p.181

PART 1
기출문제

PART 2
실전모의고사

PART 3
정답 및 해설

[01~02] 다음 글을 읽고 물음에 답하시오.

　회사가 성장하면서 규모가 커질수록 오히려 생산성은 떨어지는 현상이 나타나기도 한다. 이 경우 회사의 영업을 둘 이상으로 쪼개는 것인 회사 분할은, 이러한 문제를 해결하는 한 가지 방안이 될 수 있다. 반대로 회사 합병은 규모가 더 커지는 것이 이익이 될 때 이용하는 경영 방식이다. 회사 분할은 회사의 규모가 커진 후에 필요한 것이므로, 우리나라에서는 회사 합병보다 회사 분할이 더 늦게 제도화되었다.

　상장 회사인 '(주)초롱'이 제과와 제빵 영업으로 구성된다고 가정하고, 이를 통해 분할을 살펴보기로 하자. 만약 제빵을 떼어내 '(주)초롱빵집'을 만든다면 이를 신설 회사라 하고, '(주)초롱'은 존속 회사라 한다. 상장 회사가 분할을 하려면, 주주 총회를 개최하여 출석한 주주의 의결권이 2/3 이상의 찬성 수와 발행 주식 총수의 1/3 이상의 찬성 수가 모두 충족되어야 결의가 가능하다. '(주)초롱'의 발행 주식 총수가 '120만 주'이고 주주 총회에 출석한 주주의 보유 주식 수가 '60만 주'라고 가정하자. 출석한 주주의 의결권인 '60만 주'의 2/3인 '40만 주' 이상이 찬성을 했다면, 이 수는 발행 주식 총수인 '120만 주'의 1/3인 '40만 주' 이상의 찬성 수에도 충족되므로 분할을 결의할 수 있다.

　분할을 할 때, 자산에서 부채를 뺀 값인 순자산은 분할 비율에 따라 존속 회사와 신설 회사가 나누어 갖는다. 분할 비율을 구하는 방법은 '신설 회사의 순자산'을 '분할 전 회사의 순자산'으로 나눈 값이다. 만약 이 값이 0.3이라면 신설 회사는 분할 전 회사가 보유한 순자산의 0.3배를 갖게 되며, 나머지는 존속 회사가 갖게 된다. 즉 '(주)초롱'의 순자산이 100억 원이라면, 분할 후 순자산은 '(주)초롱'이 70억 원, '(주)초롱빵집'은 30억 원이 되는 것이다.

　이러한 방식으로 신설 회사가 만들어지면, 이 회사의 주주를 누구로 할 것인가에 따라 인적 분할과 물적 분할로 구분된다. 인적 분할은 분할 전 회사의 주주들이 자신들의 지분비율만큼 존속 회사의 지분도 갖게 되고 신설 회사의 지분도 갖게 된다. 즉 분할 전 지분율 10%인 주주는 분할 후에도 존속 회사와 신설 회사에 대해 각각 10%의 지분율로 직접 지배하게 된다. 반면에 물적 분할은 신설 회사가 발행한 주식 전부를 존속 회사가 가지고 가는 형태이며, 신설 회사가 발행한 주식의 평가액은 신설 회사의 순자산과 같다. 그래서 존속 회사는 모(母)회사, 신설 회사는 자(子)회사라고 부르는 종속적인 관계를 갖는다. 물적 분할이 되면 분할 전 회사의 주주는 존속 회사에 대해서는 분할 전 지분율로 직접 지배하게 되지만, 신설 회사에 대해서는 지분이 없으므로 존속 회사를 통해 간접적으로 지배하게 된다.

　한편 회사의 분할로 인해 몇 가지 사회적 쟁점이 발생했는데, 이 중에는 근로자의 승계 문제가 있다. 민법에서는 사용자가 근로자의 동의 없이 근로자의 권리를 제삼자에게 양도할 수 없도록 되어 있지만, 상법에서는 신설 회사가 근로자를 승계하도록 되어 있기 때문이다. 이러한 문제에 대해 대법원은 상법을 우선 적용하는 것으로 판결하여, 근로자의 동의가 없더라도 승계가 된다고 했다. 한편 물적 분할로 인한 기존 주주의 권리 문제도 쟁점이다. 만약 '(주)초롱'의 경영자가 이미 물적 분할된 '(주)초롱빵집'에 대해 기업 공개를 하려는 결정을 내렸다고 가정하자. 기업 공개란 회사가 가진 지분을 다른 투자자에게 매각하는 것이다. 존속 회사 측에서는 '(주)초롱빵집'을 높은 가격으로 매각하여 존속 회사의 순자산이 늘면, '(주)초롱'을 보유한 이들의 주식의 가치도 높아진다는 점을 부각하여 기존 주주들을 설득시킬 것이다. 대신에 기업 공개 결과 '(주)초롱빵집'에 대한 '(주)초롱'의 지분율은 감소한다. 그래서 제빵 부문의 성장성을 긍정적으로 보고 '(주)초롱'을 장기간 보유하려 했던 기존 주주들은 기업 공개에 대해 반대를 할 수도 있다.

　회사 합병은 여러 회사의 직원과 순자산을 하나의 회사로 합치는 것인데, 이 과정에서 사라지는 회사를 소멸 회사라 한다. 그리고 합병에 찬성하는 소멸 회사의 주주는 자기 지분의 가치만큼 관련 회사의 주식을 받게 되는데 이를 합병 대가라고 한다. 합병의 대부분은 흡수 합병이며, 이 방식은 기존의 한 개 회사가 존속 회사가 되어 소멸 회사를 인수하는 형태이다. 흡수 합병을 위해서는 존속 회사와 소멸 회사 모두 주주 총회의 결의가 필요하고, 결의 조건은 회사 분할 때와 같다. 만약 결의가 되었다면 합병 대가로 존속 회사의 주식을 받게 된다. 한편 합병에 반대하는 존속 회사 또는 소멸 회사의 주주에게는, 주주가 회사를 상대로 자신이 보유하고 있는 주식을 되사 줄 것을 요구하는 권리인 주식 매수 청구권이 부여된다. 다만 이 권리는 회사 분할이 결의되었을 때 분할에 반대하던 주주에게는 부여되지 않는다.

　삼각 합병도 합병의 한 형태인데, 이는 모회사와 자회사 그리고 소멸 회사 간의 합병이다. 삼각 합병은 자회사가 소멸 회사를 인수하지만, 합병 대가로 자회사가 아니라 모회사의 주식을 받게 된다. 그래서 삼각 합병의 경우에 자회사는 소멸 회사의 주주에게 줄 모회사의 주식을 사전(事前)에 보유하고 있어야 한다. 삼각 합병을 하려면 자회사와 소멸 회사 모두 주주 총회의 결의가 필요하다. 결의 조건은 회사 분할 때와 같으며 이 과정에서 모회사의 결의는 필요하지 않다. 그래서 합병이 결의되었을 때 자회사와 소멸 회사의 주주에게는 주식 매수 청구권이 부여되지만, 모회사의 주주에게는 해당 권리가 부여되지 않는다.

01 다음은 제시문의 내용을 바탕으로 회사 합병에 관한 내용을 정리한 것이다. ⓐ에는 찬성 주주가 합병의 대가로 받는 것, ⓑ에는 반대 주주가 받는 '주식 매수 청구권'의 의미를 차례대로 기술하시오.

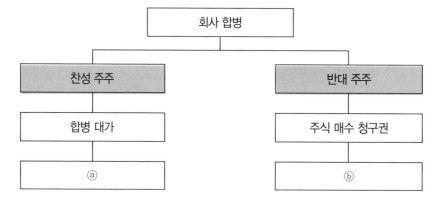

〈유의사항〉
　─ ⓐ는 3어절로, ⓑ는 35자 이내로 기술할 것(공백 제외)

02 제시문의 내용을 바탕으로 〈보기〉의 내용을 이해할 때, 빈칸에 들어갈 금액을 쓰시오.

〈보기〉

'(주)착한맛'은 피자와 치킨 영업을 함께 하는 상장 회사로 자산은 100억 원이고 부채가 30억 원이다. 이 회사 경영인인 '갑'은 치킨 영업부를 떼어 내 '(주)꼬꼬맛'으로 인적 분할을 하기 위해 회계 팀에 분할 비율 산정을 의뢰하였다. 그 결과 갑의 분할 비율이 0.4로 확정되었다.

- 분할 전 '(주)착한맛'의 순자산은 _____ⓐ_____ 원이다.
- 분할 후 '(주)착한맛'의 순자산은 _____ⓑ_____ 원이다.
- 분할 후 '(주)꼬꼬맛'의 순자산은 _____ⓒ_____ 원이다.

[03~04] 다음 글을 읽고 물음에 답하시오.

　다수의 학자들이 주장해 온 다문화주의를 정의해 본다면, 하나의 사회 내에서 다양한 문화적 특성을 지닌 집단 또는 계층이 존재하는 것을 구성원들이 인식하고 존중하며, 이들 집단의 사회적·문화적 차이를 인정하고, 모든 구성원들에게 동등한 권리가 보장되는 포용적 맥락에서 이들 집단이 사회를 위해 지속적으로 이바지하도록 장려하는 가치관과 행동의 체계라고 요약할 수 있다.

　이 개념을 구체적으로 살펴보면 네 가지 요소로 논점을 제시할 수 있다. 이는 첫째, 문화의 다양성을 인식하고 존중하는 것, 둘째, 문화 간 차이를 인정하는 것, 셋째, 다른 문화가 사회에 이바지하도록 장려하는 것, 넷째, 앞의 세 가지 요소를 포용하는 가치관과 행동 체계로 정리할 수 있다.

　이러한 요소를 더 구체적으로 풀어 본다면, 우선 (　ⓐ　)은/는 하나의 영토 안에서 복수의 인종 또는 민족이 존재하거나, 사회적 약자를 비롯한 다수의 계층이 공존하는 구조를 사회 구성원들이 받아들이고, 이와 관련된 일정한 규칙에 동의하고 지지함을 뜻한다. 이를 통해 구성원들은 자신과 다른 계층과 민족이 섞여서 생활하는 사회를 당연한 체계로 받아들이게 되는 것이다.

　다음으로 (　ⓑ　)은/는 다양성의 인식과 존중을 전제로 하여 단일 문화가 아닌 다양한 문화가 존재함으로써 그 사회가 더욱 발전하고 역동적으로 성장한다는 가치를 깨닫는 것이다. 당연히 구성원들은 그러한 사회를 선호하고 소중하게 지켜 가기 위한 노력을 기울이게 될 것이다.

　또한 (　ⓒ　)은/는 사회 구성원들이 열린 가치관을 소유하고 타문화에 대한 이해 정도가 높아져 있을 때 가능하다. 모든 문화는 고유의 특성과 색채를 띠고 있기 때문에 문화를 우월한 문화와 열등한 문화로 위계적 구분을 지을 수 없다. 문화는 수직적 단층 구조가 아닌 수평적 병렬 상태로 공존하는 인문적 자산인 것이다. 그런데 현실에서는 국가의 경제적 수준이나 국제 관계상의 지위에 따라 문화의 우월성까지 담보되는 경우가 종종 발생한다. 바람직한

PART 1
기출문제

PART 2
실전모의고사

PART 3
정답 및 해설

다문화 사회가 되려면 하나의 영토 안에서 여러 가지 문화가 공존할 수 있는 환경이 갖추어져야 하며, 모든 구성원이 동등한 권리를 누리면서 문화적 교류와 상호 이해를 도모하고 정치, 경제 등 사회 활동에 제한 없이 참여할 수 있도록 해야 한다.

끝으로 다문화주의는 이와 같은 요소를 포용하는 가치관과 실천하는 행동 체계가 갖추어질 때 비로소 완성된다고 설명할 수 있다. 동시에 이러한 네 가지 차원의 다문화주의 요소는 서로 단절된 의미로 구성되고 작용하는 것이 아니라 상호 유기적인 결합을 통해 총체적인 의미 작용을 하는 통합적인 관계로 이해해야 할 것이다.

교통과 통신의 발달로 세계 여러 나라는 서로 긴밀히 교류하게 되었다. 결혼 이주민, 북한 이탈 주민, 유학생, 관광객, 사업가, 일자리를 찾는 구직자 등 많은 사람이 한국으로 오고 있다. 이 영향으로 우리나라도 빠르게 다문화 사회로 진입하고 있다. 이러한 사회적 변화에 대처하려면 우리 사회의 공동체 구성원 모두가 다문화주의에 대한 이해를 공유해야 한다.

03 제시문의 빈칸에 들어갈 다문화주의의 구성 요소를 차례대로 기술하시오.

ⓐ _____

ⓑ _____

ⓒ _____

04 제시문의 내용을 바탕으로 다문화주의의 개념을 구성하는 요소들 간의 관계를 기술하시오.

〈유의사항〉

– 30자 이내의 한 문장으로 기술할 것(공백 제외)

[05~06] 다음 글을 읽고 물음에 답하시오.

> 해가 저문 어느 날, 오막살이 토굴에 사는 노승 앞에 더벅머리 학생이 하나 찾아왔다. 아버지가 써 준 편지를 꺼내면서 그는 사뭇 불안한 표정이었다.
>
> 사연인즉, 이 망나니를 학교에서고 집에서고 더 이상 손댈 수 없으니, 스님이 알아서 사람을 만들어 달라는 것이었다. 물론 노승과 그의 아버지는 친분이 있는 사이였다.
>
> 편지를 보고 난 노승은 아무런 말도 없이 몸소 후원에 나가 늦은 저녁을 지어 왔다. 저녁을 먹인 뒤 발을 씻으라고 대야에 가득 더운 물을 떠다 주었다. 이때 더벅머리의 눈에서는 주르륵 눈물이 흘러내렸다.
>
> 그는 아까부터 훈계가 있으리라 은근히 기다려지기까지 했지만 스님은 한마디 말도 없이 시중만을 들어 주는 데에 크게 감동한 것이었다. 훈계라면 진저리가 났을 것이다. 그에게는 백천 마디 좋은 말보다는 다사로운 손길이 그리웠던 것이다.
>
> 이제는 가고 안 계신 한 노사(老師)로부터 들은 이야기다. 내게는 생생하게 살아 있는 노사의 모습이다.
>
> 산에서 살아 보면 누구나 다 아는 일이지만, 겨울철이면 나무들이 많이 꺾인다. 모진 비바람에도 끄떡 않던 아름드리나무들이, 꿋꿋하게 고집스럽기만 하던 그 소나무들이 눈이 내려 덮이면 꺾이게 된다. 가지 끝에 사뿐사뿐 내려 쌓이는 그 가볍고 하얀 눈에 꺾이고 마는 것이다.
>
> 깊은 밤, 이 골짝 저 골짝에서 나무들이 꺾이는 메아리가 울려올 때, 우리들은 잠을 이룰 수 없다. 정정한 나무들이 ⓐ부드러운 것 앞에서 넘어지는 그 의미 때문일까. 산은 한겨울이 지나면 앓고 난 얼굴처럼 수척하다.
>
> 사밧티의 온 시민들을 공포에 떨게 하던 살인귀 앙굴리말라를 귀의시킨 것은 부처님의 불가사의한 신통력이 아니었다. 아무리 흉악무도한 살인귀라 할지라도 차별 없는 훈훈한 사랑 앞에서는 돌아오지 않을 수 없었던 것이다.
>
> ⓑ바닷가의 조약돌을 그토록 둥글고 예쁘게 만든 것은 무쇠로 된 정이 아니라, 부드럽게 쓰다듬는 물결이다.
>
> — 법정, 「설해목」

05 ⓐ의 '부드러운 것'이 지칭하는 대상물을 윗글에서 찾아 쓰시오.

06 ⓑ에서 글쓴이가 말하고자 하는 바를 윗글의 주제와 연관 지어 기술하시오.

〈유의사항〉
 – 10자(±5)의 한 문장으로 기술할 것(공백 제외)

[07~09] 다음 글을 읽고 물음에 답하시오.

[앞부분의 줄거리] 조선 시대 재상 윤현의 아들 지경은 참판 최홍일의 집에 머물다가 그의 딸인 연화와 사랑에 빠지고 혼인을 약속한다. 이후 장원 급제를 한 지경에게 희안군이 청혼을 하지만 지경이 이를 거절하고, 희안군은 임금에게 지경을 연성 옹주의 부마로 택할 것을 청한다.

희안군이 계하(階下)*에 있다가 임금께 아뢰었다.

"비록 성례는 하였으나 합궁(合宮) 전이오니 이제 옹주의 배우자로 선택하오나, 왕명을 순순히 좇는 것이 신하의 직분이오니, 제가 거역하지는 못하오리다."

임금이 화난 얼굴로 가로되,

"너를 사랑하여 부마(駙馬)로 정하거늘, 어찌 사양하여 핑계를 대느뇨."

지경이 머리를 땅에 닿아 가로되,

"어찌 감히 최녀로 성례함이 없사오면 은혜로운 혜택을 사양하리이까."

임금이 크게 화가 나서 가로되,

ⓐ"네 불과 소년 장원하여 환세(幻世)하고자 하여 옹주인 줄을 꺼림이라. 가장 범람하도다."

지경이 머리를 조아려 가로되,

"신이 어찌 또 감히 속여서 아뢰리까. 사람마다 은혜로운 혜택을 원하옵거든 어찌 꺼리오며, 신의 나이 어리오되 조정 신하들이 모였사오니 불러 물으소서."

임금이 변색하여 가로되,

"합궁 전은 남이라. 옛 사례가 있으니 성종(成宗) 때에 경애 공주가 혼례를 하고 첫날밤 예를 치르지 못하여 죽으니 파혼하고 부마 위를 거두시니, 왕가에도 불행하던 바이라. 네 위엄이 성묘에 더하냐."

지경이 가로되,

"신은 그와 다르나이다. 그때 공주 돌아가시고, 신은 최 씨 살아 있사오니, 신이 부마 되오면 최 씨 청춘 과부 되오리니. 전하의 너그럽고 어지신 덕택으로 신하의 인륜을 차마 어찌 끊으시리이까."

희안군이 가로되,

"빙채(聘采)*를 거두고 최녀를 다른 데로 보내면 어찌 홀로 늙으리요."

지경이 노하여 가로되,

"자기가 당초에 소관에게 구혼하다가 최가에 정한 고로 허락하지 아니하였더니, 일로 혐의를 이어 전하께 천거하여 전하에 해를 끼치고 아부한 죄를 면치 못하리로다. 신하의 자식이 많거늘 고이한 소인의 간사함을 깨닫지 못하시니 전하의 불명(不明)이로소이다."

임금이 크게 화가 나서 가로되,

"희안군은 과인의 동생이니 네게 작은 임금이라. 내 앞에서 욕하고 나를 사리 판단이 어두운 임금으로 능멸하니 자식 못 가르친 죄로 네 아비를 죄 주리라."

지경이 웃으며 가로되,

ⓑ"전하 중흥(中興) 19년에 일월 같사온 성덕이 심산궁곡에 미쳤거늘 유독 소신에게 불명하시고, 무거하신 정사가 이러하시니 죽어도 항복지 아니하리이다."

임금이 더욱 노하사 가로되,"내 윤지경을 못 제어하리요. 군부를 욕한 죄로 의금부에 가두고, 또 윤현을 가두고 길례날을 받아 놓고, 최홍일은 빙채를 도로 주라."

하시니, 윤지경 부자가 옥에 갇히며 원통해하며 말하되,

"신이 자식이 망녕되어 상의를 불복하와 범죄 이렇듯 하오니 부자를 함께 죽이셔도 마땅하옵거니와, 최홍일의 딸은 지경의 아내요 신의 며느리오니, 전하의 성덕으로써 신자의 인륜을 잇게 하시면, 최 씨 비록 미약한 여자이오나 천은을 감축하와 화산(華山)의 풀을 맺어 성덕을 갚사올 것이요, 신의 부자 충성을 다할 것이니, 북원 성상은 익히 헤아리옵소서. 고문대가(高門大家)에 재랑*을 간택하오셔 만복을 누리게 하옵소서."

임금이 답하여 가로되,

"내 아는 바이어늘, 경의 부자가 한결같이 기망하느뇨. 인간 대사에 연고가 있어 퇴혼(退婚)하는 일이 왕왕 있나니, 최녀를 재랑을 택하여 맡기게 하고 지경의 방자함을 가르치라."

하니 윤 공이 하릴없어 하더라.

양사(兩司)* 함께 글을 올려 가로되,

"신등이 듣사오니 윤지경이 최홍일의 사위로 부르나이다. 혼인이란 것은 왕법의 위엄이오나, 양가의 상의할 것이어늘, 윤현의 부자를 가두시며 퇴채(退采)하라 하신 하교(下敎) 옳지 아니하나이다."

임금이 양사를 파직하시니, 홍문관이 이어서 가로되,

"혼인은 길사이오니 신랑과 사장을 가두심이 크게 옳지 아니 하여이다."

이에 임금이 놓으라 하시고, 하교하사 길일을 정하라 하시니 수십 일이 격하였는지라, 지경이 몹시 분하며 원망하나 하릴없어 하더라.

임금이 가로되,

"지경이 죄 중하나 길일 전에 관면(冠冕)*이 있으리라."

하시고 응교(應敎)*를 내리시니, 지경이 하릴없이 입공(立功)하더라.

하루는 최 씨의 집에 이르니 최 공 부부 서로 볼새, 부인은 눈물이 비와 같이 흐르고, 공도 역시 슬퍼 탄식하여 가로되,

"상명이 퇴채하라 하시니 여아는 규방에 늙기를 정하고, 또한 내 어른 재상으로 군명을 어기리요."

생이 애연하여 가로되,

"그러면 서로 얼굴이나 보사이다."

공이 가로되,

"불가하나 네 아내이니 잠깐 보고 가라."

하며 소저를 부르니, 소저가 명을 받들어 전당(前堂)에 이르러 부인 곁에 앉아 부끄러움을 띠어 사색이 태연하여 아는 듯 모르는 듯하고, 아리따운 태도가 달 같아 반가운 정이 일어나고, 어진 태도와 약한 기질을 대하매 마음이 깨어지는 듯하니, 공의 부부가 더욱 슬퍼하더라.

돌아가기를 잊고 앉았으니 공이 여아를 들여보내고 생의 손을 잡고 밖으로 나와 십분 타이르니, 생이 부득이 돌아와 병이 되어 식음을 폐하더니, 길일이 다다라 행례할새 옹주의 고운 얼굴이 전혀 없고 포독(暴毒)하고 인자함이 없음이 외모에 나타나는지라. 생이 더욱 불쾌하며 띠를 끄르지 아니하고 밤을 새우고 다음 날 아침에 입궐하여 문안하니, 임금이 웃으며 가로되,

"네 죄 크게 통한하더니 이제 자식이 되니 가장 어여쁘다."

하시고 즉시 부마의 관교(官敎)*를 주시니, 웃고 꿇어 받자와 계하에서 사은(謝恩)하고, 귀인을 보니 극히 교만하고 포독하니, 더욱 모골이 송연하더라.

박 귀인이 부마의 미려한 풍채를 사랑하고 더욱 기꺼워하더라. 부마가 집에 돌아와 대문에 들며 하인을 명하여 가마를 산산이 깨치고 들어와, 소매 속으로부터 부마의 관교를 내어 땅에 던지니, 윤 공이 크게 책망하여 가로되,

"이 어인 일이뇨. 임금이 주신 교지(敎旨)를 업수이 여김이 어찌 이렇듯 불공한가."

하고, 또 타이르더라.

– 작자 미상, 「윤지경전」

*계하: 층계의 아래

*빙채: 혼인 전에 신랑이 신붓집에 보내는 예물

*재랑: 재주 있는 젊은 남자

*양사: 조선 시대의 사헌부와 사간원을 말함

*관면: 벼슬하는 것을 일컫던 말

*응교: 홍문관에 속하여 학문 연구와 교명(敎命) 제찬(制撰)에 관한 일을 맡아보던 정사품 벼슬

*관교: 조선 시대에 임금이 사품 이상의 벼슬아치에게 주던 사령(=교지(敎旨))

07 윗글에서 〈보기〉의 '늑혼(勒婚) 모티프'가 가장 잘 드러난 왕의 말을 찾아 첫 어절과 마지막 어절을 쓰시오.

〈보기〉

　「윤지경전」은 임금이 주인공에게 혼인을 강제하는 늑혼(勒婚) 모티프를 서사적으로 전개한 애정 소설이다. 작품에서 남성 주인공 윤지경은 유교적 가치관이 지배하는 사회적 분위기에도 불구하고 인간 본연의 감정인 애정을 근거로 최녀와의 혼인을 원하고 있다. 반면 임금은 사적 영역에까지 충의 가치를 강제하며 연성 옹주와 윤지경의 혼인을 추진하고 있다. 또한 이 작품은 여성 주인공이 아니라 남성 주인공이 혼인으로 인해 고난을 겪고 이에 대항해 나간다는 점이 늑혼 모티프를 활용한 다른 애정 소설 작품들에 비해 독특한 점이라 할 수 있다.

첫 어절: _____ ,　마지막 어절: _____

08 윗글의 ⓐ를 다음의 〈보기〉처럼 바꿀 때 빈칸에 들어갈 한자성어를 쓰시오.

〈보기〉

"네 어린 나이에 장원 급제하더니 (　　　　　)하여 과인의 명을 거역하려드는가!"

09 윗글의 ⓑ를 통해 주인공 윤지경이 어떤 성품을 지닌 인물인지 서술하시오.

〈유의사항〉

– 3어절의 한 문장으로 기술할 것(공백 제외)

[10] 다음 글을 읽고 물음에 답하시오.

어져 어져 저기 가는 저 사람아
네 행색 보아하니 군사 도망 네로고나
요상(腰上)으로 볼작시면 베적삼이 깃만 남고
허리 아래 굽어보니 헌 잠방이 노닥노닥
곱장 할미* 앞에 가고 전태발이* 뒤에 간다
십 리 길을 하루 가니 몇 리 가서 엎어지리
내 고을의 양반 사람 타도타관 옮겨 살면 천(賤)히 되기 상사이거늘
본토 군정(軍丁) 싫다 하고 자네 또한 도망하면
일국 일토(一國一土) 한 인심에 근본 숨겨 살려 한들 어데 간들 면할손가
차라리 네 살던 곳에 아무렇게나 뿌리박아
칠팔월에 삼을 캐고 구시월에 돈피(獤皮)* 잡아
공채(公債) 신역(身役)* 갚은 후에 그 나머지 두었다가
함흥 북청 홍원 장사꾼 돌아가며 잠매(潛賣)*할 때
후한 값에 팔아 내어 살기 좋은 넓은 곳에
가사 전토(家舍田土) 다시 사고 살림살이 장만하여
부모처자 보전하고 새 즐거움 누리려무나
어와 생원인지 초관(哨官)인지
그대 말씀 그만두고 이내 말씀 들어 보소
이내 또한 갑민(甲民)이라 이 땅에서 생장하니 이때 일을 모를소냐
우리 조상 남쪽 양반 진사 급제 계속하여
금장 옥패 빗기 차고 시종신*을 다니다가
시기인의 참소 입어 전가사변(全家徒邊)* 하온 후에
국내 변방 이 땅에서 칠팔 대를 살아오니
조상 덕에 하는 일이 읍중 구실 첫째로다

PART 1 기출문제

PART 2 실전모의고사

PART 3 정답 및 해설

들어가면 좌수 별감 나가서는 풍헌 감관

유사 장의 채지* 나면 체면 보아 사양터니

애슬프다 내 시절에 원수인의 모함으로 군사 강등 되단 말가

내 한 몸이 헐어 나니 좌우 전후 많은 일가 차차 충군(充軍)* 되었구나

누대봉사(累代奉祀)* 이내 몸은 하릴없이 매여 있고

시름없는 친족들은 자취 없이 도망하고

여러 사람 모든 신역 내 한 몸에 모두 무니

한 몸 신역 삼 냥 오 전 돈피 두 장 의법(依法)이라

열두 사람 없는 구실 합쳐 보면 사십육 냥

해마다 맞춰 무니 석숭*인들 당할소냐

(중략)

그대 또한 내 말 듣소 타관 소식 들어 보게

북청 부사 뉘실런고 성명은 잠깐 잊어 있네

많은 군정 안보(安保)하고 백골 도망(白骨逃亡) 원한 풀어 주네

부대 초관(哨官) 모든 신역 대소 민호(大小民戶) 나누니

많으면 닷 돈 푼수 적으면 서 돈이라

인읍(隣邑) 백성 이 말 듣고 남부여대(男負女戴) 모여드니

군정 허오(虛伍)* 없어지고 민호(民戶) 점점 늘어 간다

나도 또한 이 말 듣고 우리 고을 군정 신역

북청같이 하여지라 감영에 의송(議送)* 보냈더니

본읍(本邑) 맡겨 제사(題辭)* 맡은 본 관아(本官衙)에 부치온즉

불문 시비 올려 매고 곤장 한 번 맞단 말인가

천신만고 놓여나서 고향 생애 다 떨치고

인근 친구 하직 없이 부로휴유(扶老携幼)* 한밤중에

후치령 길 비켜 두고 금창령을 허위 넘어

단천 땅을 바로 지나 성대산을 넘어서면 북청 땅이 그 아닌가

좋은 거처 다 떨치고 모든 가속 보전하고 신역 없는 군사 되세

내곧 신역 이러하면 이친 기묘(離親棄墓)* 하올소냐

비나이다 비나이다 하나님께 비나이다

충군애민 북청 원님 우리 고을 들르시면

군정 도탄(塗炭) 그려다가 임금님께 올리리라

그대 또한 내년 이때 처자 동생 거느리고

이 고갯길 접어들 때 그때 내 말 깨치리라

내 심중에 있는 말씀 횡설수설하려 하면

내일 이때 다 지나도 반 정도도 모자라리

날 저물고 갈 길 머니 하직하고 가노매라

– 작자 미상, 「갑민가(甲民歌)」

＊곱장 할미: 등이 굽은 노인.

＊전태발이: 다리를 저는 사람.

＊돈피: 담비 종류 동물의 모피.

＊신역: 나라에서 부과하는 군역과 부역.

＊잠매: 물건을 몰래 거래함.

＊시종신: 임금 곁에서 문학으로 보필하던 벼슬아치.

＊전가사변: 죄인을 그 가족과 함께 변방으로 옮겨 살게 하던 일.

＊채지: 유사나 장의 같은 하급 관리를 채용할 때의 사령서.

＊충군: 군대에 편입시킴.

＊누대봉사: 여러 대의 조상의 제사를 받듦.

＊석숭: 중국 진나라 때의 부자 이름.

＊허오: 군적에 등록만 되어 있고 실제로는 없던 군정.

＊의송: 고을 원의 판결에 불복하여 관찰사에게 올리던 민원서류.

＊제사: 백성이 제출한 소송이나 민원에 쓰던 관부의 판결이나 지령.

＊부로휴유: 늙은 부모는 업고 어린 자식은 손을 잡음.

＊이친 기묘: 친족들과 이별하고 조상의 묘는 버림.

10 위 작품에서 목적지를 향한 경로를 나열하여 새로운 공간에 대한 기대감을 보여 주고 있는 시행들을 찾아 첫 어절과 마지막 어절을 차례대로 쓰시오.

첫 어절: _____ , 마지막 어절: _____

제2회 실전모의고사

[수학 영역]

▶ 해답 p.183

11 (단답형 문제) 다음은 수열 $\dfrac{1}{3}$, $\dfrac{1}{3+6}$, $\dfrac{1}{3+6+9}$, $\dfrac{1}{3+6+9+12}$, …의 첫째항부터 제18항까지의 합을 구하는 과정을 논술한 것이다. 빈칸 ① , ② , ③ 을 채우시오.

주어진 수열의 n번째 항을 a_n이라 하면

$$a_n = \boxed{①}$$

$$= \dfrac{1}{\displaystyle\sum_{k=1}^{n} 3k} = \dfrac{2}{3n(n+1)}$$

$$\therefore a = \dfrac{2}{3n(n+1)} = \boxed{②}$$

따라서 수열의 첫째항부터 제18항까지의 합은

$$\dfrac{2}{3}\left\{\left(\dfrac{1}{1}-\dfrac{1}{2}\right)+\left(\dfrac{1}{2}-\dfrac{1}{3}\right)+ \cdots +\left(\dfrac{1}{18}-\dfrac{1}{19}\right)\right\} = \boxed{③}$$

---

12 다항함수 $f(x)$가 다음 두 조건을 만족한다.

(가) $\displaystyle\lim_{x \to 0} \dfrac{f(x)}{x} = 1$

(나) 모든 실수 x에 대하여
$$|f(x) - x^2 - x + 1| \leq 1$$

이때, $f(4)$의 값을 구하는 과정을 논술하시오.

13 다항함수 $f(x)$에 대하여
$f(1)=4, f'(1)=-2$이다. 함수 $g(x)$가
$g(x)=(x^3+2)f(x)$를 만족할 때, $g'(1)$
의 값을 구하는 과정을 논술하시오.

14 $\triangle ABC$에 외접하는 외접원의 반지름의 길
이가 $4\sqrt{3}$이고 $\angle A+\angle B=120°$일 때 $\overline{AB}$
의 길이를 구하는 과정을 논술하시오.

15 수직선 위를 움직이는 점 P의 시각 $t(t>0)$에서의 속도 $v(t)$가 $v(t)=-6t^2+12t$이다. 이때, 점 P가 시각 $t=0$에서 출발하여 방향이 바뀔 때까지 움직인 거리를 구하는 과정을 논술하시오.

제3회 실전모의고사

[국어 영역]

▶ 해답 p.186

[01~02] 다음 글을 읽고 물음에 답하시오.

유학은 중국의 오랜 전통인 예(禮)라는 규범 안에 인(仁)을 배치하면서 탄생했다. 공자는 사람의 올바른 행동은 강제된 행동이 아니라, '인'이라는 도덕적 진정성으로부터 저절로 드러난 것이라고 보았다. 이렇게 올바른 행동을 유발하는 마음을 탐구하는 과정에서 유학은 인간의 행동을 일으키는 정감(情感)에 주목했다. 『예기』에서 언급한 기쁨, 노여움, 슬픔, 두려움, 사랑, 미움, 욕심의 일반 정감을 가리키는 칠정(七情)은 인간이라면 누구나 가지는 정감을 일곱 가지로 정리한 것이다. 여기에서 나아가 맹자는 선천적인 일반 정감에서 사람이 지닌 선함의 가능성을 발견했다. 그는 다른 이가 느끼는 아픔과 고통을 자기 것인 양 느낄 수 있는 불인인지심(不忍人之心), 즉 차마 어찌할 수 없는 마음을 인간이라면 누구나 지니고 있다고 지적했다. 이를 구체화한 것이 사단(四端)*인데, 인간에게는 선하게 될 가능성이 선천적으로 주어져 있다는 것이다.

주자는 형이상학적 이론화를 통해 맹자가 제시한 사단을 객관화하고자 했다. 선한 정감을 사람만의 특징으로 규정했던 맹자의 입장을 벗어나, 우주 전체의 보편적 이치로부터 객관적인 설명을 시도했던 것이다. 주자는 세계가 음(陰)과 양(陽)의 변화로 이루어진다는 음양론을 바탕으로 모든 것은 음에서 양으로, 양에서 음으로 계속해서 변하지만 '변한다는 그 자체'는 변하지 않는 것에 주목했다. 스스로는 변하지 않으면서 만물을 변하게 하는 이치를 리(理)로, 변화하는 물질적 속성을 기(氣)로 규정하고, '리'와 '기'가 합쳐져 삼라만상이 생성되고 변화하는 것이라 생각했다. 따라서 '기'는 '리'를 통해 드러날 뿐이며, '기'는 '리' 없이 홀로 존재할 수 없다고 보았다. 이에 따라 사람의 마음 역시 사람이 사람일 수 있게 하는 '리', 즉 사람의 본성인 성(性)과 그것을 마음의 활동으로 드러나게 하는 '기'가 합하여 정(情)이라는 개념으로 정립된다고 설명했다. 그리고 주자는 맹자의 성선론(性善論)에 근거하여 우주의 보편적 질서인 '리'가 사람에게 '인'과 의(義)와 같은 선한 본성으로 주어졌다고 보았다. 따라서 사단은 사람이 하늘로부터 부여받은 선한 본성을 구체적으로 실현시킨 정감이 된다.

하지만 선한 정감인 사단과 일반 정감인 칠정의 관계는 주자에 의해 구체적으로 규명되지 않았다. 이에 대해 이황은 사단은 '리'가 발현한 것으로, 칠정은 '기'가 발현한 것으로 정리했다. '성'은 선하기 때문에 사단의 근거가 되지만, 칠정 속에는 선한 정감뿐 아니라 사욕도 있기 때문에 사람의 비도덕적 행위는 칠정에서 비롯된다고 본 것이다. 이황은 이러한 이유에서 사단과 칠정을 분리해서 이해하고, 사단을 '리'에, 칠정을 '기'에 대응시킨다. 사단과 칠정을 분리하여 악한 감정을 제어할 수 있는 영역을 분명히 해야 한다고 여겼기 때문이다. 이에 대해 기대승은 사단도 정감이기 때문에 '기'의 영역과 무관한 것이 아니며, 사단이나 칠정 모두 '리'와 별개로 존재할 수 없다고 비판했다. 사단과 칠정 모두 정감인 이상 '리'와 '기'의 결합으로 이해해야 한다는 것이다.

이황과 기대승의 입장 차이는 수양의 방법에 대해서도 서로 다른 견해로 나타났다. 이황은 기대승의 비판에 대해 사단이 '기'와 관련된다는 것을 인정하면서도 '리'인 '성'과의 관련성을 검증하는 데 치중했다. 도덕 수양을 위해 집중해야 할 공부의 대상을 '성'에서 사단으로 이어지는 곳에 설정함으로써, 칠정은 자연스럽게 제어와 통제의 대상으로 규정되었다. 즉 사단을 악함의 가능성을 지닌 칠정과 대립되는 개념으로 보았기 때문에, '리'가 '기'를 선택적으로 제어하고 조절하는 능동성을 지닐 수 있다고 본 것이다. 이에 따라 이황은 '성'이 그대로 사단으로 발현될 수 있도록

'성'의 상태를 유지시키는 경(敬)의 자세를 중시했다. '리'가 그대로 정감으로 발현될 수 있도록 사적인 욕망이 끼어들지 못하게 마음을 경건하게 하는 공부를 해야 한다는 것이다.

하지만 기대승은 원론적인 주자학의 입장에서 능동적 속성은 '기'의 영역이라는 전제 아래, 만약 '리'에서 나오는 정감과 '기'에서 나오는 정감을 별개로 본다면 마음속에 두 종류의 정감이 존재한다는 점을 비판했다. 사단이 선함이고, 칠정이 선함과 악함을 모두 가졌다면 마음속에 근원이 다른 두 개의 선함이 존재하는 모순이 생긴다는 것이다. 기대승은 마음은 '리'와 '기'의 결합이라는 주자학의 원칙을 바탕으로 정감은 모두 '성'에서 나온 것이라고 보았다. 따라서 '성'은 칠정으로 발현되는 문제는 칠정이 구체적인 상황에서 사단이 되지 못하는 것이므로, 칠정 그 자체를 제어하여 사단이 되도록 생각을 정성스럽게 하는 성의(誠意)를 강조했다. 또한 마음 그 자체에 집중하는 수양보다는 경전 공부를 통해 성현들의 행동을 익혀 따르는 것이 중요하다고 보았다.

*사단: 다른 사람을 측은히 여기는 측은지심(惻隱之心), 자신의 잘못을 부끄러워하고 다른 사람의 잘못을 미워하는 수오지심(羞惡之心), 다른 사람의 호의에 대해 사양하는 사양지심(辭讓之心), 옳고 그름에 대해 스스로 아는 시비지심(是非之心)의 네 가지 선한 정감

---

01 〈보기 2〉는 이황과 기대승이 〈보기 1〉의 (가), (나)에 대해 보일 반응을 추론한 것이다. 제시문의 내용을 바탕으로 빈칸에 들어갈 인물들을 차례대로 쓰시오.

〈보기 1〉

(가) 다른 사람을 측은하게 여기는 마음이나 자신의 잘못에 대해 부끄러워하는 마음과 같은 사단(四端) 또한 정감이기 때문에 각 상황에 딱 맞는 경우도 있지만 딱 맞지 않은 경우도 있다. 다른 사람을 측은하게 여기는 것이 옳지 않은 상황임에도 불구하고 그를 측은하게 여기거나, 자신의 잘못에 대해 부끄러워하는 것이 옳지 않은 상황임에도 불구하고 부끄러워하는 것이 바로 그 상황에 맞지 않게 정감이 드러나는 경우이다.

(나) 사단(四端)은 리(理)가 정감으로 드러난 것이고, 칠정(七情)은 기(氣)가 정감으로 드러난 것이다. 그런데 기쁨[喜]·노여움[怒]·사랑[愛]·미움[惡]·욕심[慾]을 보면 오히려 인(仁)이나 의(義)와 비슷한 측면이 있다.

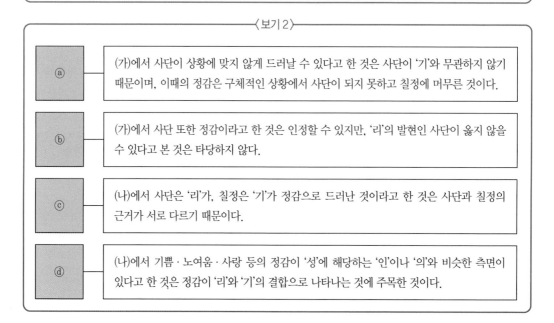

〈보기 2〉

ⓐ	(가)에서 사단이 상황에 맞지 않게 드러날 수 있다고 한 것은 사단이 '기'와 무관하지 않기 때문이며, 이때의 정감은 구체적인 상황에서 사단이 되지 못하고 칠정에 머무른 것이다.
ⓑ	(가)에서 사단 또한 정감이라고 한 것은 인정할 수 있지만, '리'의 발현인 사단이 옳지 않을 수 있다고 본 것은 타당하지 않다.
ⓒ	(나)에서 사단은 '리'가, 칠정은 '기'가 정감으로 드러난 것이라고 한 것은 사단과 칠정의 근거가 서로 다르기 때문이다.
ⓓ	(나)에서 기쁨·노여움·사랑 등의 정감이 '성'에 해당하는 '인'이나 '의'와 비슷한 측면이 있다고 한 것은 정감이 '리'와 '기'의 결합으로 나타나는 것에 주목한 것이다.

02 다음의 〈보기〉는 제시문의 내용을 바탕으로 이황과 기대승이 주장한 수양 방법을 비교하여 설명한 것이다. 빈칸에 들어갈 용어를 쓰시오.

〈보기〉

수양 방법으로 이황은 '성'이 그대로 사단으로 발현될 수 있도록 '성'의 상태를 유지시키는 (ⓐ)의 자세를 중시한 반면, 기대승은 칠정 그 자체를 제어하여 사단이 되도록 생각을 정성스럽게 하는 (ⓑ)을/를 강조했다.

[03~04] 다음 글을 읽고 물음에 답하시오.

1900년데 초 숲이 우거져 있던 케냐의 고원 지대는 토질이 뛰어나 농작물 생산량이 풍부했고 비교적 인구 밀도가 높았다. 그 외의 지역에서는 드넓은 보존림을 가꾸었는데, 그곳에는 코끼리와 표범, 물소, 그 밖의 다른 동물들이 수없이 많이 살았다. 케냐 사람들은 이 보존림뿐 아니라 모든 지역에서 나무를 베었지만, 관습적으로 덤불이 자란 곳이나 나무가 드문드문 서 있는 곳 위주로 집을 짓거나 거기서 땔감을 구했을 뿐 더 크고 곧은 나무들에는 손대지 않았다.

케냐 사람들이 크고 곧은 나무를 보호한 데에는 나무에 정령이 깃들어 있다는 믿음 또한 영향을 미쳤다. 예를 들어 키쿠유 사람들은 베어지지 않고 서 있는 나무를 '숲의 벌목에 저항하는 나무'라는 뜻인 무레마키리티라 불렀으며, 베어진 나무들의 정령이 이 나무들에 깃들었다고 여겼다. 그리고 정령이 다른 나무로 옮겨 간 뒤에야 이 나무들을 벨 수 있었다. 사람들은 베어 낼 나무에 나뭇가지를 기대어 놓았다가 다른 나무로 옮기거나, 나무를 베자마자 그 자리에 곧바로 또 다른 나무를 심는 방식으로 나무의 정령을 다른 나무로 옮겨 가게 했다. 그런 조심스러움이 무지막지한 벌목을 막은 것은 분명하다.

많은 공동체에서는 일반적으로 나무 그 자체를 숭배하는 것이 아니라, 특정한 나무나 관목을 정하고 가족과 공동체 전체를 위해 그 밑에 제물을 바쳤다. 키쿠유 사회에서는 이런 나무 가운데 하나가 무구모라 불리는 무과화나무였다. 모든 무화과나무가 숭배의 대상이 된 것은 아니었지만, 키쿠유 제사장들은 무화과나무가 있는 곳에서만 제의를 올렸다. 제의가 열린 무화과나무와 그 주변은 신성한 곳이 되었다. 내가 어렸을 때, 어머니는 집 가까이에 있는 무화과나무 근처에서는 땔감으로 쓸 잔가지를 주워 오면 안 된다고 단단히 이르셨다. 그 나무는 '하느님의 나무'이기 때문이다.

무화과나무를 하느님의 나무로 인식하는 데는 일종의 생태학적 추론이 뒷받침된다. 깊이 뻗은 무화과나무 뿌리는 산사태를 예방하고, 빗물을 땅속에 저장하고 순환시켜 지표면에 냇물이나 개울을 이루게 한다. 따라서 무화과나무를 죽이거나 해치면, 흙이 불안정해지고 물의 저장과 방출이 어려워진다. 무화과나무를 약재나 식량으로 이용해 왔을 많은 사람이, 때때로 겪어야 했던 가혹한 환경 속에서 살아남을 수 있었던 이유는 바로 여기에 있다.

인류 문명이 시작된 뒤로 나무는 식량과 약재, 건축 재료였을 뿐 아니라 사람을 치유하고 위로하고 신과 연결되는 장소였다. 나무는 지구에서 가장 오래되고 가장 큰 생명체 가운데 하나이므로, 인류가 나무를 종교적 관점에서 인식하는 것은 그다지 놀라운 일이 아니다. 특정한 종류의 나무들은 영적으로 중요하다. 가나 남부의 많은 공동체는 백단향과 이로코, 리아나를 성스럽게 인식한다. 특히 가나 은코란자와 말라위 일대에 있는 신성한 숲들과 요루바족 여신 오슌에게 바쳐진 나이지리아 오쇼그보 근처의 숲은 그 중요성이 인정되어 유네스코에서 세계 유산으로 지정했다.

나무가 주는 그늘과 공간의 영적 울림 때문에 나무는 공동체 전체가 모이는 중요한 장소가 되기도 한다. 사람들은 나무 아래 모여 앞일을 의논하고, 찬반이 갈리는 문제에 관해 부족 어른이 판단을 내리고는 한다. 따라서 특정한 나무가 한 집단의 정체성을 상징하는 것은 어쩌면 당연한 일이다. 키쿠유족은 자녀 양육이 끝난 사람들을 공동체 생활 양식의 수호자이자 지혜로운 후견인으로 여겼다. 따라서 그들은 중재자이자 판관으로 받아들여졌으며, 의식이 진행되는 동안 부족의 어른 자리에 앉아 ⓐ시이기나무 막대를 쥐고 있었다. 그것은 폭력이 용인되지 않는다는 표시였다. 이런 관례는 평화 협정에 조언하는 것만큼이나 구속력을 지녔고, 공동체 내부에서 그리고 공동체끼리 평화를 유지하는 데 크게 이바지했다. 신성한 숲과 그 나무와 숲에 부여된 영적이고도 상징적인 중요성을 생각해 보면, 나무는 언제나 우리의 동반자였다.

03 키쿠유 사람들이 다음의 〈보기〉와 같이 행동한 이유를 제시문에서 찾아 기술하시오.

〈보기〉

키쿠유 사람들은 베어 낼 나무에 나뭇가지를 기대어 놓았다가 다른 나무로 옮기거나, 나무를 베자마자 그 자리에 곧바로 또 다른 나무를 심었다.

〈유의사항〉

− 20자 이내의 한 문장으로 기술할 것(공백 제외)

04 위의 제시문에서 ⓐ의 '시이기나무 막대'가 상징하는 것은 무엇인지 3음절로 쓰시오.

[05~06] 다음 글을 읽고 물음에 답하시오.

(가)
우리는 썩어 가는 참나무 떼,
벌목의 슬픔으로 서 있는 이 땅
패역*의 골짜기에서
서로에게 기댄 채 겨울을 난다
함께 썩어 갈수록
바람은 더 높은 곳에서 우리를 흔들고
이윽고 잠자던 홀씨들 일어나
우리 몸에 뚫렸던 상처마다 버섯이 피어난다
황홀한 음지의 꽃이여
우리는 서서히 썩어 가지만
너는 소나기처럼 후드득 피어나
그 고통을 순간에 멈추게 하는구나
오, 버섯이여
산비탈에 구르는 낙엽으로도
골짜기를 떠도는 바람으로도
덮을 길 없는 우리의 몸을
뿌리 없는 너의 독기로 채우는구나

– 나희덕, 「음지의 꽃」

*패역: 마땅히 해야 할 도리에 어긋남

(나)
겨울 바다에 가 보았지
미지(未知)의 새
보고 싶던 새들은 죽고 없었네

그대 생각을 했건만도
매운 해풍에
그 진실마저 눈물져 얼어 버리고

허무의
불
물이랑 위에 불붙어 있었네

나를 가르치는 건
언제나
시간······

끄덕이며 끄덕이며 겨울 바다에 섰었네
남은 날은
적지만

기도를 끝낸 다음
더욱 뜨거운 기도의 문이 열리는
그런 영혼을 갖게 하소서

남은 날은
적지만

겨울 바다에 가 보았지
인고(忍苦)의 물이
수심(水深) 속에 기둥을 이루고 있었네

– 김남조, 「겨울 바다」

05 작품 (가)에서 생명력이 소실된 공간에서 피어난 버섯의 강인한 생명력을 표현한 시구(詩句)를 찾아 쓰시오.

06 작품 (나)에서 대립적인 소재를 통해 '허무'를 극복하고자 하는 화자의 내면 심리를 시각적으로 구체화한 연을 찾아 첫 어절과 마지막 어절을 쓰시오.

첫 어절: _____ , 마지막 어절: _____

[07~09] 다음 글을 읽고 물음에 답하시오.

광문(廣文)이라는 자는 거지였다. 일찍이 종루(鐘樓)의 저잣거리에서 빌어먹고 다녔는데, 거지 아이들이 광문을 추대하여 패거리의 우두머리로 삼고, 소굴을 지키게 한 적이 있었다.

하루는 날이 몹시 차고 눈이 내리는데, 거지 아이들이 다 함께 빌러 나가고 그중 한 아이만이 병이 들어 따라가지 못했다. 조금 뒤 그 아이가 추위에 떨며 숨을 몰아쉬는데 그 소리가 몹시 처량하였다. 광문이 너무도 불쌍하여 몸소 나가 밥을 빌어 왔는데, 병든 아이를 먹이려고 보니 아이는 벌써 죽어 있었다. 거지 아이들이 돌아와서는 광문이 그 애를 죽였다고 의심하여 다 함께 광문을 두들겨 쫓아내니, 광문이 밤에 엉금엉금 기어서 마을의 어느 집으로 들어가다가 그 집 개를 놀라게 하였다. 집주인이 광문을 잡아다 꽁꽁 묶으니, 광문이 외치며 하는 말이,

"나는 날 죽이려는 사람들을 피해 온 것이지 감히 도적질을 하러 온 것이 아닙니다. 영감님이 믿지 못하신다면 내일 아침에 저자에 나가 알아보십시오."

하는데, 말이 몹시 순박하므로 집주인이 내심 광문이 도적이 아닌 것을 알고서 새벽녘에 풀어 주었다. 광문이 고맙다는 인사를 하고는, 떨어진 거적을 달라 하여 가지고 떠났다. 집주인이 끝내 몹시 이상히 여겨 그 뒤를 밟아 멀찍이서 바라보니, 거지 아이들이 시체 하나를 끌고 수표교(水標橋)에 와서 그 시체를 다리 밑으로 던져 버리는데, 광문이 다리 속에 숨어 있다가 떨어진 거적으로 그 시체를 싸서 가만히 짊어지고 가, 서쪽 교외의 공동묘지에다 묻고서 울다가 중얼거리다가 하는 것이었다.

이에 집주인이 광문을 붙들고 사유를 물으니, 광문이 그제야 그전에 한 일과 어제 그렇게 된 상황을 낱낱이 고하였다. 집주인이 내심 광문을 의롭게 여겨, 데리고 집에 돌아와 의복을 주며 후히 대우하였다. 그리고 마침내 광문을 약국을 운영하는 어느 부자에게 ㉠천거(薦擧)하여 고용인으로 삼게 하였다.

오랜 후 어느 날 그 부자가 문을 나서다 말고 자주자주 뒤를 돌아보다, 도로 다시 방으로 들어가서 자물쇠가 걸렸나 안 걸렸나를 살펴본 다음 문을 나서는데, 마음이 몹시 미심쩍은 눈치였다. 얼마 후 돌아와 깜짝 놀라며, 광문을 물끄러미 살펴보면서 무슨 말을 하고자 하다가, 안색이 달라지면서 그만두었다. 광문은 실로 무슨 영문인지 몰라서 날마다 아무 말도 못하고 지냈는데, 그렇다고 그만두겠다고 말할 수도 없었다.

그 후 며칠이 지나, 부자의 처조카가 돈을 가지고 와 부자에게 돌려주며,

"얼마 전 제가 아저씨께 돈을 빌리러 왔다가, 마침 아저씨가 계시지 않아서 제멋대로 방에 들어가 가져갔는데, 아마도 아저씨는 모르셨을 것입니다."

하는 것이었다. 이에 부자는 너무도 부끄러워서 광문에게,

"나는 소인이다. 장자(長者)의 마음에 상처를 주었으니 나는 앞으로 너를 볼 낯이 없다."

하고 사죄하였다. 그러고는 알고 지내는 여러 사람들과 다른 부자나 큰 장사치들에게 광문을 의로운 사람이라고 두루 칭찬을 하고, 또 여러 종실(宗室)의 빈객(賓客)들과 공경(公卿) 문하(門下)의 측근들에게도 지나치리만큼 칭찬을 해대니, 공경 문하의 측근들과 종실의 빈객들이 모두 이야깃거리를 만들어 밤이 되면 자기 주인에게 들려주었다. 그래서 두어 달이 지나는 사이에 사대부까지도 모두 광문이 옛날의 훌륭한 사람들과 같다는 이야기를 듣게 되었다. 그 당시에 서울 안에서는 모두, 전날 광문을 후하게 대우한 집주인이 현명하여 사람을 알아본 것을 칭송함과 아울러, 약국의 부자를 장자(長者)라고 더욱 칭찬하였다.

이때 돈놀이하는 자들이 대체로 머리꽂이, 옥비취, 의복, 가재도구 및 가옥 · 전장(田庄) · 노복 등의 문서를 저당 잡고서 본값의 십분의 삼이나 십분의 오를 쳐서 돈을 내주기 마련이었다. 그러나 광문이 빚보증을 서 주는 경우에는 담보를 따지지 아니하고 천금(千金)이라도 당장에 내주곤 하였다.

– 박지원, 「광문자전」

07 윗글에서 '집주인'이 ㉠의 '천거(薦擧)'와 관련하여 '약국 부자'에게 전했을 것으로 추정되는 광문의 성품을 3어절로 기술하여 다음의 문장을 완성하시오.

이 젊은이는 _____ 청년으로 믿을 만하다.

08 다음 〈보기〉의 내용을 참고하여 위의 작품이 조선 전기의 전(傳)과 <u>다른</u> 특징 세 가지를 기술하시오.

〈보기〉

한문 문체의 하나의 '전(傳)'은 기록할 만한 업적을 남긴 인물의 일대기를 기술하는 글이다. 조선 전기에는 유교적 도덕률을 중요하게 생각해 주로 재자가인(才子佳人)으로 표방되는 인물을 주인공으로 하였다. 일반적으로 '전(傳)'은 도입부에서 입전 인물의 신분, 가계, 내력 등을 밝히고, 전개 부분에서 인물의 행적을 서술한 뒤, 마지막으로 인물에 대한 종합적인 평가를 제시한다.

ⓐ _____

ⓑ _____

ⓒ _____

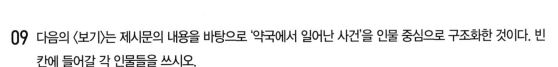

09 다음의 〈보기〉는 제시문의 내용을 바탕으로 '약국에서 일어난 사건'을 인물 중심으로 구조화한 것이다. 빈 칸에 들어갈 각 인물들을 쓰시오.

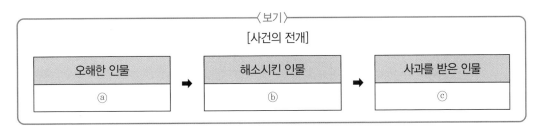

〈보기〉

[사건의 전개]

오해한 인물	→	해소시킨 인물	→	사과를 받은 인물
ⓐ		ⓑ		ⓒ

[10] 다음 글을 읽고 물음에 답하시오.

(가)
깨진 그릇은
칼날이 된다.

절제(節制)와 균형(均衡)의 중심에서
빗나간 힘,
부서진 원은 모를 세우고
이성(理性)의 차가운
눈을 뜨게 한다.

맹목(盲目)의 사랑을 노리는
사금파리여,
[지금] 나는 맨발이다.
베어지기를 기다리는
살이다.
상처 깊숙이서 성숙하는 혼(魂)

깨진 그릇은
칼날이 된다.
무엇이나 깨진 것은
칼이 된다.

– 오세영, 「그릇 · 1」

(나)

멀리 있어도 나는 당신을 압니다
귀먹고 눈먼 당신은 추운 땅속을 헤매다
누군가의 입가에서 잔잔한 웃음이 되려 하셨지요

부르지 않아도 당신은 옵니다
생각지 않아도, 꿈꾸지 않아도 당신은 옵니다
당신이 올 때면 먼발치 마른 흙더미도 고개를 듭니다

당신은 지금 내 안에 있습니다
당신은 나를 알지 못하고
나를 벗고 싶어 몸부림하지만

내게서 당신이 떠나갈 때면
내 목은 갈라지고 실핏줄 터지고
내 눈, 내 귀, 거덜 난 몸뚱이 갈가리 찢어지고

나는 울고 싶고, 웃고 싶고, 토하고 싶고
벌컥벌컥 물 사발 들이켜고 싶고 길길이 날뛰며
절편보다 희고 고운 당신을 잎잎이, 뱉아 낼 테지만

부서지고 무너지며 당신을 보낼 일 아득합니다
굳은 살가죽에 불 댕길 일 막막합니다
불탄 살가죽 뚫고 다시 태어날 일 꿈 같습니다

지금 당신은 내 안에 있지만
나는 당신을 어떻게 보내 드려야 할지 모르겠습니다
조막만 한 손으로 뻣센 내 가슴 쥐어뜯으며 발 구르는 당신

– 이성복, 「꽃 피는 시절」

10 다음의 〈보기〉는 (가), (나)의 지금 에 대한 설명이다. 빈칸에 들어갈 말을 쓰시오.

〈보기〉

(가)의 '지금'은 (ⓐ)을/를 기대하고 있는 시간이고, (나)의 '지금'은 화자가 (ⓑ)의 막막함을 느끼는 시간이다.

〈유의 사항〉

각각 2음절의 한 단어로 쓸 것.

11 (단답형 문제) 함수 $f(x)=x^3+2x^2$ 위의 점 $(-1, 3)$에서의 접선과 x축 및 y축으로 둘러싸인 부분의 넓이를 구하는 과정을 논술한 것이다. 빈칸 ① , ② , ③ 을 채우시오.

> 함수 $f(x)$의 양변을 x에 관해 미분하면,
>
> $f'(x)=$ ① 이므로
>
> 함수 $y=f(x)$ 위의 점 $(-1, 3)$에서의 접선의 기울기는 $f'(-1)=-1$
>
> 접선의 방정식은
>
> $\therefore y=$ ②
>
> 접선의 x절편과 y절편의 값을 이용하여 넓이의 값을 구할 수 있다.
>
> 따라서 구하고자 하는 넓이는 ③

12 x에 대한 방정식 $x^2+4x+k=0$이 열린구간 $(-2, 3)$에서 오직 하나의 실근을 갖도록 하는 정수 k의 최댓값을 M, 최솟값을 m이라 하자. 이때, $M-m$의 값을 구하는 과정을 논술하시오.

13 세 양수 a, b, c(단, $a \neq 1$)에 대하여 $\log_{\sqrt{a}} \dfrac{b}{c} = 6$, $\log_{\sqrt{a}} bc = 2$가 성립한다. 이때, $\log_a b^4 c^2$의 값을 구하는 과정을 논술하시오.

14 다항함수 $f(x)$에 대하여 $f'(x) = 2x(3x+1)$이고 $f(0) = 0$이다. 이때 $f(1)$의 값을 구하는 과정을 논술하시오.

15 등비수열 $\{a_n\}$의 첫째항부터 제 n항까지의 합을 S_n이라 할 때, $S_3=3$, $S_6=9$이다. 이때, S_9의 값을 구하는 과정을 논술하시오.

제4회 실전모의고사

[국어 영역]

▶ 해답 p.191

[01~02] 다음 글을 읽고 물음에 답하시오.

오늘날 우리 사회에 만연한 공공성 결핍 현상이 사회적 쟁점으로 부상하고 있다. 공공성 결핍 현상은 개인을 사회와 독립된 별개의 존재이자 경제적 효용을 추구하는 합리적 존재로 보는 경향과 관련이 있다. 개인을 경제적 효용을 추구하는 존재로 보는 경향은 끊임없이 개인에게 자신의 경제적 효용 가치를 높일 것을 요구한다. 이러한 경향은 '공존'이나 '연대'와 같은 공적 가치의 기반을 생존을 위한 '경쟁'으로 대체하면서 공공성을 약화하고 사회적 불평등을 심화하는 결과를 초래하였다. 이와 같은 문제 상황을 해소하고 조화로운 사회를 구축하기 위해 공동체와 사회의 역할에 주목하는 공공성 담론이 활성화되고 있다.

공공성에 대한 높아진 관심은 공공성의 개념이 무엇인가를 규명하는 연구로 이어지고 있다. 이러한 연구를 바탕으로 공공성을 구성하는 하위 개념을 정리해 보면, 우선 공공성의 개념에는 '국가 또는 정부와 관계된 것'이 포함된다. 이는 정당한 권력을 소유한 기관에 의해 이루어지는 행위가 공공성을 갖는다는 것을 의미한다. 정부 기관은 합법적 혹은 공적인 권력을 소유하고 있기 때문에 국가 또는 정부 기관과 관계된 것으로서의 공공성의 개념에는 강제, 권력, 의무라는 의미가 내포되어 있다. 물론 국가 또는 정부의 모든 행위가 공공성을 갖는다고는 할 수 없다. 하지만 국가 또는 정부의 행위는 기본적으로 국가 구성원들의 안전을 보장하고 이들의 행복한 삶을 영위할 수 있도록 지원하며, 국가 전반의 이익을 도모하려는 목적이 있어 공공성의 핵심 개념으로 보고 있다.

[A] 다음으로 공공성의 개념에는 '공익(公益)'의 의미가 포함되어 있다. 일반적으로 광의의 개념으로서 공익은 사회 전반의 이익을 의미하는데 여기에는 정의, 형평 등 가치적인 요소도 포함이 된다. 반면 협의의 개념으로서 공익은 사회 전반의 경제적 이익을 의미한다. 이 경우 공익은 공공복리의 의미로 이해될 수 있다. 공공복리는 사회 공동체의 구성원들에게 구체적으로 귀속이 되는 이익이며, 공개적 차원에서 확인되는 이익이라 할 수 있다. 공익은 특정한 개인이나 집단의 이익이 아닌 다수의 사회 구성원들 그리고 사회 전반의 이익이라는 점에서 공공성과 매우 밀접한 개념이라고 할 수 있다.

마지막으로 공공성의 개념은 '접근성'의 의미를 포함한다. 공공성으로서의 접근성은 공공재 혹은 공유되는 자원이 사회 구성원들에게 얼마나 개방되고 잘 활용되고 있는지를 의미한다. 또 정치적 참여와 알 권리의 보장을 의미하는 행위와 정보에 대한 접근성을 지칭하기도 한다. 특히 알 권리의 보장은 단순히 정보를 사회 구성원들에게 공지하는 차원을 넘어서 사회 구성원들이 정보와 관련된 공적인 문제에 대하여 고찰할 수 있는 계기를 제공한다는 점에서 매우 중요한 것이다.

01 〈보기 2〉는 〈보기 1〉의 자료를 바탕으로 제시문의 [A]와 연관된 공익의 특성을 설명한 것이다. 빈칸에 들어갈 알맞은 학설을 차례대로 쓰시오.

〈보기 1〉

공익의 특성을 설명하기 위한 학설은 크게 실체설과 과정설로 나누어진다. 실체설은 공동체를 그 자체의 공공 의지와 집단적 속성을 지닌 하나의 실체로 보고 공익은 단순한 사익의 집합이 아니라 사익을 초월한 별도의 실체적 개념으로 존재한다고 본다. 실체설은 공익이 선험적으로 존재한다고 전제하며 공공선, 평등, 정의 등을 공익으로 취급한다. 반면에 과정설은 사익을 초월한 별도의 공익이란 존재할 수 없으며 공익이란 사익의 총합이거나 상충되는 이익을 가진 집단들이 상호 조정 과정을 거쳐 균형 상태의 결론에 도달했을 때 실현되는 것이라고 본다.

〈보기 2〉

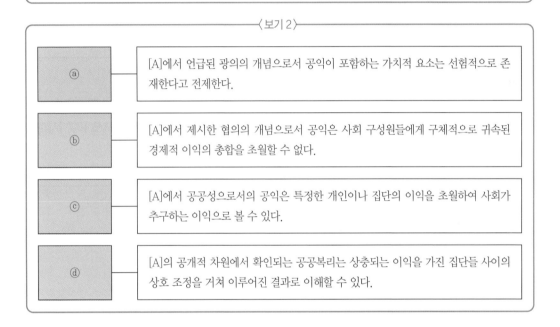

ⓐ   [A]에서 언급된 광의의 개념으로서 공익이 포함하는 가치적 요소는 선험적으로 존재한다고 전제한다.

ⓑ   [A]에서 제시한 협의의 개념으로서 공익은 사회 구성원들에게 구체적으로 귀속된 경제적 이익의 총합을 초월할 수 없다.

ⓒ   [A]에서 공공성으로서의 공익은 특정한 개인이나 집단의 이익을 초월하여 사회가 추구하는 이익으로 볼 수 있다.

ⓓ   [A]의 공개적 차원에서 확인되는 공공복리는 상충되는 이익을 가진 집단들 사이의 상호 조정을 거쳐 이루어진 결과로 이해할 수 있다.

PART 1
기출문제

PART 2
실전모의고사

PART 3
정답 및 해설

02 위의 제시문에서 공공성을 구성하는 하위 개념 중 '알 권리의 보장'과 관련된 개념은 무엇인지 쓰시오.

[03~04] 다음 글을 읽고 물음에 답하시오.

2002 한일 월드컵, 온 세계를 깜짝 놀라게 했던 한국 축구 4강 진출의 감격! 그날의 감동을 만들어 낸 원동력은 과연 무엇일까요? 그것은 바로 한국 축구의 수준을 한 단계 끌어올렸던 히딩크 감독의 리더십이 아닐까요? 히딩크의 훈련 원칙은 무한 경쟁이었습니다. 그는 취임 초부터 역할별로 두세 명씩 묶어 늘 경쟁을 붙였습니다. 선수들은 경기에 주전으로 나가기 위해 남보다 땀 한 방울이라도 더 흘리며 최선을 다해야 했습니다. 그렇게 히딩크 감독이 선의의 경쟁을 통해 서로의 실력이 향상되도록 유도한 결과, 한국 축구는 신화라 불린 기적을 이룰 수 있었습니다.

한국 축구가 2010년 남아프리카 공화국 월드컵에서 원정 첫 16강의 쾌거를 일구어 내며 한 단계 질적 도약을 이룬 것 역시 경쟁의 힘이 컸습니다. 세계 무대에서 경쟁력을 다진 해외파 선수들을 포함하여, 국내 프로 축구 리그에서 선의의 경쟁을 통해 실력을 쌓아 온 선수들이 있었기에 가능했던 일이었습니다. 지금은 은퇴한 피겨 스케이팅 선수 김연아 또한, 현역 시절 선의의 경쟁자인 아사다 마오를 떼어 놓고는 상상하기 힘듭니다. 두 선수 사이의 불꽃 튀는 경쟁이 세계 챔피언을 낳고 피겨의 새로운 시대를 연 것입니다.

우리가 재미있어하는 일에는 대부분 경쟁이라는 요소가 들어 있습니다. ㉠우리가 어려서부터 해 온 놀이와 오락도 경쟁을 할 때 더 재미가 있었습니다. 그것은 경쟁이 인간의 본능이기 때문입니다. 역사학자 요한 하위징아는 이러한 인간의 경쟁 본능을 '호모 루덴스'라는 말로 설명합니다. 그는 놀이하는 것이 인간이 하는 행위의 가장 큰 특성이며, 이 놀이하는 인간의 특성은 경쟁 본능과 밀접하게 연결되어 있다고 말합니다. 인간에게는 이기고 싶은 욕구가 있는데, 이것은 다른 사람을 능가하여 최고가 되고, 이를 인정받고 싶은 심리를 기반으로 합니다. 결국 인간은 바로 자신의 경쟁 본능을 충족하기 위해 놀이하는 존재가 되었다는 주장입니다.

인간을 공격적이고 이기적인 존재로 보았던 영국의 철학자 토머스 홉스 역시 경쟁심은 인간의 본능이라고 말했습니다. 인간의 본성 중에는 싸움을 불러일으키는 세 가지 요소인 경쟁심, 소심함, 명예욕이 있는데, 특히 경쟁심은 인간이 필요한 무엇인가를 얻기 위해 다른 사람과 투쟁하도록 만든다는 것입니다. 이런 점들로 보아, 경쟁은 우리 삶에서 떼어낼 수 없는 불가피한 것입니다. 따라서 우리에게는 경쟁을 부정하는 것이 아니라, 경쟁의 긍정적인 힘을 배우고 활용하는 지혜가 필요합니다.

위대한 경쟁의 힘! 사실 우리나라의 경제 성장 과정은 경쟁의 힘을 대표적으로 보여 주는 사례입니다. 1950년대, 전쟁으로 인해 물질적으로 풍요롭지 못했던 우리나라가 오늘날 높은 수준의 경제력을 지닌 국가로 성장할 수 있었던 것은 세계와 경쟁하면서 끊임없이 노력해 온 결과입니다. 우리 국민이 각자의 자리에서 선의의 경쟁을 다하지 않았다면, 오늘날 우리가 누리는 물질적 풍요는 불가능했을지도 모릅니다. 우리를 포함해 전 세계에서 지지하고 있는 자본주의 경제의 기본 원리가 바로 자유 경쟁이기 때문입니다.

경제학자 애덤 스미스가 바로 이러한 자본주의 경제 원리의 토대를 만들었는데, 그는 인간의 이기심이 사회를 발전시킨다는 신념을 바탕으로 자유 경쟁의 원리를 주장했습니다. 그는 인간이 타인에 대한 동정심보다 자신에 대해 애정이 앞서는 존재이며, 이러한 인간의 타고난 이기심을 인정하고 효과적으로 활용하면 개인과 사회 모두를 발전시킬 수 있다고 믿었습니다. 즉, 인간의 이기심을 통제하기보다 오히려 경쟁을 통해 인간의 이기심을 잘 활용하는 것이 개인의 행복과 사회 전체의 이익을 동시에 달성하는 길이라는 것입니다.

03 위의 제시문에서 밑줄 친 ㉠의 이유를 기술하시오.

〈유의사항〉

－ 30자 이내의 한 문장으로 기술할 것(공백 제외)

04 다음의 〈보기〉는 경쟁에 관한 토마스 홉스와 애덤 스미스의 견해를 정리한 것이다. 위의 제시문의 내용을 바탕으로 빈칸에 들어갈 말을 차례대로 쓰시오.

〈보기〉

토마스 홉스는 경쟁을 (ⓐ)로 보았고, 애덤 스미스는 자유 경쟁을 (ⓑ)로 보았다.

〈유의사항〉

－ ⓐ는 2어절, ⓑ는 4어절로 기술할 것(공백 제외)

[05~06] 다음 글을 읽고 물음에 답하시오.

채색 구름이 감도는 올림포스산 최고봉에 자리 잡은 제신(諸神)의 대리석 궁전은 휘황찬란하였다. 문지기만 하여도 눈이 부셔서 잘 보지 못할 지경이었다.

연못에서 최고봉까지 꼬박 일주일 동안 험한 산길을 더듬어 오른 개구리들은 기진맥진하였다. 개중에는 도중에서 쓰러진 자도 적지 않았다.

궁전이 쳐다보이는 참나무 숲에 도착한 제일진은 아득하게 멀리 산기슭까지 퍼진 개구리 떼를 바라보면서 아픈 다리를 쉬고 있었다. 개구리로 뒤덮인 이 산은, 기어 오르느라고 수성대는 그들로 바글바글 끓는 듯하였다. 위해한 광경이었다. 멍텅구리일망정 몸은 건장이어 제일진에 끼인 파랑이는 입을 벌리고 감탄하였다.

－ 우리두 위대하구나아.

일찍이 개구리의 씨가 지상에 떨어진 이래 먹고 자는 여가를 타서 촌가를 아껴 번식에 노력한 그들의 역사는 여기 대단원을 연출하고 있었다. 감탄한 것은 파랑이뿐이 아니었다. 이 광경을 보는 뭇 개구리들은 자신들의 위대성을 처음으로 깨달았다.

입을 놀리면 청산유수같이 당할 자 없는 얼룩이도 몸을 부리는 실제 행동에는 말이 아니었다. 맨 뒤꽁무니를 가까스로 따라갔다. 그가 제일진이 기다리고 있는 참나무 밑에 도착한 것은 다른 자들이 다리를 쉬고 한잠 자고 난 후였다. 말주변이 좋은 그는 물론 대표로 뽑혀서 신전으로 나아가게 되었다.

이윽고 뭇 개구리가 머리를 조아리는 가운에 얼룩이는 파랑이와 검둥이를 거느리고 제우스 신 앞에 나가 국궁 삼배하고 입을 열었다.

"연못의 개구리들은 삼가 지성지엄하옵신 제우스 신 어전에 아뢰나이다. 일찍이 신등의 조상이 땅 위에 삶을 시작한 이래 광대무변하옵신 은총을 받자와 이같이 번영을 누리게 되오니 무엇으로써 이 홍은의 만분지일이라도 보답하오리까……."

찬란한 보좌에 앉아 까딱없이 듣고만 있던 제우스 신은 이마를 찌푸리면서 가로막았다.

"가만있어, 애 개굴아. 너희들이 잘 살아가는 것이 내 덕이라 이 말이지?"

얼룩이는 황송하여 땅에 딱 붙었다가 침을 꿀꺽 삼키고 머리를 들었다.

"황감하오나 그런 줄 아뢰나이다."

"그렇게 생각해 주니 고맙긴 하다마는 약간 쑥스럽구나."

"그 말씀 더구나 황송하나이다. 이제 신등이 어진에 아뢰옵고자 하는 바는, 백수(百獸)에는 사자가 있어 다스리고, 백금(百禽)에는 독수리가 통치하고 있사온 바, 유독 신등 개구리만은 통치자 없이 제각기 제멋대로 날치는 판국이오니 이를 가련히 여겨사 조속한 시일 내에 임금을 내려 주시옵소서."

제우스는 두 눈으로 멍하니 보고만 있다가 한 손으로 뺨을 만지면서 물었다.

"임금이 없어 불편한 점이 있더냐?"

얼룩이는 한 걸음 바싹 나아가 엎드리면서 목청을 높였다.

"불편하옴보다도 질서가 없음을 걱정하나이다."

"질서? 무슨 질서 말이냐?"

"상하도 예의범절도 없이 제멋대로 날뛰는 이 현상이 어찌 가탄하지 아니하오리까? 억센 힘으로 가련한 이 무질서, 군중을 꽉 틀어쥐고 질서와 단계를 세워 빛나는 통치를 할 군주를 갈망함은 가뭄에 비를 기다리는 심정인가 하나이다."

"㉠너희들같이 어리석은 자의 눈에는 무질서로 보이리라. 그러나 그 뒤에는 더 높은 질서가 있다. 사자는 사자, 독수리는 독수리, 개구리는 개구리다. 애써 멍에를 쓰자고 덤비는 그 심사를 모르겠구나. 이 땅 위에 가장 행복한 것은

바로 너희들이니 돌아가 이 뜻을 뭇 개구리에게 선포하고 아예 어리석은 생각은 말라고 하여라."

얼룩이는 이마의 진땀을 앞발로 씻으면서 애걸하였다.

"그러하오나 임금을 모시고 섬기려는 개구리족의 결의는 이미 견결한가 하나이다."

제우스는 혼잣말같이 중얼거렸다.

"노예근성!"

얼룩이는 떨었다. 떨면서도 현명한 자기와 자기 동료의 진의를 오해한 것만 같아서 기어드는 목소리로 한마디 더 하였다.

"신등이 행복하옴은 오로지 홍은의 소치로 감읍불이하옵는 바 이 행복에 금상첨화로 질서를 더할까 하옵는 것이 소원인가 하나이다."

제우스는 우울한 표정이었다.

"아아, 의식(意識)의 비극이여, 너는 조작을 쉬지 못하고, 조작하면 반드시 이루어지나니 낸들 어찌하랴! 의식에는 이미 불행의 씨가 깃들었거든…… 들어 보아라, 너희들이 생각하고 소원하고 행동하였거든 그것이 이루어지는 것은 나도 막을 도리가 없다. 이제 연못으로 돌아가 기다려라, 곧 너의 소원을 풀어 주리라."

얼룩이는 감격의 눈물을 흘리면서 또다시 국궁 삼배하고 물러나와 뭇 개구리에게 성공을 알리니 땅에 엎드려 절하던 그들의 눈에는 눈물이 감도는 자도 있었다.

개구리들은 돌아섰다. 산을 넘고 강을 건너 더듬어 가는 길은 피곤하였으나, 머리에 그리는 개구리 제국의 꿈은 그들에게 용기를 북돋아 주었다.

돌아온 다음 날 아침이었다. 조반을 마치고 바윗등에 뒹굴고 있노라니까 멀리 보이는 올림포스산의 흰 봉우리에 무지개가 서더니 검은 것이 하늘 높이 솟자 이어서 이리로 향하여 쏜살같이 떨어져 왔다. 연못이 왈칵 뒤집힐 듯이 물을 뿌리면서 검은 것이 풍덩 빠졌다가 잠시 후에 물에 떴다.

그것은 큼직한 통나무였다.

제우스가 보내 준 자기들의 임금이라는 것을 의심하는 자는 아무도 없었다. 개구리들은 예전에 날짐승들이 독수리 앞에서 하던 모습을 생각하고 얼룩이의 지휘로 통나무 앞 물 위에 정렬하였다. 정렬이 끝나자 얼룩이는 재빨리 앞으로 나아가 어전에 대령하였다.

– 김성한, 「개구리」

PART 1 기출문제

PART 2 실전모의고사

PART 3 정답 및 해설

05 윗글에서 제우스가 ㉠처럼 말한 것은 개구리들에게 무엇을 일깨워주기 위한 것인지 2어절로 쓰시오.

06 의인화와 관련된 〈보기 1〉의 내용을 바탕으로 위의 작품을 감상한 〈보기 2〉의 빈칸에 들어갈 말을 차례대로 쓰시오.

〈보기1〉

　　의인화란 인간이 아닌 존재에 인간의 속성을 부여하는 표현 방식을 가리킨다. 이때 부각되는 인간적인 성격은 지향하는 가치가 실현되어야 할 세계와 실현되지 못한 세계, 그 가치가 보존된 사회와 훼손된 현실의 대비를 통해 강조된다. 의인화를 통해 가치가 실현되는 세계를 구현하기 위해서는 이상적인 인간상을 제시하는 경우가 많고, 과도한 욕망으로 훼손된 현실을 바로잡기 위해서는 문제의 원인에 대한 비판적인 시선을 나타내기도 한다.

〈보기 2〉

　　제우스가 임금을 원하는 개구리들의 요구를 행복을 모르는 어리석음에 비롯된 것이라고 간주하는 것은 현실 문제가 (　　ⓐ　　)에서 비롯된 것임을 비판적으로 나타내고 있다. 또한 제우스가 개구리들의 결의를 의식의 비극이라고 비난하는 것은, 보존되고 있는 가치가 (　　ⓑ　　)에 의해 훼손되는 현실에 대한 비판적인 시선을 드러낸 것이다.

[07～09] 다음 글을 읽고 물음에 답하시오.

　　[앞부분의 줄거리] 소설가인 '나'는 어느 날 낯선 여자의 전화를 받고 그 여자를 만나게 된다. 그 여자는 다름 아닌 고등학교 때 '나'가 좋아했던 현아였다. 현아는 스무 해 동안 간혀 있었던 말들이라며, 당시 '나'가 친구를 통해 현아에게 주었던 시집을 내놓는다. 그 시집은 현아를 위해 '나'가 직접 써서 만들었던 것이다. '나'는 그 시집을 보고 친구의 하숙집에서 알게 된 뒤 좋아했던 현아와 시집에 대한 추억에 젖는다. 눈이 오는 어느 날, '나'는 현아에게 시집을 전해 주러 갔지만 현아는 집에 없었다.

　"현아는 집에 없는가 봐."

　내가 누구를 보러 왔는지 다 안다는 투였다. 나는 내 마음을 친구한테 들킨 것만 같아 또 얼굴이 화끈거렸다. 그러든 저러든 일단 현아가 집에 없다는 게 무척 다행으로 여겨졌다. 이렇게 분위기가 좋은 날 친구랑 현아가 한집에 같이 있으면 안 될 것 같은 생각이 자꾸만 들었다.

　"현아 없어도 돼. 그 대신 이것 좀 전해 주라……."

　내가 품에서 수제품 시집을 꺼내 친구 앞으로 내밀자 친구는 그걸 받아 물끄러미 내려다보았다. 나는 친구가 그 시집을 계속 내려다보고 있는데도 서둘러 현아 집을 뛰쳐나왔다. 괜히 친구에게 속을 보인 것 같아 너무나 어색했기 때문이었다.

　눈길을 되짚어 나오며 보니 현아 집으로 이어진 발자국 위에 눈이 제법 두텁게 덮여 있었다. 발자국을 볼 때마다 웃음이 픽픽 새어 나왔다. 한순간이나마 여자 신발 발자국을 현아 것으로 생각한 게 우스워서였다.

　"오빠!"

　쏟아지는 눈을 피하느라 고개를 숙인 채 혼자서 실없는 웃음을 지으며 골목길을 빠져나오는데 현아가 나타난 것이다.

　"어? 현아, 어디, 갔다, 와?"

　나는 뜻밖에 현아를 만나자 제대로 말을 하지 못하고 더듬거렸다. 현아는 온통 눈을 뒤집어쓴 채 두 손을 모아 어

린아이가 엄마에게 반갑게 달려들 때처럼 손을 활짝 펼치며 들뜬 목소리로 말했다.

"오빠, 눈사람 만들래?"

현아는 벙어리장갑을 끼고 있었다. 나는 바지 호주머니에 두 손을 푹 찌른 채 멍하니 서 있었다. 꿈인지 생시인지 모를 일이었다. 나는 현아랑 눈사람을 만들고 싶었다. 그러나 곧 고개를 저었다. 그보다는 먼저 현아가 내 시집을 받아서 읽어 봤으면 하는 마음에서였다. 아니, 어쩌면 장갑을 끼지 않은 내 맨손을 드러내고 싶지 않았는지도 모른다. 그래서 나는 엉뚱한 말을 내뱉고 말았다. "응, 나도, 그리고 싶은데, 바쁜 일이 있어서, 그만 가야 돼⋯⋯."

아까와 마찬가지로 나는 더듬거렸다. 갑자기 내가 바보가 되어 버린 게 아닌가 싶었다. 현아랑 자연스럽게 어울려 눈사람도 만들고, 친구한테 시집을 맡겼으니 받아 읽어 보라는 말도 하면 될 텐데 끝내 하지 못하고 말았다.

현아가 뭐라고 하는지 어떤지는 살펴볼 겨를도 없이 나는 마구 눈 속을 뛰었다. 뒤통수가 근질근질했다.

눈이 멈추고 며칠이 지났다. 나는 현아가 내 시집을 받고 어떤 반응을 보였을까 궁금해서 안달이 났다. 그러나 다른 때와 달리 현아네 집에 가 보기가 망설여졌다. 학교는 이미 겨울 방학이어서 친구를 학교에서 볼 일도 없었다.

몇 번씩이나 현아네 집 골목에 들어섰다가 발길을 돌리곤 했다. 오다가다 우연이라도 현아를 만나기를 바랐지만 그런 기적은 일어나지 않았다. 현아에게서 아무런 반응을 못 받은 나는 더 이상 시를 쓸 수 없었다. 하루에도 몇 번씩 현아네 집 쪽을 바라보며 얼마나 많이 절망했는지 모른다.

방학 동안 아이들은 자기가 갈 대학을 정하고 입학 원서를 쓰기 시작했다. 나는 시를 쓰는 동안 대학 같은 건 염두에 두지도 않았는데, 시고 뭐고 쓸 일이 없어져 버리자 우습게도 다시 대학을 생각하게 되었다.

그때부터 난 ⓐ몹시 추운 겨울을 보내야 했다.

[중간 부분의 줄거리] '나'는 대학 졸업 후 직장에 들어가 돈을 다루는 업무를 맡는다. 하지만 곧, 돈 세는 기계가 되어 버린 스스로의 모습에 환멸을 느끼고 고향을 찾는다.

고향 집에서 며칠을 보내며 내 살아온 지난날들을 더듬다 보니 자연스레 공책에다 뭔가를 끼적이게 되었다. 나도 모르게 글을 쓰기 시작한 것이다. 대단한 내용을 담은 글은 아니었으나 글을 쓰다 보니 내 마음이 가라앉고 위안이 되었다. 고등학교 때 생각이 났다. 인생을 모르는 사람들의 영혼이라도 쓰다듬어 줄 수 있는 시를 쓰자며 호기를 부리던 일이 떠오른 것이다. 이어 현아로부터 마른 가슴을 촉촉하게 적셔 줄 수 있는 시를 쓰라는 주문을 받았던 것도 떠올랐다. 어쩌면 나는 그 누구도 아닌 내 영혼을 쓰다듬는 글과 내 마른 가슴을 촉촉하게 적셔 주기 위해 글을 끼적이고 있는지도 몰랐다. 비록 시는 아니지만 다른 누구도 아닌 나 스스로를 위한 글을⋯⋯.

– 박상률, 「세상에 단 한 권뿐인 시집」

07 다음 〈보기〉의 내용 중 밑줄 친 '현재의 '나'와 과거의 기억을 연결해 주는 매개물'이 무엇인지 쓰시오.

〈보기〉

종종 문학 작품에서 과거의 이야기를 끌어오기 위해 중심 소재인 매개물을 이용하는 경우가 있다. 이 작품에서도 이와 같은 방식을 활용하여 현재의 '나'와 과거의 기억을 연결해 주는 매개물을 이용하고 있다.

08 윗글에서 ⓐ의 '몹시 추운 겨울'이 의미하는 바가 무엇인지 2어절로 쓰시오.

_____

09 주인공인 '나'가 자신의 처지에 대한 부정적인 인식에서 벗어나 이를 극복하고자 했던 행위가 무엇인지 3 어절로 쓰시오.

_____

[10] 다음 글을 읽고 물음에 답하시오.

앞 개에 안개 걷고 뒤 뫼에 해 비친다
배 떠라 배 떠라
밤물은 거의 지고 낮물이 밀려온다
지국총(至匊悤) 지국총(至匊悤) 어사와(於思臥)
강촌 온갖 꽃이 먼 빛이 더욱 좋다

〈춘 1〉

마름 잎에 바람 나니 봉창(篷窓)*이 서늘코야
돛 달아라 돛 달아라
여름 바람 정할소냐 가는 대로 배 두어라
지국총 지국총 어사와
북포(北浦) 남강(南江)이 어디 아니 좋을런가

〈하 3〉

수국에 가을이 드니 고기마다 살져 있다
닻 들어라 닻 들어라
만경징파(萬頃澄波)에 실컷 용여(容與)하자*
지국총 지국총 어사와
인간을 돌아보니 멀수록 더욱 좋다

〈추 2〉

기러기 떴는 밖에 못 보던 뫼 뵈는고야

이어라 이어라

낚시질도 하려니와 취한 것이 이 흥이라

지국총 지국총 어사와

석양(夕陽)이 비치니 천산(千山)이 금수(錦繡) ㅣ로다

〈추 4〉

물가의 외로운 솔 혼자 어이 씩씩한고

배 매어라 배 매어라

머흔* 구름 한(恨)치 마라 세상을 가리온다

지국총 지국총 어사와

파랑성(波浪聲)*을 염(厭)치 마라 진훤(塵喧)*을 막는도다

〈동 8〉

– 윤선도, 「어부사시사」

＊봉창: 배의 창문.

＊용여하자: 느긋한 마음으로 여유 있게 놀자.

＊머흔: 험하고 사나운.

＊파랑성: 파도 소리.

＊진훤: 속세의 시끄러움.

10 위 작품의 〈춘 1〉 ~ 〈동 8〉의 연 중 다음 설명이 포함된 연을 찾아 표기하시오.

대구를 통해 시간의 흐름을 제어함으로서 배를 탈 수 있는 조건이 갖추어졌음을 알리고 있다.	ⓐ
촉각적 이미지를 활용하여 현장감을 높이고 있다.	ⓑ
계절감을 느낄 수 있는 비유를 통해 아름다운 풍경을 묘사하고 있다.	ⓒ

PART 1
기출문제

PART 2
실전모의고사

PART 3
정답 및 해설

제4회 실전모의고사

[수학 영역]

▶ 해답 p.193

11 (단답형 문제)함수 $y = \sin^2 x - 4\cos x + 3$ 의 최댓값을 M, 최솟값을 N이라 할 때, $M + N$의 값을 구하는 과정을 논술한 것이다. 빈칸 ① , ② , ③ , ④ 를 채우시오.

$\sin^2 x + \cos^2 x =$ ① 이므로

$y = \sin^2 x - 4\cos x + 3$을 $\cos x$에 관한 함수로 변형하면,

$\therefore y =$ ②

이때, $\cos x = t$라고 하면 t값의 범위는 $-1 \leq t \leq 1$이고, $y = -(t+2)^2 + 8$이므로 위의 함수는 최댓값 $M =$ ③ ,

최솟값 $N =$ ④ 을 갖는다.

$\therefore M + N = 6$

---

12 실수 t에 대하여 곡선

$y = -x^3 + 6tx^2 - 2tx$에 접하는 직선의 기울기가 최대일 때, 이 직선의 y절편을 $h(t)$라 하자. 이때, $h(-1)$의 값을 구하는 과정을 논술하시오.

13 함수 $y = a^{2x-1} - \dfrac{1}{4}$의 그래프가 제4사분면을 지나지 않도록 하는 양의 정수 a의 최댓값을 구하는 과정을 논술하시오. (단, $a > 1$)

14 모든 실수에 대하여 연속인 함수 $f(x)$가 $f(x+2) = f(x) + 4$를 만족한다. $\displaystyle\int_0^4 f(x)dx = 20$일 때, $\displaystyle\int_0^2 f(x)dx$의 값을 구하는 과정을 논술하시오.

PART 1
기출문제

PART 2
실전모의고사

PART 3
정답 및 해설

15 첫째항이 3인 등차수열 $\{a_n\}$에 대하여

$$\sum_{n=1}^{1020}(a_{2n})=4080+\sum_{n=1}^{1020}(a_{2n-1})$$이 성립할

때, a_9의 값을 구하는 과정을 논술하시오.

제5회 실전모의고사

[국어 영역]

▶ 해답 p.196

[01~02] 다음 글을 읽고 물음에 답하시오.

세상에는 수많은 꽃들이 존재한다. 각각의 꽃들은 크기나 모양, 색깔 등이 모두 다름에도 불구하고 인간은 그것들을 모두 꽃으로 인식한다. 그 이유는 개개의 대상으로부터 공통적 · 일반적 성질을 뽑아내거나 공통되지 않은 성질을 버림으로써 만들어낸 추상적 관념, 즉 개념을 바탕으로 인식하기 때문이다. 어떤 대상이 기존의 개념 체계 안에서 파악된다면 처음 접하는 대상이라 하더라도 그에 대한 지식이 있다고 할 수 있다. 반면 대상이 기존의 어떤 개념과도 일치하지 않는다면 그에 대한 지식도 없는 것이라 할 수 있다. 그런데 칸트는 개념만으로는 지식이 완전하지 않다고 보았다. 가령 삼각형의 개념을 안다 하더라도 삼각형 모양을 머릿속에 떠올리지 못하면 그 개념은 공허한 것일 뿐이다. 칸트는 개념을 구체적인 모습으로 떠올린 것을 '도식'이라고 했는데, 도식을 떠올리는 데에는 '상상력'이 작용하며, 도식이 있어야 개념과 개별적 대상이 연결될 수 있다고 보았다.

칸트는 상상력에는 감성과 지성이 관련된다고 보았으며, 이를 '재생적 상상력'과 '창조적 상상력'으로 나누어 각각의 기능에 대해 언급한 바 있다. 프랑스의 철학자 질 들뢰즈는 이러한 칸트의 상상력에 대해 다음과 같이 설명했다. 먼저 '재생적 상상력'은 개념을 이해하고 확인하는 것이다. 머릿속에 꽃의 도식을 떠올리는 것은 꽃의 개념을 분명하게 나타내는 수단이다. 만약 꽃의 도식이 개념과 맞지 않는다면 잘못된 도식을 가지고 있는 것이므로 도식을 수정해야 한다. 재생적 상상력으로 만들어 낸 도식은 개념에 종속되며 어떤 대상이 주어진 개념과 일치하는지를 판별하는 역할을 한 뿐이다. 반면 '창조적 상상력'은 개념에 구애받지 않는 것이다. 예술가들의 경우 사물의 개념에 의문을 품고 개념과 연결하기 어려운 낯선 도식을 작품으로 표현했다. 들뢰즈는 예술가들의 상상력이 만들어 낸 낯선 도식들이 기존 개념을 흔듦으로써 새로운 인식을 이끌어 낸다고 보았다.

들뢰즈는 재생적 상상력을 거부하고 창조적 상상력을 긍정했는데, 그 이유는 재생적 상상력이 만들어 내는 획일화된 삶에 대한 거부감 때문이었다. 개념과 개념에 종속된 도식은 동일성을 바탕으로 형성되는 것이므로 개별적인 존재의 독특한 특성은 개념을 벗어나는 것이다. 존재의 독자성은 개념에 부합하지 않는 비정상적인 것으로 취급되기 때문에 사람들은 개념에 의해 만들어진 엄격한 지침이나 질서를 따를 수밖에 없게 된다. 들뢰즈는 이러한 사회에서는 존재들이 독자적 성격을 발현하지 못하고 획일화된 삶을 살 수밖에 없다고 보았다. 들뢰즈는 개인이 주체로서 살기 위해서는 틀에 박힌 삶을 과감히 떨치고 유목민과 같은 방식으로 살 필요가 있다고 보았다. 유목민들은 정착과 안정된 삶에 얽매이지 않고 새로운 곳을 찾아다닌다. 정착하지 않기 때문에 특정한 가치와 삶의 방식에 매달리지 않고 끊임없이 자신을 바꾸어 간다. 남들이 정해 놓은 개념에 얽매이지 않기 때문에 그들은 자유롭고 독자적인 존재로 살아가는 것이다.

들뢰즈는 획일화된 삶을 탈피하기 위해서 개념에 의존하지 않는 것이 중요하다고 보았다. 세상에 존재하는 모든 장미꽃은 모두 제각각 자신만의 독특한 모양과 향기가 있다. 그것은 진달래꽃, 국화꽃과 구분되는 장미꽃의 개념만을 가진 사람에게는 인식되지 않는 것이다. 그래서 들뢰즈는 개념적으로 파악되는 '차이'와 개별 존재의 독자성을 구분하기 위해 '차이 자체'라는 말을 썼다. 예를 들어 A라는 사람을 이야기하기 위해 "A는 강원도 출신이며 공무원이다."라고 했을 때, A의 특성은 '강원도 출신', '공무원'이라는 성질에 의존한다. 어떤 개념을 형성하는 성질들을 '내포'

라고 하는데 내포들이 많아지면 그것의 적용 범위인 '외연'은 줄어든다. 내포들이 많아지면 결국 외연이 단 한 명을 가리킬 수도 있다. 그렇지만 내포들 역시 동일성을 바탕으로 형성된 것이기 때문에 강원도 출신이 아닌 사람들, 공무원이 아닌 사람들과 '차이'를 나타낼 수는 있어도 그것이 A의 독자적 성질을 나타내는 것은 아니다. 결국 내포를 통해 '차이 자체'를 발견하는 것은 불가능에 가깝다고 할 수 있다.

세상 사람 모두가 제각각 다른 모양과 특성을 가지고 있듯 정원에 가득 피어 있는 장미꽃들도 제각각 독특함을 가지고 있을 것이다. 그렇지만 장미꽃이라는 개념으로 파악하면 그저 다 같은 장미꽃일 뿐이다. 결국 세상의 장미들에 대해 모두 안다고 생각하지만, 존재들 하나하나에 대해 아는 것은 없다고 할 수 있다. 들뢰즈가 생각하기에 사람들은 세상에 대해 알고 있다고 하지만, 실상은 진부한 개념만 알 뿐이었다. 그는 우리가 알아야 하는 것이 존재하는 모든 것들이 가진 '차이 자체'이며, 이는 틀에 박힌 개념의 틀에서 깨어날 때 비로소 드러난다고 보았다.

01 제시문의 내용을 바탕으로 다음 〈보기〉의 빈칸에 들어갈 말을 차례대로 기술하시오.

〈보기〉

장미꽃의 개념과 맞는 도식을 머릿속에 떠올리는 것은 '(　　ⓐ　　)'이 발휘된 것이고, 기존의 원근법을 무시하고 산과 마을의 풍경을 하나의 덩어리로 표현한 입체파 화가의 그림은 '(　　ⓑ　　)'이 발휘된 것이다.

02 다음의 〈보기 1〉은 소설 「어린 왕자」의 일부분이다. 위의 제시문의 내용을 바탕으로 〈보기 1〉을 해석할 때 〈보기 2〉의 빈칸에 들어갈 말을 차례대로 쓰시오.

〈보기 1〉

"너희들은 누구니?"

놀란 어린 왕자가 물었다.

"우린 장미꽃들이야."

"아! 그래?"

어린 왕자는 자신이 아주 불행하게 느껴졌다. 그의 꽃은 그에게 이 세상에 자기와 같은 꽃은 하나뿐이라고 말했었다. 그런데 여기 와 보니 똑같은 꽃이 한 정원에만도 5천 송이가 피어 있는 것이 아닌가!

(중략)

어린 왕자는 장미꽃들을 다시 보러 갔다.

"너희들은 내 장미꽃과는 전혀 닮지 않았어. 너희들은 아직 아무것도 아니거든. 아무도 너희를 길들이지 않았고 너희들 역시 아무도 길들이지 않았어. 너희들은 예전의 내 여우와 같아. 처음에는 그도 수많은 다른 여우들과 다를 바가 없었지. 하지만 내가 그를 친구로 만들었기 때문에 이젠 그는 세상에서 하나밖에 없는 여우가 된 것이야."

PART 1
기출문제

PART 2
실전모의고사

PART 3
정답 및 해설

─〈 보기 2 〉─

• '어린 왕자'에게 '예전의 내 여우'나 '5천 송이' 장미는 '(ⓐ)'은/는 알지만 '(ⓑ)'을/를 발견하지 못했다는 점에서 공통점이 있는 대상이다.

• '어린 왕자'가 길들인 후의 여우를 '세상에서 하나밖에 없는 여우'라고 말하는 이유는 세상에 존재하는 수많은 여우들과 다른 개념적 '(ⓒ)'을/를 파악했기 때문이다.

[03～04] 다음 글을 읽고 물음에 답하시오.

어느 사회에서나 불평등은 존재한다. 더 큰 권력을 지닌 사람, 더 많은 부를 축적한 사람, 더 높은 지위와 존경을 누리는 사람이 있다. 그러나 그 불평등을 받아들이는 사람들의 의식이 사회마다 같은 것은 아니다. 어떤 사회에서는 권력의 불평등을 당연시하는가 하면, 어떤 사회에서는 인간적인 평등을 소중히 여긴다.

[A] 1809년 스웨덴 귀족들은 평화 혁명을 통해 국왕을 교체하였다. 이후 새로 취임한 국왕은 프랑스의 나폴레옹 아래에서 복무했던 베르나도트 장군이었다. 베르나도트는 스웨덴 국회에서 스웨덴 말로 취임 연설을 하였는데, 그가 스웨덴 말을 더듬거리는 것을 보고 청중들은 크게 웃으며 떠들어 댔다. 이 새로운 스웨덴왕은 너무나 큰 충격을 받아서 이후 스웨덴 말을 쓰지 않았다고 한다.

이전까지 베르나도트가 살아왔던 프랑스, 특히 프랑스의 군대에서는 상관의 실수에 부하가 웃는 일은 상상조차 할 수 없었다. 그러나 스웨덴에서는 한 나라의 최고 권력자라고 할 수 있는 국왕에 대해서 그다지 두려움을 느끼지 않는 것처럼 보였다. 그는 스웨덴과 노르웨이의 평등주의적인 사고방식에 적응하는 데 어려움을 겪었으나 이후 1844년까지 아주 존경받는 입헌 군주로 스웨덴을 잘 다스렸다.

스웨덴과 프랑스뿐만 아니라 다른 나라들도 권력자를 대하는 방식에 차이가 있다. 네덜란드의 실험 사회 심리학자인 마우크 뮐터르는 어느 다국적 기업에서 시행한 설문 조사 결과를 토대로 하여 '권력 거리'라는 개념을 창안하였다. 권력 거리란 부하들이 상관(권력자)에 대해 갖고 있는 감정적인 거리를 의미한다. 그가 권력 거리 지수를 산출하기 위해 사용한 질문은 다음의 셋이다.

① 당신(종업원)은 상사에게 의견을 말하는 것을 두려워하는 편입니까?

② 당신 상사의 의사 결정 방식은 어떠합니까? (답변 가운데 가부장적 · 전제적 방식을 선택한 응답자의 비율을 계산함.)

③ 당신은 상사의 어떤 의사 결정 방식을 좋아합니까? (가부장적 · 전제적 방식, 상의 방식이 아닌 다수결 원칙 방식을 선호한 응답자 비율을 계산함.)

위의 산출 방법에 따라 그가 조사한 바에 따르면, 100을 지수의 만점으로 볼 때 스웨덴의 권력 거리 지수는 31이었고, 프랑스의 권력 거리 지수는 68, 한국의 권력 거리 지수는 72였다. 이는 스웨덴 사람들은 상대적으로 권력에 대해 거리감을 덜 느끼고 불평등을 수용하지 않는 반면, 프랑스 사람들이나 한국 사람들은 상대적으로 권력에 대한 거리감을 크게 느끼고 불평등을 쉽게 수용함을 의미한다.

권력 거리 지수가 작은 나라에서는 부하 직원이 상사에게 일방적으로 의존하는 정도가 낮으며, 상사와 부하 직원 간의 상호 의존을 선호한다. 상사와 부하 직원 간의 감정적 거리는 비교적 가까운 편이다. 그래서 부하 직원은 상사에게 쉽게 접근해서 반대 의견을 낼 수 있다. 권력 거리 지수가 큰 나라에서는 부하 직원이 상사에게 의존하는 정도가 높다. 부하 직원은 그런 의존 관계(가부장적·전제적 상사에게 의존하는 관계) 자체를 선호하거나, 아니면 의존을 지나치게 거부하기도 한다. 이런 경우에는 상사와 부하 간의 심리적 거리가 멀고, 부하 직원이 직접 상사에게 다가가서 반대 의견을 내놓는 일이 좀처럼 드물다.

권력 거리란 한 나라의 제도나 조직의 힘없는 구성원들이 권력의 불평등한 분포를 기대하고 수용하는 정도라고 정의할 수 있다. '제도'란 가족, 학교, 지역 사회와 같은 사회의 기본 단위를 말하며, '조직'이란 이런 사람들이 일하는 곳을 가리킨다. 권력 거리는 이와 같이 힘없는 사람들에게 내면화된 가치 체계로 볼 수 있다.

일반적으로 '리더십'을 다루는 책들은 리더십이 '복종 정신'이 있어야 발휘될 수 있다는 사실을 종종 잊고 리더십을 지도자의 관점에서만 바라보려고 한다. 그러나 권위는 복종이 따라주어야 유지되는 것이다. 베르나도트의 문화 충격은 그에게 리더십이 없어서 생긴 문제가 아니었다. 베르나도트는 프랑스인이었으나 그가 다스려야 할 백성은 스웨덴 국민이었기 때문에 문제가 생긴 것이다. 스웨덴 국민들의 존대 개념은 프랑스인의 존대 개념과는 달랐다. 리더십 가치에 관한 국가 간 비교 연구는 국가 간의 차이가 지도자와 추종자 양자의 마음에 존재하는 것임을 보여 준다.

03 제시문의 [A]에서 프랑스가 <u>아닌</u> 스웨덴 청중들이었기 때문에 웃을 수 있었던 이유를 다음의 핵심어를 사용하여 기술하시오.

> 핵심어: 권력 거리 지수

〈유의사항〉

− 25자(±5)의 한 문장으로 기술할 것(공백 제외)

04 다음의 〈보기〉는 '권력 거리 지수'에 따른 부하 직원의 상사 의존도를 비교하여 설명한 것이다. 빈칸에 들어갈 말을 고르시오.

〈보기〉

	권력 거리 지수	작다	크다
ⓐ	부하 직원의 상사 의존도	(낮다 / 높다)	(낮다 / 높다)
ⓑ	부하와 상사 간의 심리적 거리	(가깝다 / 멀다)	(가깝다 / 멀다)
ⓒ	상사에 대한 반대 의견	(쉽다 / 어렵다)	(쉽다 / 어렵다)

[05~06] 다음 글을 읽고 물음에 답하시오.

칠월 초여드레 갑신일(甲申日). 맑음.

정사(正使)와 가마를 함께 타고 삼류하(三流河)를 건넜다. 냉정(冷井)이란 곳에서 아침 식사를 했다. 그리고 십 리 남짓 가서 산기슭 일대를 돌아 나오는데, 태복(泰卜)이가 갑자기 공손히 허리를 굽히고 재빠른 걸음으로 말 머리를 지나서는, 땅에 넙죽 엎드리며 소리 높여 외쳤다.

"백탑(白塔)이 현신(現身)*합신다 아뢰오!"

태복이란 자는 정 진사(鄭進士)의 마부다. 산기슭이 여전히 시야를 가로막고 있어 백탑은 보이지 않았다. 말을 더욱 빨리 몰아서 수십 걸음을 채 못 가 산기슭을 막 벗어나자, 눈이 어찔어찔하면서 갑자기 눈 앞에 한 무더기의 흑점들이 어지럽게 오르내린다. 나는 오늘에사 깨달았노라, 인간의 삶이란 본래 의지할 데가 없으며, 오직 하늘을 머리에 이고 땅을 발로 디디면서 살아갈 수밖에 없음을!

말을 멈춰 세우고 사방을 둘러보다가, 저도 모르게 두 손을 들어서 이마에 대어 경례를 올리며 말하였다.

"통곡하기에 좋은 장소로다! 통곡할 만하구나!"

그러자 정 진사가 묻기를,

"이처럼 하늘과 땅 사이에 시야가 탁 트인 드넓은 곳을 만났는데, 갑자기 또 통곡을 생각하다니 왜 그러시오?"

하기에, 내가 말하였다.

"그렇기도 하오만, 꼭 그렇지만은 않소. 자고로 영웅은 울기를 잘하고 미인은 눈물이 많은 법이오. 하지만 그들의 울음은 두어 줄기의 소리 없는 눈물이 옷깃 앞에 굴러떨어지는 것에 지나지 않았으니, 그들의 울음소리가 천지에 가득 차서 종이나 경쇠에서 울려 나오는 듯했다는 말은 듣지 못했소.

사람들은 인간의 일곱 가지 감정[七情] 중에 오직 슬픔[哀]만이 통곡을 유발하는 줄 알고, 일곱 가지 감정이 모두 통곡할 만한 줄은 모르오. 기쁨[喜]이 극에 달하면 통곡할 만하고, 노여움[怒]이 극에 달하면 통곡할 만하고, 즐거움[樂]이 극에 달하면 통곡할 만하고, 사랑[愛]이 극에 달하면 통곡할 만하고, 미움[惡]이 극에 달하면 통곡할 만하고, 욕심[慾]이 극에 달하면 통곡할 만하다오.

그리고 억눌린 감정을 시원스레 풀어 버리는 것은 울음소리보다 더 빠른 게 없으니, 통곡이란 천지에 있어서 격렬한 천둥에 비길 만하오. 극에 달한 감정에서 우러나오고, 우러나온 것이 사리에 들어맞기만 한다면, 통곡이라 해서 웃음과 무엇이 다르리오?

사람들이 살아가면서 감정을 느낄 적에 이처럼 극에 달하는 경우는 겪어 본 적이 없는지라. 일곱 가지 감정을 교묘하게 배치하면서 그중 슬픔을 통곡과 짝지어 놓았소. 이로 말미암아 사람들은 누가 죽어 초상을 치를 적에야 비로소 억지로 '아이고 등의 소리'를 내어 울부짖지요.

하지만 진실로 일곱 가지 감정에서 우러난 지극하고 참된 목소리라면, 억누르고 꾹 참아서 천지 사이에 가득 쌓이고 맺혔어도, 감히 이를 공공연하게 드러내지 못하는 법이오. 저 가의(賈誼)란 사람은 통곡 장소를 얻지 못하여 참다가 못 견디자, 갑자기 선실(宣室)을 향해 한 번 큰 소리로 울부짖었으니, 어찌 사람들이 놀라 괴이쩍게 여기지 않을 수 없었겠소!"

그러자 정 진사가 묻기를,

"이제 이 통곡 장소가 저토록 드넓으니 나도 그대를 따라서 한번 통곡해야 하겠으나, 통곡하는 까닭을 모르겠구려. 일곱 가지 감정 중에서 찾자면, 무슨 감정 때문에 그러는 거요?"

하기에, 내가 말하였다.

"갓난아이한테 물어보시오! 갓난아이가 처음 태어날 적에 어떤 감정을 느꼈겠소? 처음으로 해와 달을 보고, 다음으로 부모를 보게 되며, 친척들은 눈앞에 가득 모여 기뻐하고 즐거워하지 않는 이가 없지요.

141

이와 같은 기쁨과 즐거움은 태어나서 늙을 때까지 둘도 없으니, 슬픔이나 노여움이 있을 리 없고 인정상 즐겁고 웃음이 나와야 할 텐데. 도리어 한없이 울부짖으며 분노와 원망이 속에 가득하오. 이는 아마도 인간이란 신성한 제왕이든 어리석은 백성이든 예외 없이 죽기 마련이고, 살아 있는 동안에는 실수나 죄를 저지르고 온갖 근심 걱정을 겪게 되니, 아이가 제가 태어난 것을 후회하며 미리 스스로 통곡하며 애통해하는 것이라고 생각할 수도 있소.

하지만 이것은 결코 갓난아이의 본심이 아니오. 아이가 막에 싸여 태중에 있을 적에는 어둠 속에 갇혀서 얽매이고 짓눌리다가, 하루아침에 텅 비고 드넓은 데로 솟구쳐 나와, 손을 펴고 다리를 뻗게 되며 정신이 시원스레 트이니, 어찌 참된 목소리를 내질러서 감정을 남김없이 한바탕 쏟아 내지 않으리오!

그러므로 의당 가식 없는 갓난아이의 울음소리를 본받아, 비로봉(毗盧峰) 꼭대기에 올라 동해를 바라보며 그곳을 통곡 장소로 삼을 만하고, 장연(長淵)의 금사산(金沙山)에 가서 그 곳을 통곡 장소로 삼을 만하오. 그런데 이제 요동 벌판에 임하여 보니, 여기서부터 산해관(山海關)까지는 일천이백 리나 되는데 사방 어느 곳이든 산 한 점 없으며, 하늘가와 땅끝이 풀로 붙인 듯 실로 꿰맨 듯 맞닿아 있고, 예나 지금이나 비 뿌리고 구름 피어나는 가운데 오직 끝없이 아득할 뿐이라, 이곳을 통곡 장소로 삼을 만하구려."

– 박지원, 「통곡하기에 좋은 장소」

*현신: 아랫사람이 윗사람에게 예를 갖추어 자신을 보이는 일

05 윗글에서 무생물을 의인화하여 표현한 문장을 찾아 쓰시오. (한자 제외)

06 박지원이 말하는 통곡하기에 좋은 장소에서 행 할 〈보기〉의 밑줄 친 '지극하고 참된 소리'는 어떤 소리인지 윗글에서 찾아 기술하시오.

〈보기〉

박지원은 통곡에 대한 관습적 인식을 부정하며 울음과 관련된 자신의 생각을 정 진사와의 대화를 통해 드러낸다. 특정 감정과의 연결이 아닌, 극에 달한 감정이 사리에 맞게 터진다면 웃음과 울음이 다르지 않다고 설명하면서 지극하고 참된 소리만 가슴에 맺힌 감정을 남김없이 한바탕 쏟아내는 것임을 밝힌다. 또한 통곡하기에 좋은 장소에 대한 견해를 제시하며 지극하고 참된 소리는 적절한 상황에서 펼쳐야 한다고 이야기한다.

〈유의사항〉

– 4어절로 기술할 것(공백 제외)

[07~09] 다음 글을 읽고 물음에 답하시오.

[등장인물] 중년 교수(본직(本職) 번역), 처, 장남, 장녀, 감독관, 천사

[앞부분 줄거리] 막이 오르면 장녀가 등장하여 관객들에게 가족을 소개하고, 장남이 등장하여 자신을 소개한다. 이어 원고지를 붙여 만든 양복을 입고 허리에 쇠사슬을 두른 교수가 나와 기계적으로 반복되는 삶을 살아가는 모습을 보여 준다. 처는 교수에게 번역 일을 재촉하고, 교수는 이성이 마비된 듯 혼란스러워 한다.

[A] 교수 : (신문을 혼자 읽는다.) 참 비가 많이 왔군. 강원도 쪽에 눈이 굉장한 모양인데. 또 살인이야, 이번엔 두 살 난 애가 자기 아비를 죽였대. 참 지프차가 동대문을 들이받아 동대문이 완전히 무너졌군. 지프차는 도망가 버리구. 이것 봐, 내 《개성을 잃은 노동자》라는 번역품이 착취사에서 다시 나왔어. 이 씨가 또 당선됐군. 신경통에 듣는 한약이 새로 나왔는데. 끔찍해라. 남편이 자기 아내한테 또 매 맞았군.

처가 신문지를 한 장 다시 접는다. 날짜를 보더니

처 : 당신두 참, 그건 옛날 신문이에요. 오늘 것은 여기 있는데.

[B] 교수 : (보던 신문 날짜를 읽고) 오라, 삼 년 전 신문을 읽고 있었군. 오늘 신문 이리 주시오. (오늘 신문을 받아 가지고 다시 읽는다.) 참, 비가 많이 왔군. 강원도 쪽에 눈이 굉장한 모양인데. 또 살인이야. 이번엔 두 살 난 애가 자기 아비를 죽였대. 참, 지프차가 동대문을 들이받아 동대문이 완전히 무너졌군. 지프차는 도망가 버리고. 이것 봐, 내 개성을 잃은 노동자》라는 번역품이 악마사에서 다시 나왔어. 이 씨가 또 당선됐군. 신경통에 듣는 한약이 새로 나왔는데. 끔찍해라. 남편이 자기 아내한테 또 매 맞았군.

처 : 참, 세상도 무척 변했군요. 삼 년 전만 해도 그런 일이 없었는데, 당신 피곤하시죠?

장녀 : (옆방에서 화장을 하며, 장남에게) 얘, 시계가 좀 늦는데 일어선 김에 밥이나 좀 줘라.

장남, 시계에 밥을 준다.

처 : 여기 좀 계세요. 저 밥을 좀 지을게요.
교수 : 괜찮아. 밥 먹었어.
처 : 어디서요?
교수 : 여기서 먹었던가? 아니야, 거기서 먹었던 것 같기도 하구.
처 : 언제요?
교수 : 오늘 아침에도 먹었구, 점심두…… 글쎄……. 그러다 보니 밥을 먹었는지 분간을 못 하겠군.
처 : 지금 하시는 번역은 언제 끝나요?
교수 : 지금 하는 번역이 몇 가지나 있지?
처 : 그러니까 밤낮 원고료를 잘리우지요. 《자존심의 문제》, 《예술에 있어서의 창조성》, 《어떤 여자의 고백》……. 이렇게 뿐인가요?
교수 : 그렇겠지. 아이 피곤해.
처 : 어떤 것이건 빨리 끝내야지, 어떻게 해요. 집도 수리해야겠구, 축음기도 사야겠구, 또 이달에 아버지 생일도 있잖아요.

교수 : 밤낮 생일을 치르고 있으니 어떻게 된 거요? 어제도 아버지 생일잔치를 했는데.

처 : 당신두 참! 어제는 당신 아버지 생신이었어요. 이번엔 우리 아버지 생일이구.

교수 : 그저께도 누구 아버지 생일이라고 해서 돈 만 환을 내지 않았소?

처 : 그건 대식이 동생 사촌의 며느리뻘 되는 여자의 아버지 생일이래서 그랬지요.

교수 : 그 바로 전날에도 누구 아버지 생일이라고 해서 돈을 냈는데.

처 : 그건 순자 언니 조카뻘 되는 며느리 시누이의 아버지……

교수 : 됐어, 됐어. (크게 하품을 하며) 아이, 피곤해. (이때 밖에서 시계가 여덟 시를 친다. 교수는 깜짝 놀라 일어선다.) 여덟 시야! 여덟 시! 늦겠군.

처 : 어디 가세요?

교수 : 어디 가긴 어디 가. 나 가는 데 모로시오? 옷 갈아입어야지.

〈중략〉

교수 : 아이, 피곤해.

　이때 고요한 음악이 들린다. 눈을 감고 자는 교수의 얼굴에 처음으로 미소가 돈다. 잠시 후 응접실 불이 서서히 꺼지고 플랫폼 방이 다시 나타난다. 소파 앞에 초라하게 앉아 있는 처와 소파 앞에 자리 잡고 있는 장남, 장녀.

장녀 : (처에게 명령조로) 양말, 하이힐!

장남 : (처에게 명령조로) 잠바, 머플러!

　처는 말이 떨어질 때마다 알았다는 듯이 머리를 끄덕이며 순응한다.

장녀 : 용돈, 교과서, 과자!

장남 : 떡국, 만둣국, 설렁탕!

장녀 : 영화값, 연극값, 다방값!

장남 : 교제비, 차비, 동창회비!

　장남, 장녀 같이 손을 내밀면서.

장녀 : 돈!

장남 : 돈!

장녀 : 자식에 대한 책임!

장남 : 자식에 대한 책임!

　플랫폼 방의 불이 꺼지며 다시 응접실이 밝아진다. 소파에 누워 철쇄마저 어느 사이에 풀어헤치고 행복하게 잠자는 교수가 보인다. 시계가 아홉 시를 친다. 시간이 한 시간 경과하였음을 표시한다. 이때 창문을 열고 감독관이 방 안을 들여다본다. 얼굴이 흉측하게 생긴 데다 아래위를 까만 옷으로 차리고 있어 지옥의 옥리를 방불케 한다. 긴 회초리를 든 손을 방 안에 밀어 넣더니 잠자는 교수를 회초리로 때린다. 교수가 눈을 비비며 일어난다.

수원대 | 논술고사

PART 1
기출문제

PART 2
실전모의고사

PART 3
정답 및 해설

감독관 : 원고! 원고

교수 : (일어나며) 네, 곧 됩니다. 또 독촉이군.

감독관 : (책상을 가리키며) 원고! 원고!

교수, 소파 한구석에 있던 가방을 집어 갖고서 황급히 책상에 가 앉는다. 가방에서 원고를 끄집어내고 책을 펼친다.

감독관 : 원고! 원고!

이윽고 교수는 번역을 시작한다. 감독관이 창문을 닫고 사라진다. 처가 들어온다. 큰 자루를 손에 들고 있다.

처 : 어머나! 그렇게 벌거벗고 계시면 어떡해요.

막대기에 감긴 철쇄를 줄줄 끌어다 교수 허리에 감아 준다.

처 : 감기에 걸리면 큰일 나요.

교수는 말없이 번역을 한다. 처는 의자를 하나 끌어다 교수 옆에 앉더니 큰 자루를 벌리고 교수를 주시한다.

처 : 빨리! 빨리!

교수가 말없이 원고지 한 장 쭉 찢어 처에게 넘겨준다. 처는 빼앗듯이 원고지를 가로채더니 자루 안에 쓸어 넣는다. 그리고

처 : 삼백 환!

재빠르게 다음 페이지의 번역을 끝낸 교수가 다시 한 장을 찢어 처에게 넘긴다. 처는 같은 행동을 반복하며

처 : 육백 환! (이어) 구백 환!

– 이근삼, 「원고지」

07 위의 작품에서 [A], [B]의 동일한 신문 기사를 통해 드러난 비정상적인 사건과 무의미한 일상의 반복이 묘사하고자 하는 모습은 무엇인지 기술하시오.

〈유의사항〉

– 4어절로 기술할 것(공백 제외)

08 다음의 〈보기〉는 위 작품에 사용된 소재의 상징성을 설명한 것이다. 빈칸에 들어갈 소재를 차례대로 쓰시오.

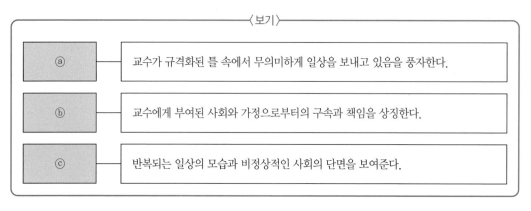

〈보기〉

ⓐ	교수가 규격화된 틀 속에서 무의미하게 일상을 보내고 있음을 풍자한다.
ⓑ	교수에게 부여된 사회와 가정으로부터의 구속과 책임을 상징한다.
ⓒ	반복되는 일상의 모습과 비정상적인 사회의 단면을 보여준다.

09 다음의 〈보기 1〉을 바탕으로 위의 작품을 이해할 때 〈보기 2〉의 빈칸에 들어갈 말을 〈보기 1〉에서 찾아 기술하시오.

〈보기 1〉

부조리극은 전통극의 인과 관계에 의한 플롯을 거부하고 허구적 과장, 희극적 형상화, 비이성적 인물, 의사소통의 혼란 등을 통해 인간의 부조리한 상황을 드러내는 데 주력한다.

〈보기 2〉

• 낮과 밤을 구분하지 못하는 교수는 (ⓐ)의 모습이다.
• 철쇄를 졸라매는 교수의 모습은 (ⓑ)을/를 통해 부조리함을 드러낸 것이다.
• 교수의 처가 돈을 쓴 생일의 주인공을 열거한 것은 인물의 (ⓒ) 과정이다.
• 교수와 처의 대화가 파편적이고 어색하게 느껴지는 것은 (ⓓ)을/를 보여 주고 있다.

[10] 다음 글을 읽고 물음에 답하시오.

[A] 흥부는 집도 없어, 집을 지으려고 집 재목을 내려가려고 만첩청산에 들어가서 소부등 · 대부등을 와드렁 퉁탕 베어다가 안방 · 대청 · 행랑 · 몸채 · 내외 분합 물림퇴에 살미살창 가로닫이 입 구 자로 지은 것이 아니라, 이놈은 집 재목을 내려 하고 수수밭 틈으로 들어가서 수수깡 한 뭇을 베어다가 안방 · 대청 · 행랑 · 몸채 두루 짚어 아주 작은 말집을 꽉 짓고 돌아보니, 수숫대 반 뭇이 그저 남았다. 방 안이 넓든지 말든지 양주* 드러누워 기지개를 켜면, 발은 마당으로 가고 대가리는 뒤꼍으로 맹자 아래 대문하고 엉덩이는 울타리 밖으로 나가니, 동리 사람이 출입하다가,

"이 엉덩이 불러들이소."

하는 소리를 흥부 듣고 깜짝 놀라 대성통곡 우는 것이었다.

"애고 답답 서럽구나. 어떤 사람은 팔자 좋아 대광보국숭록대부 삼정승과 육조 판서로 태어나서 고대광실 좋은 집에 부귀공명 누리면서 호의호식 지내는가. 내 팔자는 무슨 일로 말만 한 오막집에 별빛이 빈 뜰에 가득하니 지붕 아래 별이 뵈고, 청천한운세우시에 우대량이 방중이라. 문밖에 가랑비 오면 방 안에 큰비 오고, 해어진 자리와 허름한 베잠방이, 찬 방 안에 헌 자리 벼룩 빈대 등이 피를 빨아먹고, 앞문에는 살만 남고 뒷벽에는 외만 남아 동지섣달 한풍이 살 쏘듯 들어오고, 어린 자식 젖 달라 하고 자란 자식 밥 달라니 차마 서러워 못 살겠네."

가난한 중에 웬 자식은 풀마다 낳아서 한 서른남은 되니, 입힐 길이 전혀 없어, 한방에 몰아넣고 멍석으로 씌우고 대강이만 내어놓으니, 한 녀석이 똥이 마려우면 뭇 녀석이 시배*로 따라간다.

그중에 값진 것을 다 찾는구나. 한 녀석이 나오면서,

"애고 어머니, 우리 열구자탕에 국수 말아 먹었으면."

또 한 녀석이 나앉으며,

"애고 어머니, 우리 벙거지전골 먹었으면."

또 한 녀석이 내달으며,

"애고 어머니, 우리 개장국에 흰밥 조금 먹었으면."

또 한 녀석이 나오며,

"애고 어머니, 대추찰떡 먹었으면."

"애고 이 녀석들아, 호박국도 못 얻어먹는데, 보채지나 말려므나."

또 한 녀석이 나오며,

"애고 어머니, 왜 올부터 불두덩이 가려우니 날 장가들여 주오."

이렇듯 보챈들 무엇 먹여 살려 낼까. 집 안에 먹을 것이 있든지 없든지 소반이 네 발로 하늘에 축수하고, 솥이 목을 매어 달렸고, 조리가 턱걸이를 하고, 밥을 지어 먹으려면 책력을 보아 갑자일이면 한 때씩 먹고, 생쥐가 쌀알을 얻으려고 밤낮 보름을 다니다가 다리에 가래톳이 서서 종기를 침으로 따고 앓는 소리에 동리 사람이 잠을 못 자니, 어찌 아니 서러울 건가.

[중략 부분 줄거리] 흥부는 다리를 다친 제비를 치료해 주고, 이듬해 봄 그 제비가 물어온 박씨를 심자 박 네 통이 열린다.

[B] 그달 저 달 다 지나가고 8, 9월이 다다라서 아주 견실하였으니, 박 한 통을 따 놓고 양주가 켰다.

"슬근슬근 톱질이야, 당기어 주소 톱질이야. 북창한월성미파에 동자박도 좋도다. 당하자손만세평에 세간박도 좋도다. 슬근슬근 톱질이야."

툭 타 놓으니, 오운이 일어나며 청의동자 한 쌍이 나오는데, 저 동자 거동 보소. 만일 봉래에서 학을 부르던 동자가 아니면 틀림없이 천태채약동이라. 왼손에 유리반 오른손에 대모반을 눈 위에 높이 들어 재배하고 하는 말이,

"천은병에 넣은 것은 죽은 사람을 살려 내는 환혼주요, 백옥병에 넣은 것은 소경 눈을 뜨이는 개안주요, 금잔지로 봉한 것은 벙어리 말하게 하는 개언초요, 대모 접시에는 불로초요, 유리 접시에는 불사약이니, 값으로 의논하면 억만 냥이 넘사오니 매매하여 쓰옵소서."

하고 간데없는지라, 흥부 거동 보소.

"얼씨고절씨고 즐겁도다. 세상에 부자 많다 한들 사람 살리는 약이 있을소냐."

흥부의 아내가 하는 말이,

"우리 집 약국을 연 줄 알고 약 사러 올 사람이 없고, 아직 효험 빠르기는 밥만 못하외."

흥부 말이,

"그러하면 저 통에 밥이 들었나 타 봅세."

하고 또 한 통을 탔다.

"슬근슬근 톱질이야, 우리 가난하기 일읍에 유명하매 주야 설워하더니, 부지허명 고대하던 천 냥을 일조에 얻었으니 어찌 좋지 않을 건가. 슬근슬근 톱질이야. 어서 타세 톱질이야."

툭 타 놓으니, 온갖 세간이 들었는데, 자개함롱 · 반닫이 · 용장 · 봉방 · 제두주 · 쇄금들미 삼층장 · 게자다리 옷걸이 · 쌍룡 그린 빗접고비 · 용두머리 · 장목비 · 놋촛대 · 광명두리 · 요강 · 타구 벌여 놓고, 선단이불 비단요며 원앙금침 잣베개를 쌓아 놓고, 사랑 기물로 보자면 용목쾌상 · 벼룻집 · 화류책장 · 각게수리 · 용연벼루 · 앵무 연적 벌여 놓고, 『천자』 · 『유합』 · 『동몽선습』 · 『사략』 · 『통감』 · 『논어』 · 『맹자』 · 『시전』 · 『서전』 · 『소학』 · 『대학』 등 책을 쌓았고, 그 곁에 안경 · 석경 · 화경 · 육칠경 · 각색 필묵 퇴침에 들어 있고, 부엌 기물을 의논하자면 노구새옹 · 곱돌솥 · 왜솥 · 전솥 · 통노구 · 무쇠두멍 다리쇠 받쳐 있고, 왜화기 · 당화기 · 동래 반상 · 안성 유기 등물이 찬장에 들어 있고, 함박 · 쪽박 · 이남박 · 항아리 · 옹박이 · 동체 · 깁체 · 어레미 · 김칫독 · 장독 · 가마 · 승교 등물이 꾸역꾸역 나오니, 어찌 좋지 않을쏜가.

– 작자 미상, 「흥부전」

＊양주: 부부를 이르는 말.

＊시배: 따라다니며 시중을 드는 일. 또는 그 하인.

10 다음 설명에 해당하는 소재를 위 작품의 [A]와 [B]에서 찾아 차례대로 쓰시오.

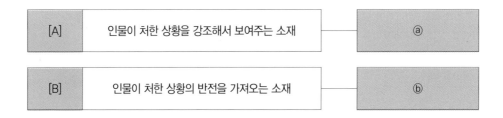

| [A] | 인물이 처한 상황을 강조해서 보여주는 소재 | ⓐ |
| [B] | 인물이 처한 상황의 반전을 가져오는 소재 | ⓑ |

제5회 실전모의고사

[수학 영역]

▶ 해답 p.198

11 (단답형 문제)방정식 $2^{2x}-6\times2^x+8=0$ 의 두 근을 α, β라고 할 때, $\dfrac{8^\alpha+8^\beta}{2^\alpha+2^\beta}$의 값을 구하는 과정을 논술한 것이다. 빈칸 ① , ② , ③ 을 채우시오.

> $2^{2x}-6\times2^x+8=0$ 에서 $2^x=t$ 라고 하면
> t값의 범위는 $t>0$이고
> $2^{2x}-6\times2^x+8=t^2-6t+8=0$
> 위의 이차방정식의 두 근은 2^α, 2^β이므로,
> 근과 계수의 관계에 의하여
> $2^\alpha+2^\beta=$ ① , $2^\alpha\times2^\beta=$ ②
> 따라서
> $\therefore \dfrac{8^\alpha+8^\beta}{2^\alpha+2^\beta}=$ ③

12 다항함수 $f(x)$가 다음 두 조건을 만족한다.

> (가) $f(0)=3$
> (나) 모든 실수 x에 대하여 $|f'(x)|\leq1$이다.

$f(3)$의 최댓값을 M, 최솟값을 m이라 할 때, $M-m$의 값을 구하는 과정을 평균값 정리를 이용하여 논술하시오.

13 등차수열 $\{a_n\}$에 대하여
$a_{10}+a_{20}+a_{30}+a_{40}=60$일 때,
$a_1+a_2+a_3+\cdots+a_{49}$의 값을 구하는 과정
을 논술하시오.

14 함수 $y=x^4-6x^3+9x^2$과 x축으로 둘러싸
인 부분의 넓이를 구하는 과정을 논술하시오.

15 $\triangle ABC$의 변의 길이가 각각 $a=4$, $b=4$, $c=2$일 때, $\triangle ABC$의 넓이를 구하는 과정을 논술하시오.

It is confidence in our bodies, minds and spirits that allows us
to keep looking for new adventures, new directions to grow in,
and new lessons to learn - which is what life is all about.
자신의 몸, 정신, 영혼에 대한 자신감이야말로 새로운 모험, 새로운 성장 방향,
새로운 교훈을 계속 찾아나서게 하는 원동력이며, 바로 이것이 인생이다.

– 오프라 윈프리 –

해답

3개년 기출문제

국어

01 [모범답안]

답안	배점	예상 소요 시간
㉠ 우라늄 농축 (과정) ㉠ 핵연료봉의 우라늄 농축 〈가능답〉 ㉡ 중성자를 충돌 (시킴) / 중성자와 반응 (시킴)	10점	5분 / 전체 80분

[바른해설]

㉠ 원자력 발전의 주연료는 우라늄인데, 천연 우라늄의 99% 이상은 핵분열이 일어나지 않는 우라늄-238이고, 핵분열이 가능한 우라늄-235는 천연 우라늄 속에 0.7% 정도만 포함되어 있다. 이 상태로는 우라늄-235의 비율이 낮아 핵분열을 유도할 수 없기 때문에, 우라늄-235의 비율을 3% 이상으로 높여야 하고, 이 과정을 우라늄 농축이라고 한다.

㉡ 우라늄-235의 비율을 3~5%로 높여 원기둥 모양의 연료봉으로 만든 후 이를 다발로 묶어서 핵연료봉을 만든다. 이렇게 만들어진 핵연료를 원자로에 넣고 중성자를 충돌시켜 핵분열을 유도하는 것이다.

[채점기준]

㉠ '농축'은 3점

㉡ '중성자를 충돌시켜 핵분열 유도'는 3점

02 [모범답안]

답안	배점	예상 소요 시간
㉠ 파이로프로세싱 ㉠ 질산/TBP (용)액 ㉡ 핵무기	10점	5분 / 전체 80분

[바른해설]

㉠ 파이로프로세싱 공법은 핵분열 물질을 추출하기 위해 용액이 아닌 전기를 활용한다.

㉡ 퓨렉스 공법은 사용 후 핵연료를 해체한 후 연료봉을 작게 절단한다. 절단한 연료봉을 90℃ 정도의 질산 용액에 담가 녹인다. 이후 질산에 녹인 핵연료를 유기 용매인 TBP 용액과 접촉시키면 우라늄-235와 플루토늄-239는 TBP 용액에 달라붙고 나머지 핵물질들은 질산 용액에 남는다.

㉢ 플루토늄-239는 핵무기의 원료로 사용되기 때문에 국제적으로도 민감한 문제가 될 수 있다.

[채점기준]

㉡ 질산 : 2점 / TBP : 2점

03 [모범답안]

답안	배점	예상 소요 시간
㉠ 직권 취소 ㉡ 하자	10점	5분 / 전체 80분

[바른해설]

'직권 취소'는 행정청이 자신이 내린 처분에 대해 스스로 취소하는 것을 말한다. [사례 1]에서 자영업자는 사실을 은폐했기 때문에 행정 기관이 하자 있는 처분을 내린 경우에 해당하므로, 행정청은 위법한 처분으로 얻는 상대방의 이익을 고려하지 않고 직권 취소할 수 있다.

'하자'는 처분이 적합한 요건을 갖추지 못하여 흠이 있는 상태를 말한다. [사례 2]에서 행정청이 처분을 이행하지 않은 음식점주 B에게 영업 정지 처분을 내렸지만, 이에 대해 B는 영업 정지 처분에 대한 청문 절차를 거치지 않았으므로 영업 정지 처분에 하자가 있다고 판단하여 법원에 소송을 제기한 것이다.

[채점기준]

㉠ '행정청이 자신이 내린 처분에 대해 스스로 취소하는 것'은 3점

㉡ '처분이 적합한 요건을 갖추지 못하여 흠이 있는 상태'/'취소의 사유'는 3점

- '중대한 하자'는 0점

04 [모범답안]

답안	배점	예상 소요 시간
우리는 저 탑을 적이 옮겨가지 못하도록 무사히 보존했다가 정부군에게 물려주는 거지.	10점	5분 / 전체 80분

[바른해설]

'나'를 비롯한 대원들이 받은 작전 명령은 월남인들의 감정에 큰 영향을 주는 탑을 잘 지키고 있다가 정부군에게 넘겨주는 것이다. 유의사항에 하나의 완전한 문장으로 쓰라고 제시되어 있으므로 이러한 내용이 윗글에서 정확하게 드러나는 것은 '우리는 저 탑을 적이 옮겨가지 못하도록 무사히 보존했다가 정부군에게 물려주는 거지.'이다.

[채점기준]

– 축약이나 재진술/유의 사항 위배는 7점
– '탑의 보존'의 내용만 있으면 5점
– '탑의 인계'의 내용만 있으면 5점
  예 '아군은 월남군에게 탑을 인계하기로 되어 있었습니다.' 는 5점

05 [모범답안]

답안	배점	예상 소요 시간
㉠ (지방민의) 사랑과 애착의 대상 ㉡ (한 무더기의) 작은 돌덩이	10점	5분 / 전체 80분

[바른해설]

'나'는 우리가 지켜야 하는 탑이 '처음에는 보잘것없는 돌덩이'로 인식했지만, 탑의 모습을 찬찬히 살펴 보고나서는 신비감을 느끼게 된다. 그래서 이 탑이 '지방민의 사랑과 애착의 대상'임을 알게 된다. 그런데 자신이 목숨을 바쳐 지킨 탑을 미군들은 불도저로 밀어버리려고 한다. '나'는 이 탑이 미군들에게는 '한 무더기의 작은 돌덩이'에 지나지 않는다는 것을 알고 좌절하게 된다.

[채점기준]

㉡ '골치 아픈 것'은 2점
– '돌덩이'는 2점

수학

06 [모범답안]

$\dfrac{1}{a}=\log_3 80$이므로 $3^{\frac{1}{a}}=8$ 또한 $3^{\frac{1}{3a}}=2$

$\dfrac{1}{b}=\log_3 \dfrac{1}{5}=-\log_3 50$이므로 $3^{-\frac{1}{b}}=5$

$3^{\frac{1}{a}-\frac{3}{b}}=3^{\frac{1}{a}}\left(3^{-\frac{1}{b}}\right)^3=8\cdot 5^3=1000$

$\sqrt[3a]{3^{10}}\left(3^{\frac{1}{3a}}\right)^{10}=2^{10}=1024$

$3^{\frac{1}{a}-\frac{3}{b}}+\sqrt[3a]{3^{10}}=1000+1024=2024$

[채점기준]

예시답안	배점
$\dfrac{1}{a}=\log_3 80$이므로 $3^{\frac{1}{a}}=8$ 또한 $3^{\frac{1}{3a}}=2$	2점
$\dfrac{1}{b}=\log_3 \dfrac{1}{5}=-\log_3 50$이므로 $3^{-\frac{1}{b}}=5$	2점
$3^{\frac{1}{a}-\frac{3}{b}}=3^{\frac{1}{a}}\left(3^{-\frac{1}{b}}\right)^3=8\cdot 5^3=1000$	2점
$\sqrt[3a]{3^{10}}\left(3^{\frac{1}{3a}}\right)^{10}=2^{10}=1024$	2점
$3^{\frac{1}{a}-\frac{3}{b}}+\sqrt[3a]{3^{10}}=1000+1024=2024$	2점

07 [모범답안]

점 A는 함수 $y=\log_2 x$의 그래프 위의 점이므로
$2=\log_2 x$에서 $x=4$, 그러므로 $A(4,2)$
선분 OA의 기울기는 $\dfrac{1}{2}$,
그러므로 선분 OB의 기울기는 -2
따라서 $B(b,\log_2 b)$의 좌표는 $(b,-2b)$

$\log_2 b=-2b$에서 $b=\dfrac{1}{2}$ 그러므로 $B\left(\dfrac{1}{2},-1\right)$

$\triangle AOB=\dfrac{1}{2}\times \overline{OA}\times \overline{OB}$

$=\dfrac{1}{2}\sqrt{4^2+2^2}\sqrt{\left(\dfrac{1}{2}\right)^2+(-1)^2}$

$=\dfrac{1}{2}\sqrt{4\cdot 5}\sqrt{\dfrac{5}{4}}=\dfrac{5}{2}$

[채점기준]

예시답안	배점
점 A는 함수 $y=\log_2 x$의 그래프 위의 점이므로 $2=\log_2 x$에서 $x=4$, 그러므로 $A(4, 2)$	2점
선분 OA의 기울기는 $\dfrac{1}{2}$. 그러므로 선분 OB의 기울기는 -2	2점
따라서 $B(b, \log_2 b)$의 좌표는 $(b, -2b)$ $\log_2 b=-2b$에서 $b=\dfrac{1}{2}$ 그러므로 $B\left(\dfrac{1}{2}, -1\right)$	2점
$\triangle AOB=\dfrac{1}{2}\times\overline{OA}\times\overline{OB}$ $\quad=\dfrac{1}{2}\sqrt{4^2+2^2}\sqrt{\left(\dfrac{1}{2}\right)^2+(-1)^2}$ $\quad=\dfrac{1}{2}\sqrt{4\cdot5}\sqrt{\dfrac{5}{4}}=\dfrac{5}{2}$	2점

08 [모범답안]

준식 $\Rightarrow \dfrac{\sqrt{2}}{2}(-\sin x)+1-\sin^2 x-2\sin x=1+\sqrt{2}$

$\sin^2 x+\left(2+\dfrac{\sqrt{2}}{2}\right)\sin x\sqrt{2}=0$

또는 $(\sin x+2)\left(\sin x+\dfrac{\sqrt{2}}{2}\right)=0$

$\sin x+2>0$이므로 $\sin x=-\dfrac{\sqrt{2}}{2}$

즉, $x=\dfrac{5}{4}\pi$, $\dfrac{7}{4}\pi$

[채점기준]

예시답안	배점
준식 $\Rightarrow \dfrac{\sqrt{2}}{2}(-\sin x)+1-\sin^2 x-2\sin x$ $\quad=1+\sqrt{2}$	2점
$\sin^2 x+\left(2+\dfrac{\sqrt{2}}{2}\right)\sin x\sqrt{2}=0$ 또는 $(\sin x+2)\left(\sin x+\dfrac{\sqrt{2}}{2}\right)=0$	3점
$\sin x+2>0$이므로 $\sin x=-\dfrac{\sqrt{2}}{2}$	2점
즉, $x=\dfrac{5}{4}\pi$, $\dfrac{7}{4}\pi$	3점

09 [모범답안]

$a_3=14 \Rightarrow a_2+2d=14$

$S_7-S_5=a_6+a_7=2a_1+11d=0$

두 식을 연립하여 풀면 $d=-4$, $a_1=22$

$a_6+a_7=0$, $d=-4$이므로 $a_6>0>a_7$이므로

S_6가 S_n의 최댓값이다.

$S_n=\dfrac{n\{2a_1+(n-1)d\}}{2}$

$\Rightarrow$ 최댓값 $S_6=\dfrac{6\{2\cdot22+5\cdot(-4)\}}{2}=72$

[채점기준]

예시답안	배점
$a_3=14 \Rightarrow a_2+2d=14$	2점
$S_7-S_5=a_6+a_7=2a_1+11d=0$	3점
두 식을 연립하여 풀면 $d=-4$, $a_1=22$	2점
$a_6+a_7=0$, $d=-4$이므로 $a_6>0>a_7$이므로 S_6가 S_n의 최댓값이다. $S_n=\dfrac{n\{2a_1+(n-1)d\}}{2}$ $\Rightarrow$ 최댓값 $S_6=\dfrac{6\{2\cdot22+5\cdot(-4)\}}{2}=72$	3점

10 [모범답안]

$\displaystyle\lim_{x\to\infty}\dfrac{f(x)-x^2}{x-1}=2$를 만족시키는 다항함수 $f(x)-x^2$은

최고차항의 계수가 2인 일차함수이므로

$f(x)=x^2+2x+b$ (단, b는 상수) $\qquad\cdots\cdots$ ①

또한 $\displaystyle\lim_{x\to1}\dfrac{f(x)-2}{x-1}=a$에서 $x\to1$일 때,

분모 $\to 0$이고 극한값이 존재하므로 분자 $\to 0$이다.

$\displaystyle\lim_{x\to1}f(x)-2=f(1)-2=0$, 즉 $f(1)=2$

①에서 $f(1)=1+2+b=2$, 따라서 $b=-1$

$a=\displaystyle\lim_{x\to1}\dfrac{f(x)-2}{x-1}=\lim_{x\to1}\dfrac{(x^2+2x-1)-2}{x-1}$

$\quad=\displaystyle\lim_{x\to1}\dfrac{(x+3)(x-1)}{x-1}=\lim_{x\to1}(x+3)=4$

[채점기준]

예시답안	배점
$\lim_{x \to \infty} \dfrac{f(x)-x^2}{x-1}=2$를 만족시키는 다항함수 $f(x)-x^2$은 최고차항의 계수가 2인 일차함수이므로 $f(x)=x^2+2x+b$ (단, b는 상수) $\cdots\cdots$ ①	3점
또한 $\lim_{x \to 1} \dfrac{f(x)-2}{x-1}=a$에서 $x \to 1$일 때, 분모 $\to 0$이고 극한값이 존재하므로 분자 $\to 0$이다. $\lim_{x \to 1} f(x)-2=f(1)-2=0$, 즉 $f(1)=2$	3점
①에서 $f(1)=1+2+b=2$, 따라서 $b=-1$ $a=\lim_{x \to 1}\dfrac{f(x)-2}{x-1}=\lim_{x \to 1}\dfrac{(x^2+2x-1)-2}{x-1}$ $=\lim_{x \to 1}\dfrac{(x+3)(x-1)}{x-1}=\lim_{x \to 1}(x+3)=4$	4점

11 [모범답안]

$f(1)=3 \times 1-1=2$이고 $f'(1)=3$이다.

$y=\{f(x)\}^2-2f(x)$를 미분하면

$y'=2f(x)f'(x)-2f'(x)$이다.

$x=1$을 대입하면 $y'(1)=2 \times 2 \times 3-2 \times 3=6$이다.

$y=\{f(x)\}^2-2f(x)$의 $x=1$에서의 값은

$2^2-2 \times 2=0$이다.

접선의 방정식은 $y-0=6(x-1)$, 즉 $y=6x-6$이다.

[채점기준]

예시답안	배점
$f(1)=3 \times 1-1=2$이고 $f'(1)=3$이다.	3점
$y=\{f(x)\}^2-2f(x)$를 미분하면 $y'=2f(x)f'(x)-2f'(x)$이다.	3점
$x=1$을 대입하면 $y'(1)=2 \times 2 \times 3-2 \times 3=6$이다.	1점
$y=\{f(x)\}^2-2f(x)$의 $x=1$에서의 값은 $2^2-2 \times 2=0$이다.	1점
접선의 방정식은 $y-0=6(x-1)$, 즉 $y=6x-6$이다.	2점

12 [모범답안]

피타고라스의 정리 $9=r^2+(h-3)^2$으로부터

$r^2=6h-h^2$이다.

원뿔 부피공식에 대입하면,

$V=\dfrac{1}{3}\pi r^2 h=\dfrac{1}{3}\pi(6h-h^2)h=\dfrac{1}{3}\pi(6h^2-h^3)$이다.

미분하면 $\dfrac{dV}{dh}=\dfrac{1}{3}\pi(12h-3h^2)=\pi(4-h)h$이다.

높이 $h=4$일 때 원뿔의 부피가 최대이다.

[채점기준]

예시답안	배점
피타고라스의 정리 $9=r^2+(h-3)^2$으로부터 $r^2=6h-h^2$이다.	2점
원뿔 부피공식에 대입하면, $V=\dfrac{1}{3}\pi r^2 h=\dfrac{1}{3}\pi(6h-h^2)$ $h=\dfrac{1}{3}\pi(6h^2-h^3)$이다.	3점
미분하면 $\dfrac{dV}{dh}=\dfrac{1}{3}\pi(12h-3h^2)=\pi(4-h)h$이다.	3점
높이 $h=4$일 때 원뿔의 부피가 최대이다.	2점

13 [모범답안]

(가)에서 $f'(x)=x^2-kx$이므로

$f(x)=\dfrac{1}{3}x^3-\dfrac{k}{2}x^2+C$

(나)에서 $|f(0)-f(k)|=\dfrac{4}{3}$이므로 $\dfrac{k^3}{6}=\dfrac{4}{3}$

그러므로 $k=2$

$\displaystyle\int_{-k}^{k}(x^2-kx)dx=\int_{-2}^{2}f'(x)dx=f(2)-f(-2)=\dfrac{16}{3}$

(또는 $\displaystyle\int_{-k}^{k}(x^2-kx)dx=2\int_{0}^{2}x^2 dx=\dfrac{16}{3}$)

[채점기준]

예시답안	배점
(1) 접선의 기울기로부터 함수를 구한다: 　　$f'(x)=x^2-kx$이므로 　　$f(x)=\dfrac{1}{3}x^3-\dfrac{k}{2}x^2+C$	2점
(2) 접선의 기울기로부터 함수의 극대, 극소를 안다: 　　$|f(0)-f(k)|=\dfrac{4}{3}$	3점
$\dfrac{k^3}{6}=\dfrac{4}{3}$　그러므로 $k=2$	2점

PART 1 기출문제　PART 2 실전모의고사　PART 3 정답 및 해설

$$\int_{-k}^{k}(x^2-kx)dx=\int_{-2}^{2}f'(x)dx$$
$$=f(2)-f(-2)=\frac{16}{3}$$
$$(\text{또는} \int_{-k}^{k}(x^2-kx)dx=2\int_{0}^{2}x^2dx=\frac{16}{3})$$

3점

14 [모범답안]

준식을 미분하면, $2xf(x)+(x^2+1)f'(x)$
$=2(x^2+1)(2x)+2xf(x)$

그러므로 $f'(x)4x$이고, $f(x)=2x^2+C$

(단, C는 적분상수)이다.

다시 준식에 $x=0$를 대입하면, $f(0)=1$

그러므로 $f(x)=2x^2+1$

[채점기준]

예시답안	배점
준식을 미분하면, $2xf(x)+(x^2+1)f'(x)$ $=2(x^2+1)(2x)+2xf(x)$	5점
그러므로 $f'(x)4x$	1점
$f(x)=2x^2+C$ (단, C는 적분상수)	1점
준식에 $x=0$를 대입하면, $f(0)=1$	2점
그러므로 $f(x)=2x^2+1$	1점

15 [모범답안]

그래프를 그리면 다음과 같은 형태이다.

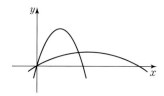

$y=x-x^2=\dfrac{x}{n}-\left(\dfrac{x}{n}\right)^2$에서

교점의 x좌표는 $x=0, \dfrac{n}{n+1}$

$$S_n=\int_{0}^{\frac{n}{n+1}}\left(x-x^2-\frac{1}{n}x+\frac{1}{n^2}x^2\right)dx$$

$$=\int_{0}^{\frac{n}{n+1}}\left(\frac{n-1}{n}x-\frac{n^2-1}{n^2}x^2\right)dx$$

$$=\int_{0}^{\frac{n}{n+1}}\left[\frac{n-1}{2n}x^2-\frac{n^2-1}{3n^2}x^3\right]_{0}^{\frac{n}{n+1}}$$

$$=\frac{n(n-1)}{2(n+1)^2}-\frac{n(n^2-1)}{3(n+1)^3}=\frac{1}{6}\frac{n(n-1)}{(n+1)^2}$$

$S_n=\dfrac{5}{54}$이려면 $\dfrac{n(n-1)}{(n+1)^2}=\dfrac{5}{9}$

즉, $4n^2-19n-5=(4n+1)(n-5)=0$이어야 한다.

그래서 $n=5$

예시답안	배점
$y=x-x^2=\dfrac{x}{n}-\left(\dfrac{x}{n}\right)^2$에서 교점의 x좌표는 $x=0, \dfrac{n}{n+1}$	2점
$S_n=\int_{0}^{\frac{n}{n+1}}\left(x-x^2-\dfrac{1}{n}x+\dfrac{1}{n^2}x^2\right)dx$	2점
$=\int_{0}^{\frac{n}{n+1}}\left[\dfrac{n-1}{2n}x^2-\dfrac{n^2-1}{3n^2}x^3\right]_{0}^{\frac{n}{n+1}}$ $=\dfrac{n(n-1)}{2(n+1)^2}-\dfrac{n(n^2-1)}{3(n+1)^3}=\dfrac{1}{6}\dfrac{n(n-1)}{(n+1)^2}$	2점
$S_n=\dfrac{5}{54}$이려면 $\dfrac{n(n-1)}{(n+1)^2}=\dfrac{5}{9}$ 즉, $4n^2-19n-5=(4n+1)(n-5)=0$	2점
$n=5$	2점

2024학년도 모의고사

01 [모범답안]

답안	배점	예상 소요 시간
㉠ 받침점 ㉡ 무게 측정 소자 ㉢ 압전 효과	10점	5분 / 전체 80분

[바른해설]
㉠ 양팔저울은 지렛대의 중앙을 '받침점'으로 하여 지렛대가 평형을 이루었을 때 추의 무게를 통해 물체의 무게를 측정한다.

㉡ 대저울은 지렛대가 평형을 이루는 지점을 찾는 방법으로 물체의 무게를 측정한다. 전자저울은 스트레인 게이지가 부착된 '무게 측정 소자'를 이용하여 무게를 측정한다.

㉢ 초정밀 미량저울은 '압전 효과'를 활용하여 무게를 측정하도록 설계되어 있는데, 일반적으로 수정 진동자 센서를 사용한다. 초정밀 미량 저울의 수정 진동 자 표면 위에 물질의 흡착과 탈착에 의한 공진 주파수 변화량은 흡착 혹은 탈착한 물질의 무게 변화에 비례한다.

[채점기준]
– 각 문항당 3점. 기본 점수 1점
– 순서가 바뀌면 0점

02 [모범답안]

답안	배점	예상 소요 시간
㉠ 지나치게 무겁거나 부피가 크다. ㉡ 스트레인이 생겨나지 않을 정도로 작다.	10점	5분 / 전체 80분

[바른해설]
㉠ 양팔 저울은 지나치게 무겁거나 부피가 큰 물체의 무게를 측정하기에는 한계가 있었다. 이런 점을 보완한 저울이 바로 대저울이다. 대저울은 받침점에 가까운 곳에 측정하고자 하는 물체를 걸고 반대쪽에는 작은 추를 걸어 움직여서 지렛대가 평형을 이루는 지점을 찾는 방법으로 물체의 무게를 측정한다.

㉡ 전자 저울로는 스트레인이 생겨나지 않을 정도로 작은 물질은 측정하기가 곤란하다. 이때 과학 분야에서는 세포막이나 DNA 등의 무게를 측정하기 위해 초정밀 미량저울을 사용한다.

[채점기준]
– 각 문항당 5점
– 15자(±3자)를 위배하면 2글자당 1점 감점
– 순서가 바뀌면 0점

03 [모범답안]

답안	배점	예상 소요 시간
㉠ 가지취의 내음새가 났다. ㉡ 도라지 꽃이 좋아 돌무덤으로 갔다. ㉢ 산(山) 꿩도 섧게 울은	10점	5분 / 전체 80분

[바른해설]
㉠ 화자가 만난 '여승'에게 '가지취의 내음새가 났다.'고 한 것은 산속에서 자라는 나물의 향기라는 후각적 심상을 통해 '여승'이 속세와 단절된 채 살아가는 인물임을 드러내는 것이다.

㉡ '도라지 꽃이 좋아 돌무덤으로 갔다'라는 표현은 '여인'의 '딸'이 죽은 것을 일컫는 것으로, 감정의 직접적 표출을 절제하는 표현을 통해 비극적 상황을 그린 것이라고 할 수 있다.

㉢ '여인'은 어린 딸을 잃고 속세와의 인연을 끊기 위해서 출가를 결심한다. 이 때 느꼈을 심리적 고통을 '산 꿩'이라는 자연물에 투영하여 드러내고 있다.

[채점기준]
– 문항당 3점. 기본 점수 1점
– 시구를 잘못 쓰거나 일부분만 쓰면 각 1점 감점

04 [모범답안]

답안	배점	예상 소요 시간
㉠ 2(연) → 3(연) → 4(연) → 1(연) ㉡ 옛날같이, 불경(佛經)처럼, 섶벌같이, 가을밤같이, 눈물 방울과 같이	10점	5분 / 전체 80분

[바른해설]
㉠ 화자는 예전에 평안도 어느 금점판에서 옥수수를 파는 '여인'을 만난 것이 있다. 그때 그녀는 '딸아이'를 때리면서 서럽게 울었다.(2연) 그 후 세월이 흘렀고 '지아비'는 돌아오지 않았으며 '딸아이'는 죽고 말았다.(3연) 그토록 모진 시련을 겪은 '여인'은 '산절의 마당귀'에서 머리를 깎고 '여승'

이 되었다.(4연) 시간이 흐른 뒤 화자는 '여승'이 된 그때 그 '여인'을 다시 만나 '쓸쓸한 낯이 옛날같이' 늙은 것을 보고 서러움을 느낀다.(1연) 따라서 이 시에 담겨 있는 사건들이 일어난 순서대로 연을 재배열한다면 2연 → 3연 → 4연 → 1연의 차례가 될 것이다.

ⓒ 시에서 연결어를 사용하여 서로 다른 두 대상을 비교하는 비유적 표현은 직유법(直喩法)이다. 직유법은 비슷한 성질이나 모양을 가진 두 대상을 ~같이, ~듯이, ~처럼 ~ 인양 등의 연결어와 결합하여 직접 비유하는 방법을 말한다. 〈여승〉에서는 '쓸쓸한 낯이 옛날같이 늙었다', '나는 불경(佛經)처럼 서러워졌다', '가을밤같이 차게 울었다', '섶벌같이 나아간 지아비', '눈물방울과 같이 떨어진 날이 있었다' 등에서 보이는 것처럼 모두 5개의 직유 표현이 사용되고 있다.

[채점기준]

– 각 문항당 5점

ⓐ 순서가 모두 맞아야 5점

ⓒ 다섯 개 중에서 두 개 쓰면 3점, 한 개 쓰면 1점 / 연결어를 쓰지 않으면 각 1점씩 감점

수학

05 [모범답안]

우선 $\log_2(x+2)$에서 $x+2>0$.

마찬가지로 $2x+5>0$ 그러므로 $x>-2$이다.

주어진 식을 $\log_2(x+2)-\frac{1}{2}\log_2(2x+5)<\frac{1}{2}$로 쓰고, 2를 곱하고 간단히 하면,

$\log_2(x+2)^2-\log_2(2x+5)=\log_2\frac{(x+2)^2}{2x+5}<1$

즉, $\frac{(x+2)^2}{2x+5}<2$이다.

정리하면 $x^2+4x+4<4x+10$, 즉 $x^2<6$을 얻는다.

이 식을 만족시키는 정수 x는 $x=0, 1, -1, 2, -2$

그런데 $x+2>0$이므로 $x=-2$는 제외되고 조건을 만족시키는 정수는 4개이다.

[채점기준]

예시답안	배점
우선 $\log_2(x+2)$에서 $x+2>0$. 마찬가지로 $2x+5>0$ 그러므로 $x>-2$이다.	2점
주어진 식을 $\log_2(x+2)-$ $\frac{1}{2}\log_2(2x+5)<\frac{1}{2}$로 쓰고, 2를 곱하고 간단히 하면, $\log_2(x+2)^2-\log_2(2x+5)$ $=\log_2\frac{(x+2)^2}{2x+5}<1$ 즉, $\frac{(x+2)^2}{2x+5}<2$이다.	4점

예시답안	배점
정리하면 $x^2+4x+4<4x+10$, 즉 $x^2<6$ 이 식을 만족시키는 정수 x는 $x=0, 1, -1, 2, -2$	2점
$x+2>0$이므로 $x=-2$는 제외되고 조건을 만족시키는 정수는 4개이다.	2점

06 [모범답안]

①$= \sqrt{2}(a_n+n)$

②$= \sqrt{2}$

③$= (\sqrt{2})^n$

④$=256$ (또는 2^8)

[채점기준]

예시답안	배점
①$= \sqrt{2}(a_n+n)$	3점
②$= \sqrt{2}$	2점
③$= (\sqrt{2})^n$	3점
④$=256$ (또는 2^8)	2점

07 [모범답안]

극한 $\lim\limits_{x\to-2}\dfrac{\sqrt{a-2x}-3}{x^2-(a-2)x-2a}$이 존재하는데,

$\lim\limits_{x\to-2}x^2-(a-2)x-2a$

$=\lim\limits_{x\to-2}(x+2)(x-a)=0$이므로

$\lim\limits_{x\to-2}\sqrt{a-2x}-3=0$이어야 해서

$\sqrt{a+4}-3=0$, 즉 $a=5$

그러므로 $\lim\limits_{x\to-2}\dfrac{\sqrt{a-2x}-3}{x^2-(a-2)x-2a}$

$=\lim\limits_{x\to-2}\dfrac{\sqrt{5-2x}-3}{(x+2)(x-5)}$

$=\lim\limits_{x\to-2}\dfrac{\sqrt{5-2x}-3}{(x+2)(x-5)}\cdot\dfrac{\sqrt{5-2x}+3}{\sqrt{5-2x}+3}$

$=\lim\limits_{x\to-2}\dfrac{-2(x+2)}{(x+2)(x-5)(\sqrt{5-2x}+3)}=\dfrac{1}{21}$

[채점기준]

예시답안	배점
극한 $\lim\limits_{x\to-2}\dfrac{\sqrt{a-2x}-3}{x^2-(a-2)x-2a}$이 존재하는데, $\lim\limits_{x\to-2}x^2-(a-2)x-2a$ $=\lim\limits_{x\to-2}(x+2)(x-a)=0$이므로 $\lim\limits_{x\to-2}\sqrt{a-2x}-3=0$이어야 해서 $\sqrt{a+4}-3=0$, 즉 $a=5$	5점

예시답안	배점
그러므로 $\lim_{x \to -2} \dfrac{\sqrt{a-2x}-3}{x^2-(a-2)x-2a}$ $= \lim_{x \to -2} \dfrac{\sqrt{5-2x}-3}{(x+2)(x-5)}$ $= \lim_{x \to -2} \dfrac{\sqrt{5-2x}-3}{(x+2)(x-5)} \cdot \dfrac{\sqrt{5-2x}+3}{\sqrt{5-2x}+3}$ $= \lim_{x \to -2} \dfrac{-2(x+2)}{(x+2)(x-5)(\sqrt{5-2x}+3)} = \dfrac{1}{21}$	5점

08 [모범답안]

$f'(x)=3x^2-12x$이므로 $f(x)=x^3-6x^2+C$ (단, C는 적분 상수)

$f(0)=0$이므로 $C=0$

$f(x)=x^3-6x^2=x^2(x-6)$이므로

$f(x)=0$에서 $x=0$ 또는 $x=6$

$0<x<6$에서 $f(x)=x^2(x-6)<0$이므로

$y=f(x)$와 x축으로 둘러싸인 부분의 넓이는

$\displaystyle\int_0^6 |f(x)|\,dx = \int_0^6 |x^2(x-6)|\,dx$

$= -\displaystyle\int_0^6 x^2(x-6)\,dx$

$= -\left[\dfrac{1}{4}x^4-2x^3\right]_0^6 = \dfrac{1}{2}\times 6^3 = 108$

[채점기준]

예시답안	배점
$f'(x)=3x^2-12x$이므로 $f(x)=x^3-6x^2+C$ (단, C는 적분 상수) $f(0)=0$이므로 $C=0$	3점
$f(x)=x^3-6x^2=x^2(x-6)$이므로 $f(x)=0$에서 $x=0$ 또는 $x=6$	3점
$0<x<6$에서 $f(x)=x^2(x-6)<0$이므로 $y=f(x)$와 x축으로 둘러싸인 부분의 넓이는 $\displaystyle\int_0^6 |f(x)|\,dx = \int_0^6 |x^2(x-6)|\,dx$ $= -\displaystyle\int_0^6 x^2(x-6)\,dx$ $= -\left[\dfrac{1}{4}x^4-2x^3\right]_0^6 = \dfrac{1}{2}\times 6^3 = 108$	4점

2023학년도 기출문제

국어

01 [모범답안]

답안	배점	예상 소요 시간
㉠ 정신과 물질이 조화를 이룸 ㉡ (물질성이) 거의 없음	10점	5분 / 전체 80분

[바른해설]

본 지문은 개념 미술의 특성과 형식을 설명하고 그 의의를 기술하고 있다. 본 문항은 예술의 물질성에 대한 헤겔의 견해를 토대로 시대별로 정신과 물질의 상관관계를 고찰하고 있다.

[채점기준]

㉠ – '한쪽으로 치우치지 않음' : 3점
　　– '조화를 이룸' : 3점
㉡ '(물질성이) 없음', '(물질성이) 약간 있음' 등 : 3점

02 [모범답안]

답안	배점	예상 소요 시간
㉠ 언어 ㉡ 생각이나 관념 ㉢ 글쓰기	10점	5분 / 전체 80분

[바른해설]

개념 미술에 대한 다양한 화가들의 관점을 읽고, 각 화가가 기술한 관점의 핵심 개념을 기술할 수 있다.

[채점기준]

㉡ '생각', '관념' 하나만 쓰는 경우: 1점
㉢ '글쓰기라는 관념' : 1점

03 [모범답안]

답안	배점	예상 소요 시간
㉠ 내구성 ㉡ 정밀 부품	10점	5분 / 전체 80분

[바른해설]

자기 치유 기술의 적용은 사용 목적과 환경에 따라 달라지며, 마이크로 캡슐 사용법이나 혈관 모사법의 방법, 그리고 각 장단점은 본문에 설명이 되어 있으므로, 본문의 내용을 정확하게 이해하고 있으면 해당 모범답안을 제시할 수 있다.

[채점기준]

㉠~㉡ 모두 [모범답안]만 인정

04 [모범답안]

답안	배점	예상 소요 시간
㉠ 젖산 칼슘 ㉡ 탄산 칼슘	10점	5분 / 전체 80분

[바른해설]

세균이나 곰팡이를 자기 치유 기술에 활용하는 경우의 과정이 마지막 단락에 세부적으로 기술되어 있는데, 이 내용에 근거하면 젖산 칼슘과 탄산 칼슘이 각각 ㉠과 ㉡에 들어감을 파악할 수 있다.

[채점기준]

㉠ '젖산 칼슘', '젖산 칼륨' 등 용어 오기: 2점 감점
㉡ 주어진 정답 이외에 별도의 용어를 추가적으로 제시한 경우(단, 본문의 내용과 부합하는 경우): 2점 감점

05 [모범답안]

답안	배점	예상 소요 시간
ⓐ 마음의 갓 / 마음의 끝을 ⓑ 이에 저에 떨어질 잎처럼 / 　여기 저기 떨어지는 잎(같이)	10점	5분 / 전체 80분

[바른해설]

ⓐ 향가의 한글 형태 표기인 해당 부분은 현대어로 '마음의 갓을'으로 표기하며, 이는 기파랑이 지니던 것으로 화자가 도달하고자 하는 지향점에 해당한다.
ⓑ 향가의 한글 형태 표기인 해당 부분은 현대어로 '이에 저에 떨어질 잎처럼'으로 표기하며, 이는 화자가 추모하는 대상과 이별하게 된 상황을 비유적으로 나타내는 것이다.

[채점기준]

ⓐ '마음', '갓' : 각 3점
ⓑ '이에 저에', '떨어질' '잎처럼' : 각 2점

06 [모범답안]

답안	배점	예상 소요 시간
㉠ 잣나무 가지 ㉡ (어느 가을) 이른 바람	10점	5분 / 전체 80분

[바른해설]

㉠에서 기파랑의 고결한 이미지를 나타내는 자연물은 '잣나무 가지'이며, ㉡에서 마음의 준비를 하지 못한 누이의 갑작스러운 죽음을 나타내는 자연물은 여기저기에 잎을 떨어뜨리는 '어느 가을 이른 바람'이다.

[채점기준]

㉠ – '잣나무' : 5점

　– '가지' : 3점

㉡ '바람' : 3점

수학

07 [모범답안]

$\log_a bc = 2$, $2\log_a b - \log_a c = \log_a \dfrac{b^2}{c} = 0$에서

$bc = a^2$, $\dfrac{b^2}{c} = 1$을 얻는다.

그래서 $c = b^2$, $b^3 = a^2$, $c^3 = a^4$이다.

$\log_b a + \log_c a = \log_b b^{\frac{3}{2}} + \log_c c^{\frac{3}{4}} = \dfrac{3}{2} + \dfrac{3}{4} = \dfrac{9}{4}$

[별해]

$\log_a bc = 2 = \log_a b + \log_a c$와 $2\log_a b - \log_a c = 0$을 비교

하여 계산하면,

$\log_a b = \dfrac{2}{3}$, $\log_a c = \dfrac{4}{3}$을 얻는다. [5점]

그래서 $\log_b a + \log_c a = \dfrac{1}{\log_a b} + \dfrac{1}{\log_a c} = \dfrac{3}{2} + \dfrac{3}{4} = \dfrac{9}{4}$

[5점]

[채점기준]

답안	배점
(1) 문제의 조건은 $bc = a^2$, $\dfrac{b^2}{c} = 1$을 의미한다.　그래서 $c = b^2$, $b^3 = a^2$, $c^3 = a^4$이다.	5점
(2) $\log_b a + \log_c a = \log_b b^{\frac{3}{2}} + \log_c c^{\frac{3}{4}}$　　　$= \dfrac{3}{2} + \dfrac{3}{4} = \dfrac{9}{4}$	5점

08 [모범답안]

코사인법칙 $\overline{BC}^2 = \overline{AB}^2 + \overline{AC}^2 - 2\overline{AB}\ \overline{AC}\cos\dfrac{\pi}{3}$를 이용

하면, $\overline{BC}^2 = 25 + 64 - 40 = 49$

사인법칙 $\dfrac{\overline{BC}}{\sin\dfrac{\pi}{3}} = 2R$을 이용하면 외접원의 반지름의 길이

는 $R = \dfrac{7}{\sqrt{3}} = \dfrac{7}{3}\sqrt{3}$이다.

[채점기준]

답안	배점
(1) 코사인법칙　$\overline{BC}^2 = \overline{AB}^2 + \overline{AC}^2 - 2\overline{AB}\ \overline{AC}\cos\dfrac{\pi}{3}$를　이용하면, $\overline{BC}^2 = 25 + 64 - 40 = 49$	5점
(2) 사인법칙 $\dfrac{\overline{BC}}{\sin\dfrac{\pi}{3}} = 2R$을 이용하여 외접원의 반지름의 길이를 구하면, $R = \dfrac{7}{\sqrt{3}} = \dfrac{7}{3}\sqrt{3}$	5점

09 [모범답안]

$\{a_n\}$이 등차수열이므로, $\{a_9, a_{19}, a_{29}, a_{39}, a_{49}\}$도 등차수열

즉, 등차중항 $a_{19} = \dfrac{a_9 + a_{29}}{2}$ 즉,

$a_9 + a_{19} + a_{29} = 3a_{19} = 12$

그러므로 $a_{19} = 4$

마찬가지로 $a_{29} + a_{39} + a_{49} = 3a_{29} = 21 \cdot a_{39} = 7$

그러므로 $a_{29} = \dfrac{a_{19} + a_{39}}{2} = \dfrac{4+7}{2} = \dfrac{11}{2}$

[채점기준]

	답안	배점
방법1	$\{a_n\}$이 등차수열이므로, $\{a_9, a_{19}, a_{29}, a_{39}, a_{49}\}$도 등차수열	4점
	즉, 등차중항 $a_{19} = \dfrac{a_9 + a_{29}}{2}$ 즉, $a_9 + a_{19} + a_{29} = 3a_{19} = 12$ 그러므로 $a_{19} = 4$ 마찬가지로 $a_{29} + a_{39} + a_{49} = 3a_{29} = 21 \cdot a_{39} = 7$	3점
	그러므로 $a_{29} = \dfrac{a_{19} + a_{39}}{2} = \dfrac{4+7}{2} = \dfrac{11}{2}$	3점
방법2	$\{a_n\}$이 등차수열이므로, $\{a_9, a_{19}, a_{29}, a_{39}, a_{49}\}$도 등차수열	4점
	등차중항을 이용하여 $a_9 + a_{19} + a_{29} + a_{39} + a_{49} = 5a_{29}$ 그러므로 $(a_9 + a_{19} + a_{29}) + (a_{29} + a_{39} + a_{49}) = 6a_{29}$	3점
	그러므로 $a_{29} = \dfrac{12 + 21}{6} = \dfrac{11}{2}$	3점
방법3	$a_9 + a_{19} + a_{29}$ $= (a+8d) + (a+18d) + (a+28d)$ $= 3a + 54d = 12$ $a_{29} + a_{39} + a_{49}$ $= (a+28d) + (a+38d) + (a+48d)$ $= 3a + 114d = 21$	4점
	연립하면 $d = \dfrac{3}{20}$. 그래서 $a = \dfrac{13}{10}$	3점
	$a_{29} = \dfrac{13}{10} + 28 \times \dfrac{3}{20} = \dfrac{110}{20} = \dfrac{11}{2}$	3점

10 [모범답안]

① : 3차식 (또는 삼차식, 삼차함수, 3차함수, 3차 다항식, 3차 다항함수)로 답을 쓰면 1점 감점

② : 2차식 (또는 이차식, 이차함수, 2차함수, 2차 다항식, 2차 다항함수)

③ : -3

④ : 3

[채점기준]

답안	배점
① : 3차식 (또는 삼차식, 삼차함수, 3차함수, 3차 다항식, 3차 다항함수) $(c+x)(c-x^2+2x)$로 답을 쓰면 1점 감점	2점
② : 2차식 (또는 이차식, 이차함수, 2차함수, 2차 다항식, 2차 다항함수)	2점
③ : -3	3점
④ : 3	3점

11 [모범답안]

$h=\dfrac{1}{t}$라 놓자.

$\lim_{t\to\infty} t\left(f\left(1+\dfrac{1}{t}\right)-f\left(1-\dfrac{1}{t}\right)\right)$

$=\lim_{h\to 0}\dfrac{f(1+h)-f(1-h)}{h}$

$=\lim_{h\to 0}\dfrac{f(1+h)-f(1)-f(1-h)+f(1)}{h}$

$=\lim_{h\to 0}\dfrac{f(1+h)-f(1)}{h}+\lim_{h\to 0}\dfrac{f(1-h)-f(1)}{-h}$

$=2f'(1)$

미분하면 $f'(x)=3x^2-4x+30$다.

$2f'(1)=2\times(3-4+3)=4$

[채점기준]

답안	배점
(1) $h=\dfrac{1}{t}$라 놓자. $\lim_{t\to\infty} t\left(f\left(1+\dfrac{1}{t}\right)-f\left(1-\dfrac{1}{t}\right)\right)$ $=\lim_{h\to 0}\dfrac{f(1+h)-f(1-h)}{h}$	3점
(2) $=\lim_{h\to 0}\dfrac{f(1+h)-f(1)-f(1-h)+f(1)}{h}$ $=\lim_{h\to 0}\dfrac{f(1+h)-f(1)}{h}$ $+\lim_{h\to 0}\dfrac{f(1+h)-f(1)}{-h}=2f'(1)$	3점

답안	배점
(3) 미분하면 $f'(x)=3x^2-4x+30$다.	3점
(4) $2f'(1)=2\times(3-4+3)=4$	1점

12 [모범답안]

접선의 방정식은 $y-(a^2-2a+1)=(2a-2)(x-a)$ 이다.

$x=0$을 대입해서 $y=a^2-2a+1-2a^2+2a=-a^2+1$을 얻고

$y=0$을 대입해서 $x=a-\dfrac{a-1}{2}=\dfrac{a+1}{2}$을 얻는다.

삼각형 OPQ의 넓이는

$s=\dfrac{1}{2}(-a^2+1)\left(\dfrac{a+1}{2}\right)=\dfrac{1}{4}(-a^3-a^2+a+1)$이다.

미분하면 $s'=\dfrac{1}{4}(-3a^2-2a+1)$이다.

인수분해하면 $\dfrac{1}{4}(-3a+1)(a+1)$이므로 $a=\dfrac{1}{3}$에서 넓이가 최대가 된다.

[채점기준]

답안	배점
(1) 접선의 방정식은 $y-(a^2-2a+1)=(2a-2)(x-a)$이다.	4점
(2) $x=0$을 대입해서 $y=a^2-2a+1-2a^2+2a=-a^2+1$을 얻고	1점
(3) $y=0$을 대입해서 $x=a-\dfrac{a-1}{2}=\dfrac{a+1}{2}$을 얻는다.	1점
(4) 삼각형 OPQ의 넓이는 $s=\dfrac{1}{2}(-a^2+1)\left(\dfrac{a+1}{2}\right)$ $=\dfrac{1}{4}(-a^3-a^2+a+1)$이다.	1점
(5) 미분하면 $s'=\dfrac{1}{4}(-3a^2-2a+1)$이다.	1점
(6) 인수분해하면 $\dfrac{1}{4}(-3a+1)(a+1)$이므로 $a=\dfrac{1}{3}$에서 넓이가 최대가 된다.	2점

13 [모범답안]

미분하면 $x'=3t^2-6t-90$다.

인수분해하면 $3(t^2-2t-3)=3(t+1)(t-3)$이므로 $t=3$일 때 이동방향을 바꾼다.

한 번 더 미분하면 $x''=6t-60$다.

$t=3$을 대입하면 가속도 $6\times 3-6=12$를 얻는다.

[채점기준]

답안	배점
(1) 미분하면 $x'=3t^2-6t-9$이다.	3점
(2) 인수분해하면 $3(t^2-2t-3)=3(t+1)(t-3)$이므로 $t=3$일 때 이동방향을 바꾼다.	4점
(3) 한 번 더 미분하면 $x''=6t-6$이다.	2점
(4) $t=3$을 대입하면 가속도 $6\times3-6=12$를 얻는다.	1점

14 [모범답안]

$$xf(x)=\int_1^x f(t)dt+2x^3-3x^2 \cdots\cdots ①$$

①의 양변을 미분하면 $f(x)+xf'(x)=f(x)+6x^2-6x$

$xf'(x)=x(6x-6)$

$f(x)$가 다항함수이므로 $f'(x)=6x-6$

$$f(x)=\int(6x-6)dx=3x^2-6x+C$$

$$(단, C는 적분상수) \cdots\cdots ②$$

①의 양변에 $x=1$을 대입하면

$1\times f(1)=2\times1^3-3\times1^2=-1$

②에서 $f(1)=3-6+C=-1$로부터 $C=2$

따라서 $f(x)=3x^2-6x+2$

[채점기준]

답안	배점
(1) $xf(x)=\int_1^x f(t)dt+2x^3-3x^2 \cdots\cdots ①$ ①의 양변을 미분하면 $f(x)+xf'(x)=f(x)+6x^2-6x$ $xf'(x)=x(6x-6)$ $f(x)$가 다항함수이므로 $f'(x)=6x-6$	5점
(2) $f(x)=\int(6x-6)dx=3x^2-6x+C$ $(단, C는 적분상수) \cdots\cdots ②$ ①의 양변에 $x=1$을 대입하면 $1\times f(1)=2\times1^3-3\times1^2=-1$ ②에서 $f(1)=3-6+C=-1$로부터 $C=2$ 따라서 $f(x)=3x^2-6x+2$	5점

15 [모범답안]

$y=x^4-(6+k)x^3+6kx^2=x^2(x-6)(x-k)$

곡선 $y=x^2(x-6)(x-k)$의 그래프는 다음과 같다.

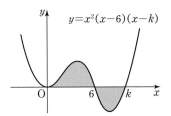

$k>6$이고 주어진 곡선과 x축으로 둘러싸인 두 부분의 넓이가 서로 같으므로

$$\int_0^k\{x^4-(6+k)x^3+6kx^2\}dx=0$$

$$\int_0^k\{x^4-(6+k)x^3+6kx^2\}dx$$

$$=\left[\frac{1}{5}x^5-\left(\frac{6+k}{4}\right)x^4+2kx^3\right]_0^k$$

$$=\frac{1}{5}k^5-\frac{3}{2}k^4-\frac{1}{4}k^5+2k^4=-\frac{1}{20}k^5+\frac{1}{2}k^4$$

$$=\frac{1}{2}k^4\left(-\frac{1}{10}k+1\right)=0$$

$k>6$이므로 $k=10$

[채점기준]

답안	배점
(1) $y=x^4-(6+k)x^3+6kx^2$ 　　$=x^2(x-6)(x-k)$	2점
(2) 곡선 $y=x^2(x-6)(x-k)$의 그래프는 다음과 같다. $k>6$이고 주어진 곡선과 x축으로 둘러싸인 두 부분의 넓이가 서로 같으므로 $\int_0^k\{x^4-(6+k)x^3+6k^2\}dx=0$	4점
(3) $\int_0^k\{x^4-(6+k)x^3+6kx^2\}dx$ 　$=\left[\frac{1}{5}x^5-\left(\frac{6+k}{4}\right)x^4+2kx^3\right]_0^k$ 　$=\frac{1}{5}k^5-\frac{3}{2}k^4-\frac{1}{4}k^5+2k^4$ 　$=-\frac{1}{20}k^5+\frac{1}{2}k^4=\frac{1}{2}k^4\left(-\frac{1}{10}k+1\right)=0$ $k>6$이므로 $k=10$	4점

2023학년도 모의고사

국어

01 [모범답안]

㉠ 격자 도안 ㉡ 정면법

[바른해설]

고대 이집트의 조각가들은 〈그림〉과 같은 격자 도안을 고안하여 사용함으로써 비례 규준에 따라 조각상을 만들었다. 또한 회화나 부조에서는 원근법을 사용하지 않고 정면법이라고 부르는 독특한 방법을 사용하여 대상의 본질적인 부분을 분명하고 완전하게 드러내기를 원했다. 이러한 점들을 볼 때, 고대 이집트인들은 만들어낸 미술품이 실제 인물을 대체한다고 생각하였음을 알 수 있다. "그들이 본 것을 그린 게 아니라, 머릿속으로 알고 있던 것을 그렸다"는 말도 이와 같은 의미로 해석할 수 있다.

[채점기준]

예시답안	배점
㉠ 격자 도안	5점
㉡ 정면법	5점

02 [모범답안]

(만들어 낸 또는 만든) 미술품이 실제 인물을 대체한다.

[바른해설]

고대 이집트인들은 조각상, 회화, 부조 등의 미술품에서 공통적으로 인간이 만들어낸 미술품이 실제 인물을 있는 그대로 드러내는 것이 아니라 대상의 본질을 드러내어 실제 인물을 대체한다고 보았다. 이러한 생각은 고대 이집트 미술 전반에 깔려 있다.

[채점기준]

예시답안	배점
(만들어 낸) 미술품이 실제 인물을 대체한다. **해설** : 핵심어 조건인 '미술품', '실제 인물'을 포함하고 본문의 내용에 맞게 '대체한다'는 의미를 표현해야 함. 즉 인간이 만든 미술품이 실제 인물을 사실적으로 표현하지 않고 인간이 머릿속으로 알고 있던 대로 표현하여 실제 인물을 대체하였음을 의미해야 함.	10점

예시답안	배점
미술품은 실제 인간의 본질을 드러내야 한다. **해설** : 핵심어 조건인 '미술품'과 '실제 인물'을 포함하고 '대체'라는 용어를 사용하지는 않았으나 실제 인물과 다르게 생각하는 대로 표현하였다는 의미를 기술함.	7점
실제 인물을 대체한다. **해설** : 핵심어 조건의 하나인 '실제 인물'만 포함하여 기술함.	3점
미술품이 실제 인간을 나타낸다. **해설** : 핵심어 조건인 '미술품'과 '실제 인물'을 포함하였으나 '대체'의 의미가 아닌 뜻으로 기술함.	0점

03 [모범답안]

㉠ 달의 숨소리

㉡ 방울 소리

㉢ 이야기 소리

[바른해설]

[A]는 허생원과 조선달 그리고 동이가 대화장으로 가기 위해서 밤새 걷는 길의 풍경을 그리고 있는 대목이다. 이 대목은 자연물을 소재로 하여 시각적 이미지와 청각적 이미지를 절묘하게 결합하여 표현하고 있다. 특히 달빛과 짐승의 울음소리를 공감각적으로 결합하여 숨소리라고 표현한 것이나, 길을 걸어가는 나귀의 목에 달린 방울 소리, 그리고 허생원의 이야기 소리를 청각적으로 드러낸 감각적 문체가 두드러진다.

[채점기준]

예시답안	배점
순서에 관계없이 셋을 모두 쓰면	10점
셋 중 둘만 맞으면	7점
셋 중 하나만 맞으면	4점

04 [모범답안]

난 거꾸러질 때까지 이 길 걷고 저 달 볼 테야.

[바른해설]

작가는 주인공 허생원을 통해 자연과 하나되는 삶을 형상화하고자 하였다. 조선달은 가을까지만 장돌뱅이 생활을 하겠다고 말한다. 이에 대해 허생원은 '옛 처녀가 만나면 같이나 살까'라고 하면서 '거꾸러질 때까지 이 길 걷고 저 달 볼테야.'하고 말한다. 이는 작가가 허생원의 삶을 통해 자연과 하나되는 삶을 드러내고 있다고 볼 수 있다.

[채점기준]

예시답안	배점
난 거꾸러질 때까지 이 길 걷고 저 달 볼 테야. **해설** : 허생원의 대화 중에서 '난 거꾸러질 때까지 이 길 걷고 저 달 볼 테야.'가 자연과 하나되는 삶을 드러내는 표현임.	10점
제시된 문장 중 일부분만 쓰면 감점	−3점
맞춤법, 띄어쓰기 등이 어긋나면 각각 감점	−1점

수학

05 [모범답안]

$1=\log_2 2$이므로 $\log_2(3x+2)=\log_2 2+\log_2(x-1)^2$

$=\log_2 2(x-1)^2$

$3x+2=2(x-1)^2$이므로 $2x^2-4x+2=3x+2$,

즉 $2x^2-7x=0$이다.

그러므로 $x=0,\ x=\dfrac{7}{2}$

진수 $3x+2>0,\ x-1>0$이어야 하므로 $x>1$이어야 한다.

따라서 $x=\dfrac{7}{2}$이다.

[채점기준]

예시답안	배점
$1=\log_2 2$이므로 $\log_2(3x+2)=\log_2 2+\log_2(x-1)^2$ $=\log_2 2(x-1)^2$ (또는 $\log_2(3x+2)-\log_2(x-1)^2=1$)	4점
$3x+2=2(x-1)^2$ (또는 $\dfrac{3x+2}{(x-1)^2}=2$)이므로 $2x^2-4x+2=3x+2$, 즉 $2x^2-7x=0$이다. 그러므로 $x=0,\ x=\dfrac{7}{2}$이다.	4점
진수 $3x+2>0,\ x-1>0$이어야 하므로 $x>1$이어야 한다. 따라서 $x=\dfrac{7}{2}$이다.	2점

06 [모범답안]

①	$=2a+b$
②	$=4a$
③	$=\dfrac{3}{2}$

[채점기준]

예시답안	배점
① $=2a+b$	4점
② $=4a$	3점
③ $=\dfrac{3}{2}$	3점

07 [모범답안]

함수 $g(x)=(2x^2-3x)f(x)$를 미분하면

$g'(x)=(4x-3)f(x)+(2x^2-3x)f'(x)$이 된다.

$x=2$를 대입하면 $g'(2)=5f(2)+2f'(2)$,

즉 $4=5\cdot 3+2f'(2)$이 된다.

그러므로 $f'(2)=-\dfrac{11}{2}$이다.

[채점기준]

예시답안	배점
(1) 도함수 구하기 $g'(x)=(4x-3)f(x)+(2x^2-3x)f'(x)$	6점
(2) 주어진 값을 대입하여 미분계수 구하기 $x=2$를 대입하면 $g'(2)=5f(2)+2f'(2)$, 즉 $4=5\cdot 3+2f'(2)$이 된다. 그러므로 $f'(2)=-\dfrac{11}{2}$이다.	4점

08 [모범답안]

$0=x^2-ax=x(x-a)$

$\dfrac{4}{3}=\displaystyle\int_0^a(-x^2+ax)dx$

$=\left[-\dfrac{1}{3}x^3+\dfrac{a}{2}x^2\right]_0^a=-\dfrac{a^3}{3}+\dfrac{a^3}{2}=\dfrac{a^3}{6}$

$8=a^3$으로부터 $a=2$

[채점기준]

예시답안	배점
$0=x^2-ax=x(x-a)$ $\dfrac{4}{3}=\displaystyle\int_0^a(-x^2+ax)dx$	4점
$=\left[-\dfrac{1}{3}x^3+\dfrac{a}{2}x^2\right]_0^a=-\dfrac{a^3}{3}+\dfrac{a^3}{2}=\dfrac{a^3}{6}$	4점
$8=a^3$으로부터 $a=2$	2점

2022학년도 기출문제

국어

01

[모범답안]

답안	배점	예상 소요 시간
주식 보유 비율이 낮아지고 주가 하락으로 손해를 입을 수 있기 때문	10점	5분 / 전체 80분

[바른해설]

불특정 다수의 투자자들을 대상으로 새로운 주식을 발행하는 일반 공모 방식을 시행하면 기존 주주들은 주식보유 비율이 낮아지고 주가의 하락으로 손해를 볼 수 있다고 설명하고 있다.

[채점기준]

- 25~35자는 10점, 20~24자와 36~40자는 2점 감점, 그 외에는 4점 감점
- 주식 보유 비율이 '낮아지고', 주가 하락으로 '손해를 입었다'는 의미를 모두 포함해야 10점
- '주식 보유 비율이 낮아짐', '주가 하락으로 손해를 입음' 각각 5점
- '주식 보유 비율', '주가'의 키워드만 포함되면 각각 2점
- '손해 본다'의 문구가 없으면 2점 감점

02

[모범답안]

답안	배점	예상 소요 시간
잉여금은 줄어들고 자본금은 늘어난다. / 잉여금이 자본금으로 이동한다.	10점	5분 / 전체 80분

[바른해설]

무상증자는 잉여금 중 일부에 해당하는 금액만큼의 주식을 발행한 후, 기존의 주주들이 보유한 주식의 비율에 따라 주식을 나누어 주기 때문에 무상증자를 하면 잉여금은 줄어들고 자본금은 줄어들게 된다.

[채점기준]

- 21~30자는 2점 감점, 그 외에는 4점 감점
- '잉여금의 감소' 7점 (핵심어 제시)
- '자본금의 증가' 5점 (핵심어 미제시)
- '잉여금과 자본금이 변화 한다' 5점
- '총액'에 대해 기술할 경우, 자본금이 명시되지 않으면 2점 감점

- '잉여금을 통해'와 같이 불명확한 표현은 정답으로 인정하지 않음

03

[모범답안]

답안	배점	예상 소요 시간
㉠ (거리, 위치, 형태의) 3차원 정보의 수집 ㉡ 정밀 측정 (가능) / 측정 오차가 작음 / 높은 정밀도	10점	5분 / 전체 80분

[바른해설]

라이다는 높은 출력을 지닌 레이저를 물체에 방사하고, 이 레이저가 물체에 반사되어 돌아오는 데 걸리는 시간을 측정하여 3차원 거리 정보를 획득할 수 있으며, 약 150m 이내에 있는 물체의 위치, 거리, 형태와 같은 3차원 정보를 1~2cm 이내의 오차로 정밀하게 측정할 수 있는 장점이 있다.

[채점기준]

- ㉠, ㉡ 각 5점, 순서와 무관하게 채점
- ㉠ '수집' 대신 '탐지', '획득' 허용
- ㉠ '3차원 정보' 대신 '거리', '위치', '형태' 중 하나만 쓴 경우 1점, 두 개 쓴 경우 3점
  예 '거리, 위치의 정보 수집' 3점, '거리 정보의 수집' 1점
- ㉠과 ㉡의 세부항목과 무관하게 전체적으로 파악하여 채점
  예 ㉠ '거리', 위치 정보 수집 가능', ㉡ '형태 파악 가능' 인 경우 5점
- ㉡ '측정 오차' 3점
- '3D 플래시 라이다'의 장점인 '3D 레이저 스캐너가 수행하는 회전과 순차적인 레이저 스캐닝 과정을 생략 가능', '정보처리 시간 단축'과 '소형화 유리', '수평 시야각이 360도가 된다' 등처럼 3D 레이저 스캐너와 비교한 장점은 정답 불인정

04

[모범답안]

답안	배점	예상 소요 시간
각도 고정형 3D 레이저 스캐너 (를 설치함.)	10점	5분 / 전체 80분

[바른해설]

3D 플래시 라이다의 높은 가격으로 3D 레이저 스캐너가 주로 사용되는데 3D 레이저 스캐너는 여러 가지 단점을 가지고 있다. 이에 대한 보완으로 360도의 모든 방향을 세밀하게 탐지하는 방식보다는 제한된 수평 시야각만을 탐색할 수 있는 각도 고정형 3D 레이저 스캐너를 설치하려는 경향을 보이고 있다.

[채점기준]

- 21~30자는 2점 감점, 그 외에는 4점 감점
- '고정형 3D 레이저 스캐너', '각도 고정형 3D 레이저', '각도 고정형 스캐너'는 7점
- '각도 고정형', '3D 레이저 스캐너', '개선된 3D 레이저 스캐너' 5점
- '제한된 수평 시야각만을 탐색하는 방식'처럼 장치의 성능만을 제시하면 5점

05 [모범답안]

답안	배점	예상 소요 시간
⊙ 자신이 미움. / 내가 미웠어. ⓒ 부침개를 해봄.	10점	5분 / 전체 80분

[바른해설]

[A]에서 '김양'은 자신이 집을 나온 행동에 대해 '내가 미웠어.'라는 정서를 드러내고 있으며, [B]에서 '김양'은 비오는 날에는 '부침개를 해 보'았지만 엄마가 해 준 것처럼 맛있게 안 된다고 하면서 엄마가 보고 싶다고 한다.

[채점기준]

- ⊙, ⓒ 각각 5점
- ⊙ '엄마가 안 미움.', '엄마가 밉지 않음.'은 3점
- ⓒ '부침개'만 적으면 3점.
- ⓒ '부치게', '부침개 만듦'에서와 같이 오타는 1점 감점
- ⓒ '요리를 해보다'는 3점

06 [모범답안]

답안	배점	예상 소요 시간
(김추자의) '빗속의 여인' / 김추자의 노래	10점	5분 / 전체 80분

[바른해설]

S#39에서 흘러나오는 김추자의 '빗속의 여인'이라는 노래는 S#40에도 이어지면서 두 장면의 내적 필연성을 갖게 하는 효과음이 되고 있다.

[채점기준]

- '노래', '음악'은 5점
- '빗소리', '오토바이 소리', '라디오 소리'는 각 5점

07 [모범답안]

$4^{x+2}=16 \times 4^x$, $\left(\dfrac{1}{4}\right)^{-x}=(4^{-1})^{-x}=4^x$이므로 준식은

$16 \times 4^x = 4^x + 30$이다.

즉, $(16-1) \times 4^x = 30$이므로 $15 \times 4^x = 30$이다.

$4^x = 2$이므로 $2^{2x} = 2$이다. 그러므로 $x = \dfrac{1}{2}$이다.

[채점기준]

답안	배점
$4x+2=16 \times 4^x$, $\left(\dfrac{1}{4}\right)^{-x}=(4^{-1})^{-x}=4^x$이므로 준식은 $16 \times 4^x = 4^x + 30$이다. 즉, $(16-1) \times 4^x = 30$이므로 $15 \times 4^x = 30$이다.	6점
$4^x = 2$이므로 $2^{2x} = 2$(또는 $x\log 4 = \log 2$)이다. 그러므로 $x = \dfrac{1}{2}$(또는 $x = \log_4 2$)이다.	4점

08 [모범답안]

①$= \sqrt{\dfrac{2}{3}}$

②$= 2\sqrt{3}$

③$= 2\sqrt{2}$

[채점기준]

답안	배점
삼각형의 내각의 합 $A+B+C=\pi$이므로 $3\sin(A+B)\sin C = 3\sin(\pi - C)\sin C$ $\qquad\qquad\qquad = 3\sin^2 C$이다. 그러므로 주어진 식으로부터 $3\sin^2 C = 2$이므로 $\sin^2 C = \dfrac{2}{3}$이다. $0 < C < \pi$이므로 $\sin C = \sqrt{\dfrac{2}{3}}$이다. 그러므로 ①$= \sqrt{\dfrac{2}{3}}$ (또는 $\dfrac{\sqrt{2}}{\sqrt{3}}$, 또는 $\dfrac{\sqrt{6}}{3}$)	4점
외접원의 반지름의 길이가 $\sqrt{3}$이므로 사인법칙에 의하여 $\dfrac{\overline{AB}}{\sin C} = 2\sqrt{3}$이다. 그러므로 ②$= 2\sqrt{3}$	3점

PART 1 기출문제
PART 2 실전모의고사
PART 3 정답 및 해설

답안	배점
따라서 $\overline{AB}=2\sqrt{3}\times\sin C$ $\qquad=2\sqrt{3}\times\sqrt{\dfrac{2}{3}}=2\sqrt{2}$이다. 그러므로 ③$=2\sqrt{2}$	3점

09 [모범답안]

첫째항이 3이고 공차가 4인 등차수열의 일반항은
$a_n=4n-10$이다.

$$\frac{1}{(a_n-1)(a_{n+1}-1)}=\frac{1}{(4n-2)(4n+2)}$$
$$=\frac{1}{4}\left(\frac{1}{4n-2}-\frac{1}{4n+2}\right)$$
$$\sum_{n=1}^{32}\frac{1}{(a_n-1)(a_{n+1}-1)}=\sum_{n=1}^{32}\frac{1}{4}\left(\frac{1}{4n-2}-\frac{1}{4n+2}\right)$$
$$=\frac{1}{4}\left(\frac{1}{2}-\frac{1}{6}+\frac{1}{6}-\frac{1}{10}+\cdots\right.$$
$$\left.-\frac{1}{130}\right)$$
$$=\frac{1}{8}\left(1-\frac{1}{65}\right)=\frac{8}{65}$$

[다른풀이]

a_n은 공차가 4인 등차수열이므로
$$\sum_{n=1}^{32}\frac{1}{(a_n-1)(a_{n+1}-1)}=\sum_{n=1}^{32}\frac{1}{4}\left(\frac{1}{a_n-1}-\frac{1}{a_{n+1}-1}\right)$$
$$=\frac{1}{4}\left(\frac{1}{a_1-1}-\frac{1}{a_{33}-1}\right)$$
$$=\frac{1}{4}\left(\frac{1}{2}-\frac{1}{130}\right)=\frac{8}{65}$$
$$(a_{33}=131 \text{ 이용})$$

[채점기준]

답안	배점
첫째항이 3이고 공차가 4인 등차수열의 일반항은 $a_n=4n-10$이다.	2점
$\dfrac{1}{(a_n-1)(a_{n+1}-1)}=\dfrac{1}{(4n-2)(4n+2)}$ $\qquad\qquad=\dfrac{1}{4}\left(\dfrac{1}{4n-2}-\dfrac{1}{4n+2}\right)$	4점
$\sum\limits_{n=1}^{32}\dfrac{1}{(a_n-1)(a_{n+1}-1)}$ $=\sum\limits_{n=1}^{32}\dfrac{1}{4}\left(\dfrac{1}{4n-2}-\dfrac{1}{4n+2}\right)$ $=\dfrac{1}{4}\left(\dfrac{1}{2}-\dfrac{1}{6}+\dfrac{1}{6}-\dfrac{1}{10}+\cdots+-\dfrac{1}{130}\right)$ $=\dfrac{1}{8}\left(1-\dfrac{1}{65}\right)=\dfrac{8}{65}$	4점

10 [모범답안]

$$\lim_{x\to 1-}\frac{g(x)}{f(x)}=\lim_{x\to 1-}\frac{x^3-x}{x-1}=\lim_{x\to 1}x(x+1)=2$$
$$\lim_{x\to 1+}\frac{g(x)}{f(x)}=\lim_{x\to 1+}\frac{2x^2+6}{x+a}=\frac{8}{1+a}$$
$$\left(\text{또는, }\frac{g(1)}{f(1)}=\frac{8}{1+a}\right)$$

$\dfrac{g(x)}{f(x)}$가 $x=1$에서 연속이므로,

$$\lim_{x\to 1-}\frac{g(x)}{f(x)}=\frac{g(1)}{f(1)}\left(=\lim_{x\to 1+}\frac{g(x)}{f(x)}\right)\text{이어야 한다.}$$

그래서 $2=\dfrac{8}{1+a}$에서 $a=3$

[채점기준]

답안	배점
<좌극한 계산> $\lim\limits_{x\to 1-}\dfrac{g(x)}{f(x)}=\lim\limits_{x\to 1-}\dfrac{x^3-x}{x-1}$ $\qquad=\lim\limits_{x\to 1}x(x+1)=2$	3점
<우극한 또는 함수값 계산> $\lim\limits_{x\to 1+}\dfrac{g(x)}{f(x)}=\lim\limits_{x\to 1+}\dfrac{2x^2+6}{x+a}$ $\qquad=\dfrac{8}{1+a}\left(\text{또는, }\dfrac{g(1)}{f(1)}=\dfrac{8}{1+a}\right)$	3점
<구한 두 값이 같음에서 a값> $\dfrac{g(x)}{f(x)}$가 $x=1$에서 연속이므로, $\lim\limits_{x\to 1-}\dfrac{g(x)}{f(x)}=\dfrac{g(1)}{f(1)}\left(=\lim\limits_{x\to 1+}\dfrac{g(x)}{f(x)}\right)$ 이어야 한다. 그래서 $2=\dfrac{8}{1+a}$에서 $a=3$	4점

11 [모범답안]

$y=f(1)=1^3-2\cdot1^2-3\cdot1+1=-3$이므로 접점은 $(1,$ $-3)$이다.

곡선의 점 $(1,\ -3)$에서의 접선의 식은 $y+3=f'(1)$ $(x-1)$인데, $f'(x)=3x^2-4x-3$이므로, 접선의 기울기 가 $f'(1)=3-4-3=-4$이고, 접선의 방정식은 $y=-4(x-1)-3=-4x+1$이다.

[채점기준]

답안	배점
<접점구하기 또는 $f(1)$ 구하기> $f(1)=-3$, 접점은 $(1, -3)$	3점
<기울기 구하기> $f'(x)=3x^2-4x-3$이므로, 접선의 기울기가 $f'(1)=-4$	3점
<접선의 식 구하기> 접선의 식은 $y-f(1)=f'(1)(x-1)$, 또는 $y=f'(1)(x-1)+f(1)$ 접선의 방정식은 $y=-4x+1$	4점

12 [모범답안]

함수 $f(x)$의 도함수 $f'(x)=x^2+2ax+2-a$이고

$$f'(x)=x^2+2ax+2-a$$
$$=x^2+2ax+a^2+(2-a-a^2)$$
$$=(x+a)^2+(2-a-a^2)$$

이므로 모든 x에 대하여 $f'(x)\geq 0$이기 위해서는

$2-a-a^2\geq 0$여야 한다.

즉, $a^2+a-2=(a-1)(a+2)\leq 0$이고,

그래서 함수 $f(x)$가 일대일대응이기 위한 a의 범위는

$-2\leq a\leq 1$가 된다.

[채점기준]

답안	배점
<문제 의미 분석> f가 일대일함수이기 위해 f는 증가함수 또는 $f'(x)\geq 0$	2점
<도함수 구하기> $f'(x)=x^2+2ax+2-a$	2점
<a에 관한 조건 찾기> $f'(x)\geq 0$으로부터 완전제곱 활용: $f'(x)=(x+a)^2+(2-a-a^2)$ 에서 $2-a-a^2\geq 0$ $\left(또는 판별식 사용: \dfrac{D}{4}=a^2-(2-a)\leq 0\right)$	3점
<위 조건에서 a의 범위 구하기> $a^2+a-2=(a-1)(a+2)\leq 0$ 으로부터 $-2\leq a\leq 1$	3점

13 [모범답안]

$f'(x)=ax(x-2)=ax^2-2ax$라 두자.

$$f(x)=\frac{ax^3}{3}-ax^2+C$$

미분계수의 부호가 $+$에서 $-$로 바뀌는 $x=0$이 극대점이고

$-$에서 $+$로 바뀌는 $x=2$가 극소점이므로,

$2=f(0)=C$, $-2=f(2)=\dfrac{8a}{3}-4a+2$

따라서 $a=3$이고 $f(x)=x^3-3x^2+2$

[채점기준]

답안	배점
$f'(x)=ax(x-2)=ax^2-2ax$라 두자.	2점
$f(x)=\dfrac{ax^3}{3}-ax^2+C$	3점
미분계수의 부호가 $+$에서 $-$로 바뀌는 $x=0$이 극대점이고 $-$에서 $+$로 바뀌는 $x=2$가 극소점이 므로, $2=f(0)=C$, $-2=f(2)=\dfrac{8a}{3}-4a+2$	4점
따라서 $a=3$이고 $f(x)=x^3-3x^2+2$	1점

14 [모범답안]

$f(0)=$, $f(1)=6$

다음 그림에서 오른쪽 아래 영역이 $\displaystyle\int_0^1 f(x)dx$이고 왼쪽 위

영역이 $\displaystyle\int_0^6 g(x)dx$이다.

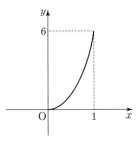

$1\times 6=\displaystyle\int_0^1 f(x)dx+\int_0^6 g(x)dx$

$\displaystyle\int_0^1 (4x^3+2x)dx=\left|x^4+x^2\right|_{x=0}^{1}=2$이므로

$\displaystyle\int_0^6 g(x)dx=4$

PART 1 기출문제
PART 2 실전모의고사
PART 3 정답 및 해설

[채점기준]

답안	배점
$f(0)=0,\ f(1)=6$	1점
다음 그림에서 오른쪽 아래 영역이 $\int_0^1 f(x)dx$이고 왼쪽 위 영역이 $\int_0^6 g(x)dx$이다. $1\times 6=\int_0^1 f(x)dx+\int_0^6 g(x)dx$	5점
$\int_0^1 (4x^3+2x)dx=\left| x^4+x^2=2\right|_{x=0}^1=2$ 이므로 $\int_0^6 g(x)dx=4$	2점

15 [모범답안]

$v(t)=-3t(t-2)$이므로 $t=2$일 때 방향을 바꾼다.
원점을 출발하여 다시 원점으로 돌아올 때까지 걸린 시간을 s라 하면

$$0=\int_0^s (-3t^2+6t)dt=\left| -t^3+3t^2\right|_{t=0}^s=-s^3+3s^2$$

$s=3$
걸린 시간은 $3-2-1$

[채점기준]

답안	배점
$v(t)=-3t(t-2)$이므로 $t=2$일 때 방향을 바꾼다.	4점
원점을 출발하여 다시 원점으로 돌아올 때까지 걸린 시간을 s라 하면 $0=\int_0^s (-3t^2+6t)dt=\left| -t^3+3t^2\right|_{t=0}^s$ $=-s^3+3s^2$ $s=3$	4점
걸린 시간은 $3-2=1$	2점

2022학년도 모의고사

국어

01 [모범답안]

㉠ 상징 ㉡ 재현

[바른해설]

표음 문자와 상형 문자는 동일 정보라도 다른 방식으로 표현하는 다른 매체라고 할 수 있다. 표음 문자는 그 지시 대상과 전혀 관련이 없는 그저 추상적 '상징'으로 이루어져 있고, 상형 문자는 그림처럼 나름대로 대상을 '재현'하고 있다.

[채점기준]

예시답안	배점
㉠ 상징 ㉡ 재현	10점
둘 중 하나만 맞는 경우	5점
㉠ 전달	3점
㉡ 전달, 조응	3점

02 [모범답안]

매체가 달라지면 콘텐츠가 달라진다.

[바른해설]

매클루언은 매체 자체를 중립적인 도구로 보지 않고 콘텐츠를 담는 매체 자체가 지닌 의미에 주목하면서 매체는 어떤 것이 콘텐츠가 될 수 있는지를 결정할 수 있으며, 심지어 매체에 의해 컨텐츠의 의미가 달리진다고 하였다. '사랑한다'의 콘텐츠를 편지지와 감미로운 음악이 있는 문자 메시지라는 다른 매체를 통해 전달될 때 받게 되는 감동이 달라진다는 예는 '매체가 달라지면 콘텐츠가 달라진다'는 매클루언의 주장을 뒷받침하는 것이다.

[채점기준]

예시답안	배점
핵심어인 '매체'와 '콘텐츠'의 상호 연관성을 구체적으로 밝힘. 단, 매체의 변화가 콘텐츠의 변화를 주도한다는 의미로 진술되어야 함. (예) –매체는 콘텐츠가 변화하는데 영향을 끼친다. –매체의 변화에 따라 콘텐츠도 변화한다.	10점
핵심어인 '매체'와 '콘텐츠'의 관련성을 단순 제시하거나 나열함. (예) –콘텐츠는 매체의 영향을 받는다. –매체와 콘텐츠는 깊은(서로) 관련이 있다.	7점
핵심어인 '매체'나 '콘텐츠' 중 하나만 사용하여 진술함 (예) –매체 자체가 지닌 의미를 중시하였다. –매체의 종류에 따라 인식 체계가 달라진다. –매체는 메시지이다. –콘텐츠는 우리에게 필요한 정보와 지식을 준다. –콘텐츠의 해석에 활용되는 감각의 종류와 정도가 다르다.	3점
'매체'와 '콘텐츠'의 관계를 역으로 진술한 경우 (예) –매체는 콘텐츠의 영향을 받는다.	0점
내용이 맞더라도 완결된 문장의 형식을 갖추지 않는 경우.	–3점

03 [모범답안]

"해 뜨는 날은 돈 벌어서 좋고, 비 오는 날은 돈 받아서 좋고, 조오태!"

[바른해설]

'반어(反語, irony)'는 본래의 뜻과는 반대되는 말을 하여 문장의 의미를 강화하는 문학적 기법이다.

'노가다'인 임 씨는 비가 오면 일을 하지 못한다. 그런 날에는 가리봉동에 가서 '스웨터 사장'에게 밀린 연탄값을 받으러 가야 한다고 말한다. 하지만 '스웨터 사장'은 이런 저런 핑계를 대고 밀린 돈을 주지 않는다.

이런 처지에 놓인 '임 씨'에 대해 대해 '김 반장'은 "해뜨는 날은 돈 벌어서 좋고, 비오는 날은 돈 받아서 좋고, 조오태"라고 놀리듯이 말한다. 즉 '임 씨'의 처지를 '해가 뜨나 비가 오나 돈을 벌어서 좋다'라고 하여 가난하면서도 딱한 처지를 반대로 말하고 있다.

[채점기준]

예시답안	배점
'김반장'의 발언 중 "해 뜨는 날은 돈 벌어서 좋고, 비 오는 날은 돈 받아서 좋고"만 쓰고, 뒷 부분의 '조오타'를 쓰지 않는 경우	10점
'김반장'의 발언 중 –"해 뜨는 날은 돈 벌어서 좋고"만 제시하는 경우 –"비 오는 날은 돈 받아서 좋고"만 제시하는 경우	7점
이 외의 경우	0점
띄어쓰기나 맞춤법이 틀리는 경우 – 한 개당 1점씩 감점하되 최대 3점까지 감점	–1점

04 [모범답안]

두터운 벽

[바른해설]

주인공이나 사건을 서술하고 있는 화자인 '나'는 자기 집을 수리하러 온 토끼띠 동갑내기인 '임 씨'에게 동정심을 느끼고 있다. '나'는 '임 씨'에게 나중에는 맨션아파트에 살게 되고 비오는 날에는 양주나 찔끔거리며 사는 인생이 될 것이라고 말하고 싶었지만 결국에는 하지 못한다. '노가다'인 '임 씨'와 '소시민'인 '나' 사이에는 넘어설 수 없는 '두터운 벽'이 있음을 알고 있기 때문이다.

[채점기준]

예시답안	배점
단순 오타이거나 띄어쓰기 오류 (예) –두꺼운 벽 –두터운벽	8점
㉠에 들어갈 말을 쓰지 않고 '그'와 '임 씨'의 관계에 대해서 설명한 경우	0점
'나'와 '임 씨'의 신분적 차이를 드러내는 비유적 표현을 썼지만, 문맥상 ㉠에 들어가기에 적절하지 않는 표현 (예) – '오를 수 없는 저 꼭대기' – '저 꼭대기'	0점
유의 사항을 준수하지 않은 경우 감점이 있음 –지문에 나온 단어를 사용하지 않음 –두 개의 어절을 사용하지 않음	–2점

05 [모범답안]

$\{a_n\}$의 공비를 r이라 하면

$a_5+a_6+a_7=r^2(a_3+a_4+a_5)=8r^2$,

$a_4+a_5+a_6=r(a_3+a_4+a_5)=8r$이다.

그러므로 r이 만족시키는 방정식은

$8r^2=\dfrac{1}{2}\times 8r+12=4r+12$이다.

$8r^2-4r-12=4(2r-3)(r+1)=0$이므로

$r=\dfrac{3}{2}$ 또는 $r=-1$이다.

$r>0$이므로 $r=\dfrac{3}{2}$이다.

따라서 $a_6+a_7+a_8=r^3(a_3+a_4+a_5)$

$=8r^3=8\times\left(\dfrac{3}{2}\right)^2=27$이다.

[채점기준]

예시답안	배점
$\{a_n\}$의 공비를 r이라 하면 $a_5+a_6+a_7=r^2(a_3+a_4+a_5)=8r^2$, $a_4+a_5+a_6=r(a_3+a_4+a_5)=8r$이다.	4점
그러므로 r이 만족시키는 방정식은 $8r^2=\dfrac{1}{2}\times 8r+12=4r+12$이다. $8r^2-4r-12=4(2r-3)(r+1)=0$이므로 $r=\dfrac{3}{2}$ 또는 $r=-1$이다. $r>0$이므로 $r=\dfrac{3}{2}$이다.	4점
따라서 $a_6+a_7+a_8=r^3(a_3+a_4+a_5)$ $=8r^3=8\times\left(\dfrac{3}{2}\right)^2=27$이다.	2점
(공통) 앞 과정의 오류와는 별개로 뒤의 과정은 독립적으로 채점하는 것을 원칙 (공통) 단순오기나 단순연산 실수 시 개당 –1점	

06 [모범답안]

$f(x)=x^2-6x+11=(x-3)^2+2$이므로

$\{x\,|\,1\leq x\leq 7\}$에서 $f(x)$의 최솟값은 $f(3)=2$이다.

구간의 양 끝점에서 $f(1)<f(7)$이므로 $f(x)$의 최댓값은 $f(7)=18$이다.

한편, $g(x)=\log_3 x$는 x의 값이 증가하면 $g(x)$의 값도 증가하므로, $(g\circ f)(x)=g(f(x))$의 최솟값은 $g(f(3))=g(2)=\log_3 2$이고,

최댓값은 $g(f(7))=g(18)=\log_3 18$이다.

따라서 $(g\circ f)(x)=g(f(x))$의 최댓값과 최솟값의 차는 $\log_3 18-\log_3 2=\log_3 9=2$이다.

[채점기준]

예시답안	배점
$f(x)=x^2-6x+11=(x-3)^2+2$이므로 $\{x\mid 1\leq x\leq 7\}$에서 $f(x)$의 최솟값은 $f(3)=2$이다.	2점
구간의 양 끝점에서 $f(1)<f(7)$이므로 $f(x)$의 최댓값은 $f(7)=18$이다.	2점
한편, $g(x)=\log_3 x$는 x의 값이 증가하면 $g(x)$의 값도 증가하므로, $(g\circ f)(x)=g(f(x))$의 최솟값은 $g(f(3))=g(2)=\log_3 2$이고, 최댓값은 $g(f(7))=g(18)=\log_3 18$이다.	4점
따라서 $(g\circ f)(x)=g(f(x))$의 최댓값과 최솟값의 차는 $\log_3 18-\log_3 2=\log_3 9=2$이다.	2점
(공통) 앞 과정의 오류와는 별개로 뒤의 과정은 독립적으로 채점하는 것을 원칙 (공통) 단순오기나 단순연산 실수 시 개당 -1점	

07 **[모범답안]**

함수 $g(x)$가 $x=2$에서 극값 16을 가질 때,
$16=g(2)=8f(2)$이므로 $f(2)=2$이다.
$g(x)=x^3 f(x)$를 미분하면
$g'(x)=3x^2 f(x)+x^3 f'(x)$이다.
함수 $g(x)$가 $x=2$에서 극값을 가지므로,
$0=g'(2)=12f(2)+8f'(2)=24+8f'(2)$이므로
$f'(2)=-3$이다.

[채점기준]

예시답안	배점
함수 $g(x)$가 $x=2$에서 극값 16을 가질 때, $16=g(2)=8f(2)$이므로 $f(2)=2$이다.	2점
$g(x)=x^3 f(x)$를 미분하면 $g'(x)=3x^2 f(x)+x^3 f'(x)$이다.	4점
함수 $g(x)$가 $x=2$에서 극값을 가지므로, $0=g'(2)=12f(2)+8f'(2)=24+8f'(2)$이므로 $f'(2)=-3$이다.	4점
(공통) 앞 과정의 오류와는 별개로 뒷 과정은 독립적으로 채점하는 것을 원칙 (공통) 단순오기나 단순연산 실수 시 개당 -1점	

08 **[모범답안]**

$0=(-x^2+8x-6)-(2x^2-4x+3)$
$=-3x^2+12x-9$
$=-3(x-1)(x-3)$이므로
두 곡선은 $x=1$과 $x=3$에서 만난다.
닫힌구간 $[1,3]$에서 $-x^2+8x-6\geq 2x^2-4x+3$이므로,

두 곡선으로 둘러싸인 부분의 넓이는 정적분
$\int_1^3 (-3x^2+12x-9)dx$으로 주어진다.
정적분을 계산하면 $\left[-x^3+6x^2-9x\right]_1^3=4$이다.

[채점기준]

예시답안	배점
$0=(-x^2+8x-6)-(2x^2-4x+3)$ $=-3x^2+12x-9$ $=-3(x-1)(x-3)$이므로 두 곡선은 $x=1$과 $x=3$에서 만난다.	3점
닫힌구간 $[1,3]$에서 $-x^2+8x-6\geq 2x^2-4x+3$이므로, 두 곡선으로 둘러싸인 부분의 넓이는 정적분 $\int_1^3 (-3x^2+12x-9)dx$으로 주어진다.	3점
정적분을 계산하면 $\left[-x^3+6x^2-9x\right]_1^3=4$이다.	4점
(공통) 앞 과정의 오류와는 별개로 뒤의 과정은 독립적으로 채점하는 것을 원칙 (공통) 단순오기나 단순연산 실수 시 개당 -1점 교과과정을 벗어난 넓이 공식을 단순 적용 시 해당 항목 배점 없음	

실전모의고사 [인문계열]

제1회 실전모의고사

01 [모범답안]
ⓐ 귀납적 강도(참의 정도)
ⓑ 새로운 지식

[바른해설]
ⓐ (가)의 2문단에 따르면 귀납법으로 얻은 결론은 확률적으로 참이어서 거짓일 수도 있으므로 '참의 정도', 즉 '귀납적 강도'를 높일 방법을 찾아야만 했다고 서술되어 있다. 그러므로 ⓐ에는 기존의 귀납법의 한계에 해당하며 '낮을 수 있다'는 술어에 호응하는 '귀납적 강도' 또는 '참의 정도'가 들어갈 말로 적절하다.

ⓑ (가)의 2문단에 따르면 '베이컨은 연역법이 전제된 내용으로부터 결론을 도출하기 때문에 새로운 지식을 얻어 낼 수 없다는 점에 주목하여, 새로운 지식을 만들어 낼 수 있는 귀납법에 집중했다.'라고 서술되어 있다. 그러므로 ⓑ에는 고전적 연역법의 한계에 해당하며 '만들어 낼 수 없다'는 술어에 호응하는 '새로운 지식'이 들어갈 말로 적절하다.

[채점기준]

답안	배점	예상 소요 시간
ⓐ 귀납적 강도 (또는 참의 정도)	5점	5분 / 전체 80분
ⓑ 새로운 지식	5점	

02 [모범답안]
거미

[바른해설]
데카르트의 생산적인 연역법은 감각적 경험에 의한 사례는 철저히 배제한 채, 의심의 여지가 없는 자명한 명제, 즉 기존의 확정적 명제로부터 또 다른 명제들을 도출해 나가는 연역법에 해당한다. 그러므로 데카르트가 개발한 생산적인 연역법은 경험을 모으지 않고 자기 내부의 확정적인 것으로부터 독자적으로 사고를 전개해 나가는 '거미'의 방법에 해당한다.

[채점기준]

답안	배점	예상 소요 시간
거미	10점	2분 / 전체 80분

03 [모범답안]
① 슘페터
② 케인스
③ 하이에크

[바른해설]
① 제시문의 3문단에 따르면 슘페터는 불황이 경제의 혁신을 위해 반드시 필요한 조정 수단이며, 시장에 자율적 조정을 맡겨야 한다고 보았다. 슘페터의 입장에서 불황이 일어나는 과정에서 발생하는 소비의 감소 역시 불황이 해결되면 자연스럽게 해결될 문제라고 볼 수 있다.

② 제시문의 4문단에 서술된 '투자재에 대한 수요가 축소되면 투자재 부문에 고용된 사람들의 소득이 줄어들거나 이들이 실업으로 인해 소득을 상실한다. 이는 다시 소비재 부문에 대한 수요 축소로 연결되어 경제 전반에 걸쳐 소비가 감소한다.'를 통해 확인할 수 있다.

③ 제시문의 2문단에 서술된 '투자 증가로 인해 미래의 산출량은 늘어나지만 저축은 감소하고 미래의 소비도 줄어들어'를 통해 확인할 수 있다.

[채점기준]

답안	배점	예상 소요 시간
① 슘페터	3점	5분 / 전체 80분
② 케인스	3점	
③ 하이에크	4점	

04 [모범답안]
ⓐ 인위적
ⓑ 적극적

[바른해설]

ⓐ 제시문의 3문단에 '하이에크와 슘페터는 공황 해결을 위해 누군가가 개입해서 조정을 하면 오히려 문제가 심각해질 수 있기 때문에 시장에 자율적 조정을 맡겨야 한다고 보았다.'고 서술되어 있고, 그 다음 줄에 '이처럼 인위적 개입을 반대하는 자유 시장주의자'라고 서술되어 있으므로 ⓐ에는 '인위적'이 들어갈 말로 적절하다.

ⓑ 제시문의 마지막 문단에 '그는 정부의 적극적인 개입을 통해 수요를 살리는 정책을 펼쳐야 경기 침체를 극복할 수 있다고 보았다.'고 서술되어 있으므로 ⓑ에는 '적극적'이 들어갈 말로 적절하다.

[채점기준]

답안	배점	예상 소요 시간
ⓐ 인위적	5점	4분 / 전체 80분
ⓑ 적극적	5점	

[05~06]

갈래	단편 소설, 액자 소설	특징	• 설화체 문장을 통한 전달 방식
성격	상징적, 암시적		• 액자식 구성을 통해 이야기에 신뢰성을 부여함
시점	내부 : 전지적 작가 시점 외부 : 1인칭 관찰자 시점		• 신둥이라는 개를 통해 우리 민족의 생명력을 형상화함
배경	시간 : 일제강점기 공간 : 평안도 목넘이 마을		• 묘사와 대화 사용을 절제함
주제	(신둥이로 상징되는) 우리 민족의 수난과 강인한 생명력, 생명에 대한 외경감		• 상징적 표현이 두드러짐

05 [모범답안]

ⓐ 액자식

ⓑ 1인칭 관찰자

ⓒ 전지적 작가

[바른해설]

ⓐ 위 작품은 외부 이야기의 서술자인 '나'가 내부 이야기 속 사건에 대해 서술하는 '액자식' 구성이다.

ⓑ 외부 이야기의 서술자인 '나'가 작품 속 등장인물들을 관찰하며 이야기를 전달하는 '1인칭 관찰자' 시점이다.

ⓒ 작가가 내부 이야기 속 등장인물의 행동과 태도는 물론 내면세계까지 분석하여 이야기를 이끌어가는 '전지적 작가' 시점이다.

[채점기준]

답안	배점	예상 소요 시간
ⓐ 액자식	4점	4분 / 전체 80분
ⓑ 1인칭 관찰자	3점	
ⓒ 전지적 작가	3점	

06 [모범답안]

백의민족

[바른해설]

위 작품은 '신둥이'라는 개의 이야기를 통해 우리 민족의 강인한 생명력을 표현한 작품이다. 〈보기〉의 ㉠에서 '신둥이는 흰 둥이의 방언'이라고 하였으므로, '신둥이'는 '흰 옷을 즐겨 입었다'는 의미에서 우리 민족을 나타내는 '백의민족'을 상징한다고 볼 수 있다.

[채점기준]

답안	배점	예상 소요 시간
백의민족	10점	4분 / 전체 80분

[07~09]

(가) 작자 미상, 「서경별곡」

갈래	고려 가요	특징	• 상징적 시어를 통해 화자가 처한 이별의 상황을 드러냄
성격	서정적, 애상적		• 설의적 표현을 통해 임과의 사랑을 맹세하는 화자의 정서를 효과적으로 드러냄
제재	임과의 이별		
주제	임에 대한 변함없는 사랑과 떠나는 임에 대한 원망		

(나) 장석남, 「배를 밀며」

갈래	자유시, 서정시	특징	• 배를 미는 구체적 행위에서 사랑과 이별의 의미를 유추함
성격	연정적, 고백적, 비유적		• 영탄적 표현을 통해 시적 화자의 감정을 효과적으로 드러냄
제재	이별, 배를 밀어본 경험		
주제	이별의 아픔과 이별한 임에 대한 그리움		

07 [모범답안]

ⓐ 여히므론

ⓑ 괴시란디

ⓒ 우러곰

[바른해설]

ⓐ 여희므론: 이별할 바엔

ⓑ 괴시란ᄃᆡ: 사랑하신다면

ⓒ 우러곰: 울면서

[채점기준]

답안	배점	예상 소요 시간
ⓐ 여희므론	4점	
ⓑ 괴시란ᄃᆡ	2점	6분 / 전체 80분
ⓒ 우러곰	4점	

---

08 [모범답안]

ⓐ 물 / ⓑ 배 / ⓒ 배 / ⓓ 물

[바른해설]

(가)에서 '대동강 넓은'은 화자와 임의 이별에 따른 거리감을 보여주는 것이므로, '물'은 애정 관계가 끊어지게 된 이별의 상황을 암시한다고 볼 수 있다. 또한 '가는 배'는 배가 대동강을 건너는 것으로, 화자와 임과의 이별 상황을 비유적으로 나타낸 것이다. 따라서 '배'는 이별의 상황이 일어나게 되는 구체적 사건을 의미한다고 볼 수 있다.

(나)에서 '배를 밀어 보는 것'은 화자가 상대방을 떠나보내는 상황을 보여 주는 것이므로, '배'는 화자와 애정 관계에 있는 대상을 의미한다고 볼 수 있다. 또한 물 위로 '배가 나가'는 모습은 화자와 상대방의 애정 관계가 변화하게 된 상황을 비유적으로 보여 주고 있으므로, '물'을 통해 애정 관계의 변화에 따른 화자의 심정을 비유적으로 표현하고 있다고 볼 수 있다.

[채점기준]

답안	배점	예상 소요 시간
ⓐ 물	2점	
ⓑ 배	3점	
ⓒ 배	2점	4분 / 전체 80분
ⓓ 물	3점	

---

09 [모범답안]

그런데, 배여

[바른해설]

(나)의 5연은 이전에 화자가 떠나보낸 사람을 잊으려 노력했던 것과 달리 그 사람에 대한 그리움의 감정이 무의식적으로 피어오르는 화자의 심정을 제시하며 '그런데'를 통해 시상을 전환하고 있다. 또한 화자의 안으로 '밀려 들어오는' 배는 화자가 예상하지 못한 상황으로, 이를 통해 이별의 슬픔을 담담히 받아들이며 그 슬픔을 잊으려 해도 사랑하는 사람이 쉽게 잊히지 않으며 그에 대한 그리움이 일어날 수밖에 없다는 사랑의 의미를 표현하고 있다.

[채점기준]

답안	배점	예상 소요 시간
그런데	5점	4분 / 전체 80분
배여	5점	

10

갈래	고전 소설, 영웅 소설, 군담 소설	특징	• 시간의 흐름에 따른 순행적 구성
성격	영웅 일대기적		• 전형적인 영웅의 일대기 구조를 보임
배경	중국 명나라 때		
시점	전지적 작가 시점		• 대식가와 잠꾸러기라는 점에서 전형적인 영웅의 모습과 차이를 보임
주제	영웅 이경모(경작)의 고난 극복과 승리		• 가정 지향적 성향

[모범답안]

① 돈 / ② 차

[바른해설]

환상 속에서 노인이 '노자가 없으니 노부가 간단하게나마 차려 주겠소.', '내일 부어 놓은 차를 마시고 가시오'라고 말하였으며, 현실에서 경작이 '차 종지를 거두고 돈을 허리에 찼다'는 부분을 통해 돈과 차는 환상과 현실에 모두 등장한다는 것을 알 수 있으므로 두 세계를 이어주는 역할을 하는 소재라고 할 수 있다.

[채점기준]

답안	배점	예상 소요 시간
① 돈	5점	4분 / 전체 80분
② 차	5점	

수학

11 [모범답안]

$\tan\theta=\dfrac{\sin\theta}{\cos\theta}$이므로

$\tan^2\theta+4\tan\theta+1=0$에서

$\dfrac{\sin^2\theta}{\cos^2\theta}+4\times\dfrac{\sin\theta}{\cos\theta}+1=0$

$\sin^2\theta+4\sin\theta\cos\theta+\cos^2\theta=0,\ 1+4\sin\theta\cos\theta=0$

$\sin\theta\cos\theta=-\dfrac{1}{4}$ …… ㉠

이때

$(\sin\theta-\cos\theta)^2=(\sin^2\theta-\cos^2\theta)-2\sin\theta\cos\theta$

$(\sin\theta-\cos\theta)^2=1-2\times\left(-\dfrac{1}{4}\right)=\dfrac{3}{2}$

한편, $\dfrac{\pi}{2}<\theta<\dfrac{3}{2}\pi$인 θ에 대하여 ㉠이 성립하려면

$\dfrac{\pi}{2}<\theta<\pi$, 즉 $\sin\theta>0$, $\cos\theta<0$임을 알 수 있다.

따라서 $\sin\theta-\cos\theta>0$이므로

$\sin\theta-\cos\theta=\sqrt{\dfrac{3}{2}}=\dfrac{\sqrt{6}}{2}$

[채점기준]

답안	배점	예상 소요 시간
① $-\dfrac{1}{4}$	3점	
② $\dfrac{3}{2}$	2점	4분 / 전체 80분
③ $\sin\theta-\cos\theta>0$	3점	
④ $\dfrac{\sqrt{6}}{2}$	2점	

12 [모범답안]

$\displaystyle\sum_{k=1}^{10}\dfrac{ka_{k+1}-(k+1)a_k}{a_{k+1}a_k}=\sum_{k=1}^{10}\left(\dfrac{k}{a_k}-\dfrac{k+1}{a_{k+1}}\right)$

$=\left(\dfrac{1}{a_1}-\dfrac{2}{a_2}\right)+\left(\dfrac{2}{a_2}-\dfrac{3}{a_3}\right)+\left(\dfrac{3}{a_3}-\dfrac{4}{a_4}\right)+\cdots$
$+\left(\dfrac{10}{a_{10}}-\dfrac{11}{a_{11}}\right)$

$=\dfrac{1}{a_1}-\dfrac{11}{a_{11}}=1-\dfrac{11}{a_{11}}$이므로

$1-\dfrac{11}{a_{11}}=\dfrac{2}{3}$에서 $\dfrac{11}{a_{11}}=\dfrac{1}{3}$

따라서 $a_{11}=33$

[채점기준]

답안	배점	예상 소요 시간
$\displaystyle\sum_{k=1}^{10}\left(\dfrac{k}{a_k}-\dfrac{k+1}{a_{k+1}}\right)$	3점	
$\dfrac{1}{a_1}-\dfrac{11}{a_{11}}=1-\dfrac{11}{a_{11}}$	3점	3분 / 전체 80분
$\dfrac{11}{a_{11}}=\dfrac{1}{3}$	2점	
$a_{11}=33$	2점	

13 [모범답안]

$|x+2|-1=m$에서 $|x+2|=m+1$

$x=m-1$ 또는 $x=-m-3$

$m>1$이므로 $m-1>-m-3$

그러므로 $f(m)=m-1,\ g(m)=-m-3$

$f(m)$의 제곱근 중 음수인 것은

$-\sqrt{f(m)}=-\sqrt{m-1}$

$g(m)$의 세제곱근 중 실수인 것은

$\sqrt[3]{g(m)}=\sqrt[3]{-m-3}$

$f(m)$의 제곱근 중 음수인 것의 값과 $g(m)$의 세제곱근 중 실수인 것의 값이 같으므로

$-\sqrt{m-1}=\sqrt[3]{-m-3},\ \sqrt{m-1}=\sqrt[3]{m+3}$

양변을 여섯제곱하면

$(m-1)^3=(m+3)^2,$

$m^3-3m^2+3m-1=m^2+6m+9$

$m^3-4m^2-3m-10=0,\ (m-5)(m^2+m+2)=0$

$m^2+m+2=\left(m+\dfrac{1}{2}\right)^2+\dfrac{7}{4}>0$이므로 $m=5$

따라서

$\dfrac{g(m)}{f(m)}=\dfrac{g(5)}{f(5)}=\dfrac{(-8)}{4}=-2$

[채점기준]

답안	배점	예상 소요 시간
$f(m)=m-1,$ $g(m)=-m-3$	3점	
$\sqrt{m-1}=\sqrt[3]{m+3}$	3점	4분 / 전체 80분
$m=5$	2점	
$\dfrac{g(m)}{f(m)}=\dfrac{g(5)}{f(5)}=-2$	2점	

14 [모범답안]

$g(x)=(x-1)f(x)$로 놓으면 $g(1)=0$이고,

$g'(x)=f(x)+(x-1)f'(x)$이므로

$g'(x)=4x^3+4x$

$g(x)=\displaystyle\int(4x^3+4x)dx=x^4+2x^2+C$ …… ㉠

(단, C는 적분상수)

PART 1 기출문제　PART 2 실전모의고사　PART 3 정답 및 해설

㉠에서 $g(1)=3+C=0$이므로 $C=-3$

이때 $g(x)=x^4+2x^2-3=(x+1)(x-1)(x^2+3)$에서

$x\neq1$일 때 $f(x)=\dfrac{g(x)}{x-1}=(x+1)(x^2+3)$이므로

$f'(x)=(x^2+3)+(x+1)\times2x=3x^2+2x+3$

따라서 $f'(-1)=3-2+3=4$

[채점기준]

답안	배점	예상 소요 시간
$g(x)=x^4+2x^2+C$	3점	4분 / 전체 80분
$C=-3$	2점	
$f'(x)=3x^2+2x+3$	3점	
$f'(-1)=4$	2점	

15 [모범답안]

$y=x^3-3x^2$에서 $y'=3x^2-6x$ …… ㉠

접점의 좌표를 (t, t^3-3t^2)이라 하면 접선의 기울기는

$3t^2-6t$이므로 접선의 방정식은

$y=(3t^2-6t)(x-t)+t^3-3t^2$

이 접선이 점 $(0, 1)$을 지나므로

$1=(3t^2-6t)(-t)+t^3-3t^2$

$2t^3-3t^2+1=0$, $(t-1)^2(2t+1)=0$

$t=1$ 또는 $t=-\dfrac{1}{2}$

$t=1$일 때, ㉠에 의하여 접선의 기울기는

$3-6=-3$

$t=-\dfrac{1}{2}$일 때, ㉠에 의하여 접선의 기울기는

$3\times\left(-\dfrac{1}{2}\right)^2-6\times\left(-\dfrac{1}{2}\right)=\dfrac{3}{4}+3=\dfrac{15}{4}$

따라서 $m_1\times m_2=(-3)\times\dfrac{15}{4}=-\dfrac{45}{4}$

[채점기준]

답안	배점	예상 소요 시간
접선의 방정식은 $y=(3t^2-6t)(x-t)$ $+t^3-3t^2$	3점	4분 / 전체 80분
$t=1$일 때, 접선의 기울기는 -3	3점	
$t=-\dfrac{1}{2}$일 때, 접선의 기울기는 $\dfrac{15}{4}$	3점	
$m_1\times m_2=-\dfrac{45}{4}$	1점	

제2회 실전모의고사

국어

01 [모범답안]

ⓐ 존속 회사의 주식

ⓑ 주주가 회사를 상대로 자신이 보유하고 있는 주식을 되사 줄 것을 요구하는 권리

[바른해설]

제시문에 따르면 회사 합병은 여러 회사의 직원과 순자산을 하나의 회사로 합치는 것으로, 합병에 찬성하는 소멸 회사의 주주는 합병 대가로 존속 회사의 주식을 받게 되고, 합병에 반대하는 존속 회사 또는 소멸 회사의 주주에게는 주주가 회사를 상대로 자신이 보유하고 있는 주식을 되사 줄 것을 요구하는 권리인 주식 매수 청구권이 부여된다.

[채점기준]

답안	배점	예상 소요 시간
ⓐ 존속 회사의 주식	5점	5분 / 전체 80분
ⓑ 주주가 회사를 상대로 자신이 보유하고 있는 주식을 되사 줄 것을 요구하는 권리	5점	

02 [모범답안]

ⓐ 70억 / ⓑ 42억 / ⓒ 28억

[바른해설]

ⓐ 순자산은 자산에서 부채를 뺀 금액이므로, '㈜착한맛'의 분할 전 순자산은 100억 원의 자산에서 30억 원의 부채를 뺀 70억 원이다.

ⓑ 분할 후 '㈜착한맛'의 순자산은 분할 비율이 0.40이고 존속 회사이므로, 분할 전 순자산인 70억 원의 0.6배인 42억 원이 된다.

ⓒ 분할 후 '㈜꼬꼬맛'의 순자산은 분할 비율이 0.40이고 신설 회사이므로, 분할 전 순자산인 70억 원의 0.4배인 28억 원이 된다.

[채점기준]

답안	배점	예상 소요 시간
ⓐ 70억	2점	5분 / 전체 80분
ⓑ 42억	4점	
ⓒ 28억	4점	

03 [모범답안]

ⓐ 다양성의 인식과 존중

ⓑ 문화 간 차이의 인정

ⓒ 타문화가 사회에 이바지하도록 장려하는 일

[바른해설]

제시문의 두 번째 단락에서 다문화주의의 개념을 밝힌 후 그 구체적인 의미를 하위의 각 단락에서 설명하고 있다. ⓐ는 다문화주의의 첫 번째 구성 요소인 '문화의 다양성을 인식하고 존중하는 것'에 대해, ⓑ는 두 번째 구성 요소인 '문화 간 차이를 인정하는 것'에 대해, ⓒ는 세 번째 구성 요소인 '다른 문화가 사회에 이바지하도록 장려하는 것'에 대해 각각 구체적인 의미를 풀어 설명하고 있다. 그러므로 위의 순서에 따라 ⓐ에는 '다양성의 인식과 존중', ⓑ에는 '문화 간 차이의 인정', 그리고 ⓒ에는 '타문화가 사회에 이바지하도록 장려하는 일'이 들어갈 말로 적절하다.

[채점기준]

답안	배점	예상 소요 시간
ⓐ 다양성의 인식과 존중	3점	5분 / 전체 80분
ⓑ 문화 간 차이의 인정	3점	
ⓒ 타문화가 사회에 이바지하도록 장려하는 일	4점	

04 [모범답안]

상호 유기적인 결합을 통해 총체적인 의미 작용을 하는 통합적인 관계이다.

[바른해설]

제시문의 여섯 번째 단락에서 네 가지 차원의 다문화주의 요소는 서로 단절된 의미로 구성되고 작용하는 것이 아니라 '상호 유기적인 결합을 통해 총체적인 의미 작용을 하는 통합적인 관계'로 이해해야 한다고 기술되어 있다.

[채점기준]

답안	배점	예상 소요 시간
상호 유기적인 결합을 통해 총체적인 의미 작용을 하는 통합적인 관계이다.	10점	5분 / 전체 80분

[05~06]

갈래	현대 수필, 경수필	특징	• 유사한 성격의 사례들을 제시하고 있다. • 대립되는 소재의 대비를 통해 주제를 효과적으로 드러낸다. • 자연의 질서와 인간의 삶의 모습이 교차되어 나타난다.
성격	교훈적, 사색적, 종교적		
제재	설해를 입은 나무		
주제	부드러움이 지닌 힘		

05 [모범답안]

(하얀) 눈

[바른해설]

위 작품의 제목인 '설해목'은 '눈으로 피해를 입은 나무'를 일컫는 것으로, 본문에 겨울철 아름드리나무들이나 소나무들이 가지 끝에 사뿐사뿐 내려 쌓이는 그 가볍고 하얀 눈에 꺾인다고 묘사되어 있다. 그러므로 ⓐ의 '부드러운 것'은 가볍고 연약해 보이지만 강한 힘을 발휘하는 존재인 '(하얀) 눈'을 지칭한다.

[채점기준]

답안	배점	예상 소요 시간
(하얀) 눈	10점	3분 / 전체 80분

06 [모범답안]

부드러움이 강함을 이긴다.

[바른해설]

윗글의 ⓑ에서 '무쇠로 된 정'은 '강한 것'을 의미하고, '물결'은 '부드러운 것'을 의미한다. 즉, 바닷가의 조약돌을 둥글게 만든 것은 무쇠로 된 강한 정이 아니라 부드러운 물결 때문임을 말하고 있다. 이것은 윗글의 주제에 해당되며 '부드러움이 강함을 이긴다'는 역설적인 발상을 통해 삶의 지혜를 일깨워 주고 있다.

[채점기준]

답안	배점	예상 소요 시간
부드러움이 강함을 이긴다.	10점	5분 / 전체 80분

[07~09]

갈래	고전 소설, 국문 소설, 염정 소설	특징	• 국내를 배경으로 사실과 허구를 적절히 조화 • 남녀 간의 사랑을 다루면서 사회에 대한 비판과 역사 의식을 드러냄 • 전기적인 서사 구조를 개연성 있는 허구로 전환시켜서 표현함
성격	애정적, 사실적, 사회비판적		
배경	• 시간: 조선 중종 • 공간: 한양		
주제	부당한 권력에 맞서 이루어 낸 지극한 사랑		

07 [모범답안]

내, 주라

[바른해설]

'늑혼(勒婚)'이란 억지로 혼인을 하는 것을 말하는데, 〈보기〉에서 「윤지경전」은 임금이 주인공에게 혼인을 강제하는 늑혼(勒婚) 모티프를 서사적으로 전개한 애정 소설이라고 하였다. 윗글에서 임금이 "내 윤지경을 못 제어하리요. 군부를 욕한 죄로 의금부에 가두고, 또 윤현을 가두고 길례날을 받아 놓고, 최홍일은 빙채를 도로 주라."며 말한 부분에 이러한 늑혼(勒婚) 모티프가 잘 드러나 있다. 따라서 해당 문장에서 첫 어절은 '내'이고, 마지막 어절은 '주라'이다.

[채점기준]

답안	배점	예상 소요 시간
내	5점	5분 / 전체 80분
주라	5점	

08 [모범답안]

기고만장

[바른해설]

윗글의 ⓐ는 장원 급제를 한 지경이 연성 옹주의 부마될 것을 거절하자, 임금이 어린 나이에 출세하여 세상을 우습게 여겨 옹주와의 혼인을 꺼린다고 생각하며 한 말이다. 그러므로 〈보기〉의 빈칸에는 '일이 뜻대로 잘 되어 우쭐하여 뽐내는 기세가 대단함'을 뜻하는 '기고만장(氣高萬丈)'이 들어갈 한자성어로 적절하다.

[채점기준]

답안	배점	예상 소요 시간
기고만장	10점	4분 / 전체 80분

09 [모범답안]

소신이 뚜렷한 인물이다.

[바른해설]

위의 작품은 남성 주인공인 윤지경이 부당한 권력에 맞서 자신의 사랑을 지키려는 모습을 그린 애정 소설이다. ⓑ의 '죽어도 항복하지 아니하리이다'라는 말을 통해 윤 지경이 임금 앞에서도 자신의 주장을 굽히지 않는 '소신이 뚜렷한 인물'임을 알 수 있다.

[채점기준]

답안	배점	예상 소요 시간
소신이 뚜렷한 인물이다.	10점	5분 / 전체 80분

10

갈래	서민 가사	특징	• 설의적 표현을 사용하여 화자의 정서를 드러냄 • 동일한 문장 구조를 반복하여 운율을 형성함 • 갑과 을의 대화체 형식을 통해 이야기를 전개함 • 직설적인 말투와 현실적인 충고로 강한 인상을 남김
성격	비판적, 호소적, 현실적		
형식	대화체		
시기	조선 후기(정조)		
주제	부조리한 현실 비판		

[모범답안]

후치령, 되세

[바른해설]

'후치령 길 비켜 두고 ~ 신역 없는 군사 되세'에서 목적지인 북청을 향한 경로를 나열하여 북청에서의 삶에 대한 기대감을 보여 주고 있다.

[채점기준]

답안	배점	예상 소요 시간
후치령	5점	4분 / 전체 80분
되세	5점	

11 [모범답안]

① $\dfrac{1}{3+6+9+\cdots+3n}$

② $\dfrac{2}{3}\left(\dfrac{1}{n}-\dfrac{1}{n+1}\right)$

③ $\dfrac{12}{19}$

[채점기준]

답안	배점	예상 소요 시간
주어진 수열의 n번째 항을 a_n이라 하면 분모의 값이 3만큼 증가하므로 $$a_n=\dfrac{1}{3+6+9+\cdots+3n}$$ 그러므로 ①$=\dfrac{1}{3+6+9+\cdots+3n}$	4점	4분 / 전체 80분
따라서 $a_n=\dfrac{1}{3+6+9+\cdots+3n}$ $=\dfrac{1}{\sum\limits_{k=1}^{n}3k}=\dfrac{2}{3n(n+1)}$, 이므로 $\dfrac{2}{3n(n+1)}$ $\qquad=\dfrac{2}{3}\left(\dfrac{1}{n}-\dfrac{1}{n+1}\right)$ 그러므로 ②$=\dfrac{2}{3}\left(\dfrac{1}{n}-\dfrac{1}{n+1}\right)$	3점	
따라서 수열의 첫째항부터 제18항까지의 합은 $\dfrac{2}{3}\sum\limits_{k=1}^{18}\left(\dfrac{1}{k}-\dfrac{1}{k+1}\right)$ $=\dfrac{2}{3}\left\{\left(\dfrac{1}{1}-\dfrac{1}{2}\right)+\left(\dfrac{1}{2}-\dfrac{1}{3}\right)\right.$ $\qquad\left.+\cdots+\left(\dfrac{1}{18}-\dfrac{1}{19}\right)\right\}$ $=\dfrac{2}{3}\left(\dfrac{1}{1}-\dfrac{1}{19}\right)$ $=\dfrac{2}{3}\times\dfrac{18}{19}$ $=\dfrac{12}{19}$ 그러므로 ③$=\dfrac{12}{19}$	3점	

12 [모범답안]

조건 (나)에서

$-1 \leq f(x) - x^2 - x + 1 \leq 1$

$x^2 + x - 2 \leq f(x) \leq x^2 + x$

x가 0이 아닐 때, $x^2 > 0$이므로 양변을 x^2으로 나누어주면

$1 + \dfrac{1}{x} - \dfrac{2}{x^2} \leq \dfrac{f(x)}{x^2} \leq 1 + \dfrac{1}{x}$

이때 $\displaystyle\lim_{x \to \infty}\left(1 + \dfrac{1}{x} - \dfrac{2}{x^2}\right) = 1$, $\displaystyle\lim_{x \to \infty}\left(1 + \dfrac{1}{x}\right) = 1$이므로

함수의 극한의 대소 관계에 의하여

$\therefore \displaystyle\lim_{x \to \infty}\dfrac{f(x)}{x^2} = 1$

따라서 함수 $f(x)$는 최고차항의 계수가 1인 이차함수이다.

한편, 조건 (가) $\displaystyle\lim_{x \to 0}\dfrac{f(x)}{x} = 1$에서 $x \to 0$일 때,

(분모) $\to 0$이고 극한값이 존재하므로 (분자) $\to 0$이어야 한다.

$\therefore \displaystyle\lim_{x \to 0}f(x) = f(0) = 0$이므로 $f(x)$는 x를 인수로 갖는다.

따라서 $f(x) = x(x - k)$ (단, k는 상수)

이를 조건 (가)에 대입하면

$\displaystyle\lim_{x \to 0}\dfrac{f(x)}{x} = \lim_{x \to 0}\dfrac{x(x - k)}{x} = (x - k) = -k = 1$

$\therefore k = -1$, $f(x) = x(x + 1)$

따라서 $f(4) = 4 \times 5 = 20$

[채점기준]

답안	배점	예상 소요 시간
[$f(x)$의 범위 구하기] 조건 (나)에서 $-1 \leq f(x) - x^2 - x + 1 \leq 1$, $x^2 + x - 2 \leq f(x) \leq x^2 + x$	2점	5분 / 전체 80분
$\left[\displaystyle\lim_{x \to \infty}\dfrac{f(x)}{x^2}$의 값 구하기$\right]$ 위의 $f(x)$의 범위에서 x가 0이 아닐 때, $x^2 > 0$이므로 양변을 x^2으로 나누면 $1 + \dfrac{1}{x} - \dfrac{2}{x^2} \leq \dfrac{f(x)}{x^2} \leq 1 + \dfrac{1}{x}$ 이때 $\displaystyle\lim_{x \to \infty}\left(1 + \dfrac{1}{x} - \dfrac{2}{x^2}\right) = 1$, $\displaystyle\lim_{x \to \infty}\left(1 + \dfrac{1}{x}\right) = 1$이므로 함수의 극한의 대소 관계에 의하여 $\therefore \displaystyle\lim_{x \to \infty}\dfrac{f(x)}{x^2} = 1$	3점	

답안	배점	예상 소요 시간
[$f(x)$의 식 구하기] 조건 (가) $\displaystyle\lim_{x \to 0}\dfrac{f(x)}{x} = 1$에서 $x \to 0$일 때, (분모) $\to 0$이고 극한값이 존재하므로 (분자) $\to 0$이어야 한다. $\therefore \displaystyle\lim_{x \to 0}f(x) = f(0) = 0$ 이므로 $f(x)$는 x를 인수로 갖는다. 따라서 $f(x) = x(x - k)$ (단, k는 상수) (단, k 이외의 상수로 변환한 경우에도 배점처리)	3점	5분 / 전체 80분
위의 $f(x)$식을 조건 (가)에 대입하면 $\displaystyle\lim_{x \to 0}\dfrac{f(x)}{x}$ $= \displaystyle\lim_{x \to 0}\dfrac{x(x - k)}{x}$ $= \displaystyle\lim_{x \to 0}(x - k) = -k = 1$ $\therefore k = -1$, $f(x) = x(x + 1)$ 따라서 $f(4) = 4 \times 5 = 20$	2점	

13 [모범답안]

함수 $g(x) = (x^3 + 2)f(x)$에서

양변을 x에 대하여 미분하면,

$g'(x) = 3x^2 f(x) + (x^3 + 2)f'(x)$

따라서 $g'(1) = 3f(1) + 3f'(1) = 12 - 6 = 6$

[채점기준]

답안	배점	예상 소요 시간
$g'(x) =$ $3x^2 f(x) + (x^3 + 2)f'(x)$	3점	2분 / 전체 80분
$g'(1) = 3f(1) + 3f'(1)$	3점	
$g'(1) = 6$	4점	

14 [모범답안]

$\triangle ABC$의 내각의 크기의 합은 $\angle A + \angle B + \angle C = 180°$

이므로

$\angle C = 180° - (\angle A + \angle B) = 180° - 120° = 60°$

이때, 외접원의 반지름의 길이가 $4\sqrt{3}$이므로 사인법칙을 이용하면

$$\therefore \frac{\overline{AB}}{\sin 60°} = 2 \times 4\sqrt{3}$$

따라서 $\overline{AB} = 2 \times 4\sqrt{3} \times \frac{\sqrt{3}}{2} = 12$

[채점기준]

답안	배점	예상 소요 시간
[∠C의 값 구하기] ΔABC의 내각의 크기의 합이 ∠A+∠B+∠C= 180°이고, ∠A+∠B=120°이므로 ∠C=180°−(∠A+∠B) 　　=180°−120°=60°	3점	4분 / 전체 80분
[사인법칙을 이용하여 식 세우기] 외접원의 반지름의 길이가 $4\sqrt{3}$이므로 사인법칙을 이용하면 $\therefore \dfrac{\overline{AB}}{\sin 60°} = 2 \times 4\sqrt{3}$	4점	
$\therefore \overline{AB} = 2 \times 4\sqrt{3} \times \dfrac{\sqrt{3}}{2}$ 　　=12	3점	

15 [모범답안]

점 P가 움직이는 방향을 바꾸는 순간 속도 $v(t)=0$이다.

$v(t) = -6t^2 + 12t = -6t(t-2) = 0$

이때, $t>0$이므로 $t=2$

구간 $(0, 2)$에서 $-6t^2 + 12t \geq 0$이므로

따라서 점 P가 움직인 거리는

$$\int_0^2 |v(t)|\,dt = \int_0^2 |-6t^2 + 12t|\,dt$$

$$= \int_0^2 (-6t^2 + 12t)\,dt$$

$$= \left[-2t^3 + 6t^2 \right]_0^2$$

$$= -2 \times 2^3 + 6 \times 2^2$$

$$= -16 + 24 = 8$$

P가 방향이 바뀔 때까지 움직인 거리는 8

[채점기준]

답안	배점	예상 소요 시간
[점 P가 움직이는 방향을 바꾸는 순간의 시각 t 찾기] 점 P가 움직이는 방향을 바꾸는 순간 속도 $v(t)=0$이다. 따라서 $v(t) = -6t^2 + 12t$ 　　= $-6t(t-2) = 0$ 이때, $t>0$이므로 $\therefore t=2$	3점	4분 / 전체 80분
구간 $(0, 2)$에서 $-6t^2 + 12t \geq 0$이므로 점 P가 움직인 거리는 $\int_0^2 \|v(t)\|\,dt$ $= \int_0^2 \|-6t^2 + 12t\|\,dt$ $= \int_0^2 (-6t^2 + 12t)\,dt$ $= \left[-2t^3 + 6t^2 \right]_0^2$	4점	
$\therefore P$가 방향이 바뀔 때까지 움직인 거리는 8	3점	

제3회 실전모의고사

국어

01 [모범답안]
ⓐ 기대승
ⓑ 이황
ⓒ 이황
ⓓ 기대승

[바른해설]
ⓐ 제시문에 따르면 기대승은 사단도 정감이기 때문에 '기'의 영역과 무관한 것이 아니며, 사단이나 칠정 모두 '리'와 별개로 존재할 수 없다고 하였다. 그러므로 ⓐ에 들어갈 인물은 '기대승'이다.

ⓑ 제시문에 따르면 이황은 기대승의 비판을 인정하여 사단 또한 정감이라고 한 것을 인정하지만, 사단을 만물의 이치인 '리'가 발현한 것으로 보기 때문에 사단이 옳지 않은 상황에 있을 수 있다는 것에는 동의하지 않을 것이다. 그러므로 ⓑ에 들어갈 인물은 '이황'이다.

ⓒ 제시문에 따르면 이황은 사단과 칠정의 근거를 서로 다르게 보므로 사단은 '리'가, 칠정은 '기'가 정감으로 드러난 것이라고 판단할 것이다. 그러므로 ⓒ에 들어갈 인물은 '이황'이다.

ⓓ 제시문에 따르면 기대승은 정감을 '리'와 '기'의 결합으로 보므로 정감이 '성'에 해당하는 '인'이나 '의'와 비슷한 측면이 있다고 한 것에 대해 정감이 '리'와 별개로 존재하는 것이 아니라 '리'와 '기'의 결합으로 나타나기 때문이라고 판단할 것이다. 그러므로 ⓓ에 들어갈 인물은 '기대승'이다.

[채점기준]

답안	배점	예상 소요 시간
ⓐ 기대승	3점	5분 / 전체 80분
ⓑ 이황	2점	
ⓒ 이황	2점	
ⓓ 기대승	3점	

02 [모범답안]
ⓐ 경
ⓑ 성의

[바른해설]
제시문에 따르면 이황과 기대승은 수양 방법에 대해서도 견해차가 드러났다. 이황은 '성'이 그대로 사단으로 발현될 수 있도록 '성'의 상태를 유지시키는 경(敬)의 자세를 중시했으며, '리'가 그대로 정감으로 발현될 수 있도록 사적인 욕망이 끼어들지 못하게 마음을 경건하게 하는 공부를 해야 한다고 주장하였다. 반면에 기대승은 칠정 그 자체를 제어하여 사단이 되도록 생각을 정성스럽게 하는 성의(誠意)를 강조했으며, 마음 그 자체에 집중하는 수양보다는 경전 공부를 통해 성현들의 행동을 익혀 따르는 것이 중요하다고 보았다. 그러므로 ⓐ에는 '경', ⓑ에는 '성의'가 들어갈 말로 적절하다.

[채점기준]

답안	배점	예상 소요 시간
ⓐ 경	5점	4분 / 전체 80분
ⓑ 성의	5점	

03 [모범답안]
나무에 정령이 깃들어 있다고 믿었기 때문이다.

[바른해설]
키쿠유 사람들은 나무에 정령이 깃들어 있다고 믿었기 때문에 베어 낼 나무에 나뭇가지를 기대어 놓았다가 다른 나무로 옮기거나, 나무를 베자마자 그 자리에 곧바로 또 다른 나무를 심는 방식으로 나무의 정령을 다른 나무로 옮겨 가게 했다.

[채점기준]

답안	배점	예상 소요 시간
나무에 정령이 깃들어 있다고 믿었기 때문이다.	10점	4분 / 전체 80분

04 [모범답안]
비폭력

[바른해설]
제시문에 따르면 키쿠유족은 의식이 진행되는 동안 부족의 어른들이 '시이기나무 막대'를 쥐고 있었는데, 이것은 폭력이 용인되지 않는다는 표시로 공동체 내부에서 그리고 공동체끼리 평화를 유지하는 데 크게 이바지했다고 서술되어 있다. 그러므로 시이기나무 막대는 '비폭력' 또는 '평화'를 상징한다고 볼 수 있다.

[채점기준]

답안	배점	예상 소요 시간
비폭력	10점	3분 / 전체 80분

[05~06]

(가) 나희덕, 「음지의 꽃」

갈래	자유시, 서정시	특징	• 영탄적 어조를 반복하여 생명의 경이로움을 강조함 • 역설적 표현을 통해 버섯의 생명력을 예찬함 • 참나무의 의인화를 통해 인격을 부여함 • 힘겨운 상황 속에서도 죽음과 탄생이 교차하는 생명력에 대한 아름다움을 강조함
성격	영탄적, 역설적, 우의적		
제재	버섯		
주제	가혹한 현실 속에서도 잃지 않는 희망과 생명력		

(나) 김남조, 「겨울 바다」

갈래	자유시, 서정시	특징	• 독백적 어조로 화자의 정서를 표현함 • 대립적 이미지를 통해 주제를 강조함 • 감각적 표현을 통해 화자의 정서를 형상화함
성격	주지적, 상징적, 종교적, 사색적		
제재	겨울 바다		
주제	삶의 허무와 이를 극복하고자 하는 의지		

05 [모범답안]

뿌리 없는 너의 독기

[바른해설]

위의 작품 (가)에서 '뿌리 없는 너의 독기'는 생명력이 소실된 공간에서 피어난 '버섯'을 표현한 구절로, '뿌리'가 없음에도 불구하고 생명력이 소실된 공간에 새로운 생명으로 피어나는 것을 '독기'로 표현하여 '너', 즉 '버섯'의 강한 생명력을 드러낸 것이다.

[채점기준]

답안	배점	예상 소요 시간
뿌리 없는 너의 독기	10점	3분 / 전체 80분

06 [모범답안]

허무의, 있었네

[바른해설]

작품 (나)의 3연에서는 소멸과 죽음의 이미지인 '불'과 역경 극복과 생명의 이미지인 '물'이라는 대립적인 소재를 통해 '허무'를 극복하고자 하는 화자의 내면 심리를 시각적으로 구체화하고 있다. 그러므로 해당 연의 첫 어절은 '허무의'이고 마지막 어절은 '있었네'이다.

[채점기준]

답안	배점	예상 소요 시간
허무의	5점	3분 / 전체 80분
있었네	5점	

[07~09]

갈래	전(傳), 한문 소설, 단편 소설, 풍자 소설	특징	• 재자가인(才子佳人)이 아닌 비천한 인물을 주인공으로 삼음 • 조선 후기 사회의 모습을 사실적으로 그려 냄 • 거지인 주인공의 인품을 예찬함으로써 상대적으로 양반 사회에 대한 풍자 효과를 높임
성격	사실적, 비판적, 풍자적		
배경	• 시간: 조선 후기 • 공간: 한양의 종로 저잣거리		
주제	신의 있고 정직한 삶에 대한 예찬		

07 [모범답안]

인정 많고 의로운

[바른해설]

집주인은 광문이 죽은 아이를 위해 거적을 덮어 아이의 시체를 수습한 후 공동묘지에 묻어주는 것을 보고 광문의 인품에 감동을 받아 약국 부자에게 천거한 것이므로, 광문이 '인정이 많고 의로운' 청년이라는 말을 건넸을 것으로 짐작할 수 있다.

[채점기준]

답안	배점	예상 소요 시간
인정 많고 의로운	10점	4분 / 전체 80분

08 [모범답안]

ⓐ 인물의 업적을 담은 일대기를 다루지 않았다.
ⓑ 비천한 신분의 인물을 주인공으로 삼았다.
ⓒ 인물에 대한 종합적인 평가를 생략하였다.

PART 1 기출문제
PART 2 실전모의고사
PART 3 정답 및 해설

[바른해설]

ⓐ 조선 전기의 전(傳)은 기록할 만한 업적을 남긴 인물의 일대기를 다루고 있으나, 『광문자전』은 인물의 업적을 담은 일대기를 다루지 않았다.

ⓑ 조선 전기의 전(傳)은 유교적 도덕률을 중요하게 생각해 주로 재자가인(재능이 뛰어난 남자와 아름다운 여인)으로 표방되는 인물을 주인공으로 하였으나, 『광문자전』에서는 광문이라는 비천한 신분의 인물을 주인공으로 삼았다.

ⓒ 조선 전기의 전(傳)은 글의 마지막에 인물에 대한 종합적인 평가를 제시하지만, 『광문자전』에서는 인물에 대한 종합적인 평가를 생략하였다.

[채점기준]

답안	배점	예상 소요 시간
ⓐ 인물의 업적을 담은 일대기를 다루지 않았다.	4점	
ⓑ 비천한 신분의 인물을 주인공으로 삼았다.	3점	5분 / 전체 80분
ⓒ 인물에 대한 종합적인 평가를 생략하였다.	3점	

09 [모범답안]

ⓐ 약국 부자

ⓑ (약국 부자의) 처조카

ⓒ 광문

[바른해설]

ⓐ 약국 부자가 나갔다 돌아온 후 방 안의 돈이 없어진 것을 알고 광문이 돈을 가져갔을 거라고 오해한다. 그러므로 ⓐ에 들어갈 인물은 '약국 부자'이다.

ⓑ 며칠 후 약국 부자의 처조카가 돈을 가지고 와 부자에게 돌려주고 본인이 방에 들어가 돈을 가지고 간 사실을 고백하여 광문에 대한 오해가 해소된다. 그러므로 ⓑ에 들어갈 인물은 '(약국 부자의) 처조카'이다.

ⓒ 오해가 해소된 후 광문은 약국 부자로부터 마음에 상처를 주어 볼 낯이 없다는 사과를 받는다. 그러므로 ⓒ에 들어갈 인물은 '광문'이다.

[채점기준]

답안	배점	예상 소요 시간
ⓐ 약국 부자	3점	
ⓑ (약국 부자의) 처조카	4점	5분 / 전체 80분
ⓒ 광문	3점	

10

(가) 오세영, 「그릇 · 1」

갈래	자유시, 서정시	특징	• 수미상관식 구성임
성격	관념적, 철학적		• 인간의 삶을 구체적 사물에 비유함
운율	내재율		• 추상적 관념어를 구사함
주제	사물을 통한 존재론적 의미 고찰		• 일상적 사물인 그릇을 상징적인 의미를 담아 관념적 세계를 표현함

(나) 이성복, 「꽃 피는 시절」

갈래	자유시, 서정시	특징	• 고백적인 어조로 시상을 전개함
성격	고백적, 감각적		• 사물을 의인화하여 표현함
제재	개화로 상징되는 봄의 생명력		• '나'가 '당신'에게 말을 건네는 어조를 사용함
주제	생명의 탄생에 따라오는 필연적인 고통과 개화의 과정		• 개화의 과정과 고통을 비유적으로 표현함

[모범답안]

ⓐ 성숙 / ⓑ 이별

[바른해설]

ⓐ (가)의 '지금'은 베어지기를 기다리는 맨발의 상태임을 드러내고 있다. 그리고 베어진 '상처 깊숙이서 성숙'한다고 하였으므로 성숙을 기대하는 시간이라고 할 수 있다. 그러므로 ⓐ에 들어갈 말은 '성숙'이다.

ⓑ (나)의 '지금'은 아직 '당신'이 화자 속에 있는 시간이지만 곧 화자를 떠날 것을 알기에 다가올 이별에 대한 막막함, 즉 '나는 당신을 어떻게 보내 드려야 할지 모르겠다'고 토로하는 시간이기도 하다. 그러므로 ⓑ에 들어갈 말은 '이별'이다.

[채점기준]

답안	배점	예상 소요 시간
ⓐ 성숙	5점	4분 / 전체 80분
ⓑ 이별	5점	

수학

11 [모범답안]

① $3x^2+4x$

② $-x+2$

③ 2

[채점기준]

답안	배점	예상 소요 시간
함수 $f(x)$의 양변을 x에 관해 미분하면, $f'(x)=3x^2+4x$ 그러므로 ① $=3x^2+4x$	2점	
함수 $y=f(x)$ 위의 점 $(-1, 3)$에서 접선의 기울기는 $f'(-1)$ $=3\times(-1)^2+4\times(-1)$ $=3-4=-1$이므로 접선의 방정식은 $\therefore y=-(x+1)+3$ $=-x+2$ 그러므로 ② $=-x+2$	4점	3분 / 전체 80분
접선의 x절편은 2이고 y절편은 2이므로 구하고자 하는 넓이는 $\frac{1}{2}\times 2\times 2=2$ 그러므로 ③ $=2$	4점	

12 [모범답안]

함수 $f(x)=x^2+4x+k$라 하면,

$f(x)=x^2+4x+k=x^2+4x+4-4+k$

　　$=(x+2)^2-4+k$이므로

함수 $y=f(x)$는 직선 $x=-2$에서 대칭이며, 실수 전체의 집합에서 연속이다.

한편, 닫힌구간 $[-2, 3]$에서 함수 $f(x)$는 증가하므로 열린구간 $(-2, 3)$에서 방정식 $f(x)=0$이 오직 하나의 실근을 가지려면 $f(-2)\times f(3)<0$의 부등식을 만족해야 한다.

이때, $f(-2)=4-8+k=k-4$,

$f(3)=9+12+k=k+21$이므로

$(k-4)(k+21)<0$

$-21<k<4$

따라서 정수 k의 최댓값 $M=3$이고, 최솟값 $m=-20$

$M-m=3+20=23$

[채점기준]

답안	배점	예상 소요 시간
[문제 의미 분석] 함수 $y=f(x)$는 직선 $x=-2$에서 대칭이며, 실수 전체의 집합에서 연속이다. 닫힌구간 $[-2, 3]$에서 함수 $f(x)$는 증가하므로 열린구간 $(-2, 3)$에서 방정식 $f(x)=0$이 오직 하나의 실근을 가지려면 $f(-2)\times f(3)<0$의 부등식을 만족해야 한다. $\therefore f(-2)\times f(3)<0$	4점	
[k의 범위 구하기] $f(-2)=4-8+k=k-4$, $f(3)=9+12+k=k+21$ 이므로 $f(-2)\times f(3)$ $=(k-4)(k+21)<0$ $-21<k<4$	3점	5분 / 전체 80분
$\therefore M=3, m=-20$	2점	
$\therefore M-m=23$	1점	

13 [모범답안]

$\log_{\sqrt{a}}\dfrac{b}{c}=6$에서 $\log_{\sqrt{a}}\dfrac{b}{c}=\log_{a^{\frac{1}{2}}}\dfrac{b}{c}=2\log_a\dfrac{b}{c}$

$\qquad\qquad\qquad\qquad =2(\log_a b-\log_a c)=6$

$\therefore \log_a b-\log_a c=3$ ……㉠

한편, $\log_{\sqrt{a}}bc=2$에서 $\log_{\sqrt{a}}bc=\log_{a^{\frac{1}{2}}}bc=2\log_a bc$

$\qquad\qquad\qquad\qquad =2(\log_a b+\log_a c)=2$

$\therefore \log_a b+\log_a c=1$ ……㉡

두 식 ㉠과 ㉡을 연립하면

$\log_a b=2, b=a^2$

$\log_a c=-1, c=a^{-1}$

따라서 $b^4 c^2=(a^2)^4\times(a^{-1})^2=a^{8-2}=a^6$이므로

$\therefore \log_a b^4 c^2=\log_a a^6=6$

[채점기준]

답안	배점	예상 소요 시간
$\log_{\sqrt{a}}\dfrac{b}{c}$ $=2(\log_a b-\log_a c)=6$ $\therefore \log_a b-\log_a c=3$	3점	3분 / 전체 80분
$\log_{\sqrt{a}}bc$ $=2(\log_a b+\log_a c)=2$ $\therefore \log_a b+\log_a c=1$	3점	
$b=a^2,\, c=a^{-1}$	2점	
$\therefore \log_a b^4 c^2=\log_a a^6=6$	2점	

14 [모범답안]

$f'(x)=2x(3x+1)$에서

$$f(x)=\int f'(x)dx=\int 2x(3x+1)dx$$
$$=\int(6x^2+2x)dx$$
$$=2x^3+x^2+C \text{ (단, } C\text{는 적분상수)}$$

이때 $f(0)=0+0+C=0,\, C=0$

따라서 $f(x)=2x^3+x^2$

$\therefore f(1)=2+1=3$

[채점기준]

답안	배점	예상 소요 시간
$f(x)=\int(6x^2+2x)dx$ $=2x^3+x^2+C$ (단, C는 적분상수)	3점	2분 / 전체 80분
$C=0$	2점	
$f(x)=2x^3+x^2$	2점	
$f(1)=3$	3점	

15 [모범답안]

수열 a_n이 등비수열이므로, 연속된 세 개의 항의 합으로 이루어진 수열 $a_1+a_2+a_3,\, a_4+a_5+a_6,\, a_7+a_8+a_9$도 등비수열을 이룬다.

이때, $a_1+a_2+a_3=S_3=3$,

$a_4+a_5+a_6=S_6-S_3=9-3=6$

이므로 이 등비수열의 공비는 $\dfrac{6}{3}=2$이다.

따라서 $a_7+a_8+a_9=2(a_4+a_5+a_6)$,

$a_7+a_8+a_9=2\times 6=12$

$\therefore S_9=(a_1+a_2+a_3)+(a_4+a_5+a_6)+(a_7+a_8+a_9)$
$=3+3\times 2+3\times 2^2=3+6+12=21$

[채점기준]

답안	배점	예상 소요 시간
[등비수열의 성질 이용] 수열 a_n이 등비수열이므로, 연속된 세 개의 항의 합으로 이루어진 수열 $a_1+a_2+a_3,\, a_4+a_5+a_6,$ $a_7+a_8+a_9$도 등비수열을 이룬다.	3점	4분 / 전체 80분
$a_1+a_2+a_3=S_3=3$, $a_4+a_5+a_6=S_6-S_3$ $=9-3=6$ 이므로 이 등비수열의 공비는 2	3점	
$a_7+a_8+a_9=12$	2점	
$\therefore S_9=21$	2점	

제4회 실전모의고사

01 [모범답안]
ⓐ 실체설
ⓑ 과정설
ⓒ 실체설
ⓓ 과정설

[바른해설]
ⓐ [A]에서 광의의 개념으로서 공익은 사회 전반의 이익을 의미하는데 여기에는 정의, 형평 등 가치적인 요소도 포함이 된다고 하였다. 〈보기 1〉의 실체설에서는 공익이 선험적으로 존재한다고 전제하며 공공선, 평등, 정의 등을 공익으로 취급한다고 하였다. 따라서 [A]에서 언급된 광의의 개념으로서 공익이 포함하는 가치적 요소는 실체설에서 취급하고 있는 공익이라 할 수 있으며 선험적으로 존재하는 것으로 전제한다고 볼 수 있다.
ⓑ [A]에서 제시한 협의의 개념으로서의 공익은 경제적 이익을 의미한다고 하였다. 이는 공공복리의 의미로서 사회 구성원들에게 구체적으로 귀속되는 이익이라고 하였다. 〈보기 1〉의 과정설은 사익을 초월한 별도의 공익이란 존재할 수 없으며 공익은 사익의 총합으로 볼 수 있다고 하였다.
ⓒ [A]에서 공익은 특정한 개인이나 집단의 이익이 아닌 사회 전반의 이익을 추구한다는 점에서 공공성과 밀접한 개념이라고 하였다. 〈보기 1〉에서 실체설은 공동체를 그 자체의 공공의지와 집단적 속성을 지닌 하나의 실체로 본다고 하였다. 그리고 공익은 사익을 초월한 별도의 실체적 개념으로 존재한다고 보았다.
ⓓ [A]에서 공공복리는 사회 공동체의 구성원들에게 구체적으로 귀속 되는 이익이며 공개적 차원에서 확인되는 이익으로서의 공익이다. 〈보기 1〉에서 과정설은 상충되는 이익을 가진 집단들이 상호 조정을 거쳐 균형 상태의 결론에 도달할 때 공익이 실현된다고 보았다.

[채점기준]

답안	배점	예상 소요 시간
ⓐ 실체설	2점	
ⓑ 과정설	2점	5분 / 전체 80분
ⓒ 실체설	3점	
ⓓ 과정설	3점	

02 [모범답안]
접근성

[바른해설]
제시문에 따르면 공공성을 구성하는 하위 개념으로는 '국가 또는 정부와 관계된 것', '공익', '접근성'의 세 가지가 있다. 이 중에 '알 권리의 보장'과 관련된 개념은 4문단에 서술되어 있는 '접근성'이다. 특히 알 권리의 보장은 단순히 정보를 사회 구성원들에게 공지하는 차원을 넘어서 사회 구성원들이 정보와 관련된 공적인 문제에 대하여 고찰할 수 있는 계기를 제공한다는 점에서 매우 중요한 것이라고 하였다.

[채점기준]

답안	배점	예상 소요 시간
접근성	10점	3분 / 전체 80분

03 [모범답안]
인간에게는 다른 사람을 능가하여 인정받고 싶은 심리가 있기 때문이다.

[바른해설]
제시문에 따르면 역사학자 요한 하위징아는 놀이하는 것은 인간이 하는 행위의 가장 큰 특성이며, 이 놀이하는 인간의 특성은 경쟁 본능과 밀접하게 연결되어 있다고 말한다. 그리고 인간에게는 이기고 싶은 욕구가 있는데, 이것은 다른 사람을 능가하여 최고가 되고, 이를 인정받고 싶은 심리를 기반으로 한다고 설명하고 있다. 그러므로 우리가 어려서부터 해 온 놀이와 오락도 경쟁을 할 때 더 재미가 있는 이유는 인간에게는 다른 사람을 능가하여 인정받고 싶은 심리가 있기 때문이다.

[채점기준]

답안	배점	예상 소요 시간
인간에게는 다른 사람을 능가하여 인정받고 싶은 심리가 있기 때문이다.	10점	5분 / 전체 80분

04 [모범답안]
ⓐ 인간의 본성
ⓑ 자본주의 경제의 기본 원리

[바른해설]

ⓐ 인간을 공격적이고 이기적인 존재로 보았던 영국의 철학자 토머스 홉스는 경쟁심은 인간이 필요한 무엇인가를 얻기 위해 다른 사람과 투쟁하도록 만드는 '인간의 본성'이며 따라서 경쟁을 부정하는 것이 아니라 경쟁의 긍정적인 힘을 배우고 활용하는 지혜가 필요하다고 하였다.

ⓑ 제시문에 따르면 '자본주의 경제의 기본 원리'는 자유 경쟁이며, 경제학자 애덤 스미스는 이러한 자본주의 경제 원리의 토대를 만들었다. 애덤 스미스는 인간의 이기심이 사회를 발전시킨다는 신념을 바탕으로 자유 경쟁의 원리를 주장하였는데, 인간의 이기심을 통제하기보다 오히려 경쟁을 통해 인간의 이기심을 활용하는 것이 개인의 행복과 사회 전체의 이익을 동시에 달성하는 길이라고 하였다.

[채점기준]

답안	배점	예상 소요 시간
ⓐ 인간의 본성	5점	5분 / 전체 80분
ⓑ 자본주의 경제의 기본 원리	5점	

[05~06]

갈래	단편 소설, 우화 소설	특징	• 개구리를 의인화하는 우화 수법을 이용하여 풍자의 효과를 강화함 • 그리스 신화를 활용하여 독자에게 내용 전달을 효과적으로 함 • 상징적 소재를 사용하여 인간의 무지와 과도한 욕망을 효과적으로 형상화하고 비판함
성격	교훈적, 풍자적, 우화적		
배경	인간 세계를 떠난 신화와 동물의 세계		
주제	인간의 무지와 과도한 욕망 비판		

05 [모범답안]

자유의 소중함

[바른해설]

개구리들이 자신들의 무질서를 이유로 제우스에게 임금을 내려줄 것을 간청하자 제우스는 '너희들같이 어리석은 자의 눈에는 무질서로 보이리라'하며 개구리들에게 '자유의 소중함'을 일깨워주려 한다. 또한 '이 땅 위에서 가장 행복한 것은 바로 너희들이니'라고 하며 개구리들이 자유를 누리며 살고 있음을 지적한다.

[채점기준]

답안	배점	예상 소요 시간
자유의 소중함	10점	5분 / 전체 80분

06 [모범답안]

ⓐ 인간의 과도한 욕망

ⓑ 인간의 조작

[바른해설]

ⓐ "이 땅 위에 가장 행복한 것은 바로 너희들이니 돌아가 이 뜻을 뭇 개구리에게 선포하고 아예 어리석은 생각은 말라고 하여라."라는 제우스의 말에서 알 수 있듯이, 현실의 문제가 '인간들의 과도한 욕망'에서 비롯된 것임을 의인화를 통해 제시하고 있다.

ⓑ "너희들같이 어리석은 자의 눈에는 무질서로 보이리라. 그러나 그 뒤에는 더 높은 질서가 있다."라는 제우스의 말에서 알 수 있듯이, 제우스가 보기에 개구리 사회는 더 높은 질서에 의해 문제없이 유지되고 있다. 그런데 개구리들은 새로운 질서를 원하고 있다. 이에 대해 제우스는 "아아, 의식이 비극이여, 너는 조작을 쉬지 못하고, 조작하면 반드시 이루어지나니 낸들 어찌하랴! 의식에는 이미 불행의 씨가 깃들었거든……."이라는 말을 통해 개구리들이 보존되어야 할 가치인 더 높은 질서를 조작을 통해 훼손하려 한다고 비판한다. 이는 보존되어야 할 가치를 '인간의 조작'에 의해 훼손하는 행위에 대해 비판적인 시선을 드러낸 것이라고 볼 수 있다.

[채점기준]

답안	배점	예상 소요 시간
ⓐ 인간의 과도한 욕망	5점	5분 / 전체 80분
ⓑ 인간의 조작	5점	

[07~09]

갈래	단편 소설, 성장 소설	특징	• 어른이 된 서술자가 과거의 일을 회상하는 형식으로 내용을 전개함 • 현재와 과거를 넘나드는 역순행적 방식을 취함
성격	회고적, 낭만적		
제재	세상에 단 한 권뿐인 시집		
주제	• 청소년기의 아름답고 순수한 사랑 • 자신에게 의미가 있는 삶의 방식을 발견하고 그것을 가꾸어 나가는 자세		

07 [모범답안]
시집

[바른해설]
소설가인 '나'는 어느 날 고등학교 때 '나'가 좋아했던 현아의 전화를 받고 그녀를 만난다. 그녀는 당시 '나'가 친구를 통해 현아에게 주었던 시집을 내놓았고, '나'는 그 시집을 보고 현아를 사랑했던 과거의 기억을 떠올리게 된다. 그러므로 시집은 현재의 '나'와 과거의 기억을 연결해 주는 매개물이라고 할 수 있다.

[채점기준]

답안	배점	예상 소요 시간
시집	10점	3분 / 전체 80분

08 [모범답안]
실연의 아픔

[바른해설]
윗글에서 '나'가 준 시집에 현아로부터 아무런 반응이 없자 현아가 '나'를 좋아하지 않는다는 생각에 '나'는 시를 더 이상 쓸 수가 없게 되고 다시 대학을 생각한다. 그러므로 위의 작품에서 ⓐ의 '몹시 추운 겨울'은 사랑의 실패로 인해 '나'가 겪는 '실연의 아픔'을 의미한다.

[채점기준]

답안	배점	예상 소요 시간
실연의 아픔	10점	4분 / 전체 80분

09 [모범답안]
글을 쓰는 것

[바른해설]
'나'는 고교 시절에는 공부 기계가 되는 것을 거부하다 글을 쓰게 되었고, 직장 시절에는 돈 세는 기계가 되는 것을 거부하여 글을 다시 쓰게 되었다. 그러므로 주인공인 '나'가 자신의 처지에 대한 부정적인 인식에서 벗어나 이를 극복하고자 했던 행위는 '글을 쓰는 것'이다.

[채점기준]

답안	배점	예상 소요 시간
글을 쓰는 것	10점	5분 / 전체 80분

10

갈래	평시조, 연시조	특징	• 대구법, 반복법, 원근법 등 다양한 표현법 사용
성격	풍류적, 전원적, 자연친화적		• 우리말의 묘미를 잘 살림
제재	어촌의 자연과 어부의 삶		• 여음구와 후렴구가 규칙적으로 등장하여 작품에 흥을 돋우고 사실감을 줌
주제	계절에 따라 펼쳐지는 자연의 모습과 어부의 흥취		• 선명한 색채 대비

[모범답안]
ⓐ 〈춘 1〉 / ⓑ 〈하 3〉 / ⓒ 〈추 4〉

[바른해설]
ⓐ 〈춘 1〉의 '앞 개에 안개 걷고 뒤 뫼에 해 비친다'는 앞 구절과 뒤 구절이 대구를 이루고 있으며, 시간이 흘러 안개가 사라지고 햇빛이 비치는 상황이 되었음을 제시하고 있다. 이를 통해 배를 띄워서 탈 수 있는 조건이 갖추어졌음을 알 수 있다.
ⓑ 〈하 3〉의 '봉창이 서늘코야'에서는 촉각적 이미지를 활용하여 배의 창문을 통해 들어오는 가을바람의 서늘함을 현장감 있게 표현하고 있다.
ⓒ 〈추 4〉의 천산이 금수ㅣ로다'에서 '금수'는 수를 놓은 비단이라는 의미로, 가을 산의 단풍을 비유한 소재이다. 이를 통해 자연의 아름다운 풍경을 묘사하고 있다.

[채점기준]

답안	배점	예상 소요 시간
ⓐ 〈춘 1〉	3점	4분 / 전체 80분
ⓑ 〈하 3〉	3점	
ⓒ 〈추 4〉	4점	

수학

11 [모범답안]
① 1
② $-\cos x^2 - 4\cos x + 4$
③ 7
④ -1

[채점기준]

답안	배점	예상 소요 시간
$\sin^2 x+\cos^2 x=1$ 그러므로 ① $=1$	2점	
$y=\sin^2 x-4\cos x+3$을 $\cos x$에 관한 함수로 변형하면, $y=(1-\cos^2 x)-4\cos x+3$, $y=-\cos^2 x-4\cos x+4$ 그러므로 ② $=-\cos x^2-4\cos x+4$	2점	5분 / 전체 80분
$\cos x=t$라고 하면 $(-1\leq t\leq 1)$ $y=-t^2-4t+4$ $\quad=-(t^2+4t+4)+8$ $\quad=-(t+2)^2+8$ 위의 함수는 $t=-1$일 때 최댓값 $M=7$을 갖는다. 그러므로 ③ $=7$	3점	
또한, $t=1$일 때 최솟값 $N=-1$을 갖는다. 그러므로 ④ $=-1$	3점	

12 [모범답안]

함수 $y=-x^3+6tx^2-2tx$에서
$$y'=-3x^2+12tx-2t$$
$$\quad=-3(x^2-4tx+4t^2)+12t^2-2t$$
$$\quad=-3(x-2t)^2+12t^2-2t$$
함수 $y=-x^3+6tx^2-2tx$에 접하는 직선의 기울기는
$x=2t$일 때, 최댓값 $12t^2-2t$를 갖는다.
이때, 접점의 좌표는 $(2t,\,16t^3-4t^2)$이므로
접선의 방정식은
$$y=(12t^2-2t)(x-2t)+16t^3-4t^2$$
$$\quad=(12t^2-2t)x-8t^3$$
이 직선의 y절편은 $-8t^3$이므로 $h(t)=-8t^3$
$$\therefore h(-1)=8$$

[채점기준]

답안	배점	예상 소요 시간
[접선의 기울기의 최댓값 찾기] $y'=-3x^2+12tx-2t$ $\quad=-3(x^2-$ $4tx+4t^2)+12t^2-2t$ $\quad=-3(x-2t)^2+12t^2-2t$ 따라서 함수 $y=-x^3+6tx^2-2tx$에 접하는 직선의 기울기는 $x=2t$일 때, 최댓값 $12t^2-2t$ 를 갖는다.	3점	
[직선의 방정식 구하기] 주어진 곡선에서 접하는 접점 의 좌표는 $(2t,\,16t^3-4t^2)$이 므로 접선의 방정식은 $y=(12t^2-2t)$ $(x-2t)+16t^3-4t^2$, $y=(12t^2-2t)x-8t^3$	3점	5분 / 전체 80분
[$h(t)$ 구하기] 위에서 구한 접선의 방정식의 y절편은 $-8t^3$이므로 $\therefore h(t)=-8t^3$	2점	
$\therefore h(-1)=8$	2점	

13 [모범답안]

함수 $y=a^{2x-1}-\dfrac{1}{4}$에서 $x=0$일 때, $y=\dfrac{1}{a}-\dfrac{1}{4}$이다.

주어진 함수가 제4사분면을 지나지 않기 위해서는

$\dfrac{1}{a}-\dfrac{1}{4}\geq 0$의 조건을 만족시켜야 하므로

$\dfrac{1}{a}-\dfrac{1}{4}\geq 0,\ \dfrac{1}{a}\geq\dfrac{1}{4}$

$\therefore a\leq 4$

따라서 양의 정수 a의 최댓값은 4이다.

[채점기준]

답안	배점	예상 소요 시간
함수 $y=a^{2x-1}-\dfrac{1}{4}$에서 $x=0$일 때, $y=\dfrac{1}{a}-\dfrac{1}{4}$	3점	2분 / 전체 80분

답안	배점	예상 소요 시간
주어진 함수가 제4사분면을 지나지 않기 위한 조건은 $\therefore \dfrac{1}{a}-\dfrac{1}{4}\geq 0$	4점	2분 / 전체 80분
따라서 양의 정수 a의 최댓값은 $\therefore a=4$	3점	

14 [모범답안]

$f(x+2)=f(x)+4$에서 $f(x)=f(x+2)-4$이므로

$$\int_0^2 f(x)dx=\int_0^2 \{f(x+2)-4\}dx$$
$$=\int_0^2 f(x+2)dx-\int_0^2 4dx$$
$$=\int_2^4 f(x)dx-8$$
$$\therefore \int_2^4 f(x)dx=\int_0^2 f(x)dx+8$$
$$\int_0^4 f(x)dx=\int_0^2 f(x)dx+\int_2^4 f(x)dx$$
$$=\int_0^2 f(x)dx+\left(\int_0^2 f(x)dx+8\right)$$
$$=2\int_0^2 f(x)dx+8=20$$
$$2\int_0^2 f(x)dx=12,\ \int_0^2 f(x)dx=6$$

[채점기준]

답안	배점	예상 소요 시간
$[f(x+2)=f(x)+4$를 이용하여 $\int_0^2 f(x)dx$의 식 변형] $\int_0^2 f(x)dx$ $=\int_0^2 \{f(x+2)-4\}dx$ $=\int_0^2 f(x+2)dx-\int_0^2 4dx$ $=\int_2^4 f(x)dx-8$	3점	3분 / 전체 80분
$\int_0^4 f(x)dx=\int_0^2 f(x)dx+\left(\int_0^2 f(x)dx+8\right)$	3점	
$\int_0^2 f(x)dx=6$	4점	

15 [모범답안]

등차수열의 첫째항을 a_1, 공차를 d라고 하면,

$$a_n=a_1+(n-1)d$$

이때, $a_{2n}=a_1+(2n-1)d$, $a_{2n-1}=a_1+(2n-2)d$

이므로

$$a_{2n}-a_{2n-1}$$
$$=\{a_1+(2n-1)d\}-\{a_1+(2n-2)d\}=d$$

따라서 $\displaystyle\sum_{n=1}^{1020}(a_{2n})=4080+\sum_{n=1}^{1020}(a_{2n-1})$에서

$$\sum_{n=1}^{1020}\{(a_{2n})-(a_{2n-1})\}=\sum_{n=1}^{1020}d=1020d=4080$$

$$\therefore d=4$$

따라서 $a_n=a_1+(n-1)d=3+4(n-1)=4n-1$

이므로

$$\therefore a_9=4\times 9-1=35$$

[채점기준]

답안	배점	예상 소요 시간
[등차수열의 일반항 a_n으로부터 a_{2n}, a_{2n-1} 찾기] 등차수열의 첫째항을 a_1, 공차를 d라고 하면, $a_n=a_1+(n-1)d$ 이때, $a_{2n}=a_1+(2n-1)d$, $a_{2n-1}=a_1+(2n-2)d$	3점	4분 / 전체 80분
[위에서 찾은 a_{2n}, a_{2n-1}을 이용하여 공차 d 구하기] $\displaystyle\sum_{n=1}^{1020}(a_{2n})$ $=4080+\sum_{n=1}^{1020}(a_{2n-1})$에서 $\displaystyle\sum_{n=1}^{1020}\{(a_{2n})-(a_{2n-1})\}$ $=\sum_{n=1}^{1020}d$ $=1020d$ $=4080$ $\therefore d=4$	3점	
[일반항 a_n 구하기] $a_n=a_1+(n-1)d$ $=3+4(n-1)$ $=4n-1$	2점	
$\therefore a_9=35$	2점	

PART 1 기출문제

PART 2 실전모의고사

PART 3 정답 및 해설

제5회 실전모의고사

국어

01 [모범답안]

ⓐ 재생적 상상력

ⓑ 창조적 상상력

[바른해설]

ⓐ 제시문에 따르면 '재생적 상상력'은 개념을 이해하고 확인하는 것으로, 머릿속에 꽃의 도식을 떠올리는 것이다. 그러므로 장미꽃의 개념과 맞는 도식을 머릿속에 떠올리는 것은 '재생적 상상력'에 해당한다.

ⓑ 제시문에 따르면 '창조적 상상력'은 개념에 구애받지 않는 것으로, 예술가들이 사물의 개념에 의문을 품고 개념과 연결하기 어려운 낯선 도식으로 작품을 표현한 것에 해당한다. 그러므로 기존의 원근법을 무시하고 산과 마을의 풍경을 하나의 덩어리로 표현한 입체파 화가의 그림은 '창조적 상상력'이 발휘된 것이다.

[채점기준]

답안	배점	예상 소요 시간
ⓐ 재생적 상상력	5점	5분 / 전체 80분
ⓑ 창조적 상상력	5점	

02 [모범답안]

ⓐ 차이

ⓑ 차이 자체

ⓒ 차이 자체

[바른해설]

ⓐ '어린 왕자'가 길들여지기 전의 여우와 정원에 있는 장미꽃들을 다른 종과 구분할 수 있는 것은 개념적 '차이'를 알고 있는 것을 뜻한다.

ⓑ 〈보기 1〉에서 길들여지기 전의 여우가 다른 여우들과 다를 바가 없다고 하였고, 정원의 장미꽃들도 똑같다고 하였다. 이들은 어린 왕자가 개별적 존재의 특성, 즉 '차이 자체'를 발견하지 못했다는 점에서 공통점이 있는 대상이다.

ⓒ '어린 왕자'가 길들인 후의 여우를 '세상에서 하나밖에 없는 여우'라고 말하는 이유는 다른 여우들과 다른, 특별하고 독자적인 존재로 파악했기 때문이다. 이는 다른 여우들과의 개념적 '차이 자체'를 파악하게 되었기 때문이다.

[채점기준]

답안	배점	예상 소요 시간
ⓐ 차이	3점	
ⓑ 차이 자체	3점	5분 / 전체 80분
ⓒ 차이 자체	4점	

03 [모범답안]

스웨덴의 권력 거리 지수가 프랑스보다 낮았기 때문이다.

[바른해설]

베르나도트 장군은 프랑스인으로, 프랑스의 군대에서는 상관의 실수에 부하가 웃는 일은 상상조차 할 수 없다. 그러나 스웨덴에서는 한 나라의 최고 권력자라고 할 수 있는 국왕에 대해서 그다지 두려움을 느끼지 않는다. 이는 스웨덴의 권력 거리 지수가 프랑스보다 낮았기 때문이다.

[채점기준]

답안	배점	예상 소요 시간
스웨덴의 권력 거리 지수가 프랑스보다 낮았기 때문이다.	10점	5분 / 전체 80분

04 [모범답안]

ⓐ 낮다 / 높다

ⓑ 가깝다 / 멀다

ⓒ 쉽다 / 어렵다

[바른해설]

ⓐ 제시문에 따르면 권력 거리 지수가 작은 경우에는 부하 직원이 상사에게 일방적으로 의존하는 정도가 낮으며, 큰 경우에는 부하 직원이 상사에게 의존하는 정도가 높다.

ⓑ 제시문에 따르면 권력 거리 지수가 작은 경우에는 상사와 부하 직원 간의 감정적 거리가 비교적 가까운 편이나, 큰 경우에는 상사와 부하 간의 심리적 거리가 멀다.

ⓒ 제시문에 따르면 권력 거리 지수가 작은 경우에는 부하 직원은 상사에게 쉽게 접근해서 반대 의견을 낼 수 있으나, 큰 경우에는 부하 직원이 직접 상사에게 다가가서 반대 의견을 내놓는 일이 좀처럼 드물다.

[채점기준]

답안	배점	예상 소요 시간
ⓐ 낮다 / 높다	4점	
ⓑ 가깝다 / 멀다	3점	5분 / 전체 80분
ⓒ 쉽다 / 어렵다	3점	

[05~06]

갈래	고전 수필, 기행 수필, 한문 수필	
성격	독창적, 사색적, 논리적, 교훈적, 설득적	특징
제재	광활한 요동 벌판	
주제	광활한 요동 벌판에서 느낀 감회와 생각	

- 일반적인 통념을 깨뜨리는 작가의 참신한 발상이 돋보임
- 문답에 의한 구성 방식을 통해 작가의 주장을 논리적으로 전개함
- 적절한 비유와 구체적인 예시를 통해 대상을 실감나게 표현함

05 **[모범답안]**

백탑이 현신 합신다 아뢰오!

[바른해설]

윗글에서 "백탑이 현신 합신다 아뢰오!"는 무생물인 '백탑'이 행동의 주체가 되어 탑을 보러 오는 사람을 오히려 영접하러 나가는 것처럼 의인화하여 표현한 것으로, 정 진사의 마부인 태복이의 흥겨운 감정이 느껴진다.

[채점기준]

답안	배점	예상 소요 시간
백탑이 현신 합신다 아뢰오!	10점	3분 / 전체 80분

06 **[모범답안]**

가식 없는 갓난아이의 울음소리

[바른해설]

통곡하기에 좋은 장소인 하늘과 땅 사이에 시야가 탁 트인 드넓은 요동 벌판에서, 박지원은 태중에 있을 적에 막에 싸여 어둠 속에 갇힌 갓난아이가 하루아침에 텅 비고 드넓은 데로 솟구쳐 나와 손을 펴고 다리를 뻗게 되며 정신이 시원스레 트일 때 나오는 참된 목소리, 즉 '가식 없는 갓난아이의 울음소리'를 본받아 통곡할 것을 주문한다.

[채점기준]

답안	배점	예상 소요 시간
가식 없는 갓난아이의 울음소리	10점	5분 / 전체 80분

[07~09]

갈래	현대 희곡, 부조리극	
성격	반사실적, 서사적, 풍자적, 실험적	특징
제재	어느 중년 교수의 일상	
주제	인간성을 상실한 현대인의 기계적인 삶에 대한 풍자	

- 특별한 사건 전개나 뚜렷한 갈등 양상이 없음
- 무대 장치, 소도구, 인물의 대사나 행동 등이 희극적으로 과장하여 표현됨

07 **[모범답안]**

부조리한 현대 사회의 모습

[바른해설]

[A]는 3년 전 신문의 내용이고 [B]는 오늘의 신문 내용인데, 두 신문의 내용이 동일한 것은 현대인의 무의미한 일상의 반복을 의미한다. 또한 두 살 난 애가 자기 아비를 죽인 것과 지프차가 동대문을 들이받아 동대문이 무너지는 것 등은 비정상적인 사건들이다. 이러한 무의미한 일상의 반복과 비정상적인 사건들을 통해 '부조리한 현대 사회의 모습'을 묘사하고 있다.

[채점기준]

답안	배점	예상 소요 시간
부조리한 현대 사회의 모습	10점	5분 / 전체 80분

08 **[모범답안]**

ⓐ 원고지

ⓑ 철쇄(쇠사슬)

ⓒ 신문

[바른해설]

ⓐ 교수가 규격화된 틀 속에서 무의미하게 일상을 보내고 있음을 풍자하는 소재는 '원고지'로 교수가 집필에 얽매여 있음을 희극적으로 표현하는데 사용된다.

ⓑ 교수에게 부여된 사회와 가정으로부터의 구속과 책임을 상징하는 소재는 '철쇄(쇠사슬)'로 교수의 과중한 업무가 집에서도 계속되고 있음을 풍자한다.

ⓒ 반복되는 일상의 모습과 비정상적인 사회의 단면을 보여주는 소재는 '신문'으로, 교수가 갖고 있는 노동의 중압감을 상징한다.

[채점기준]

답안	배점	예상 소요 시간
ⓐ 원고지	4점	
ⓑ 철쇄(쇠사슬)	4점	5분 / 전체 80분
ⓒ 신문	2점	

09 [모범답안]

ⓐ 비이성적 인물

ⓑ 허구적 과장

ⓒ 희극적 형상화

ⓓ 의사소통의 혼란

[바른해설]

ⓐ 낮과 밤조차 구분하지 못하는 교수의 모습은 정상적이지 못한 '비이성적 인물'로 이해할 수 있다.

ⓑ 철쇄를 마치 옷처럼 입는 것은 현실에서는 일어나기 어려운 행동으로, '허구적 과장'을 통해 부조리를 표현한 것이다.

ⓒ 교수의 처가 말하는 생일의 주인공들은 굳이 챙길 필요가 없는 인물들로, 관객들에게 웃음을 주기 위한 '희극적 형상화'의 대상들이다.

ⓓ 교수의 처가 말도 안 되는 인물들의 생일까지 챙기면서 교수에게 돈을 요구하거나 공부와 번역을 혼동하여 말하는 등 교수와 처 사이의 파편적이고 어색한 대화는 비정상적인 '의사소통의 혼란'을 보여주고 있다.

[채점기준]

답안	배점	예상 소요 시간
ⓐ 비이성적 인물	3점	
ⓑ 허구적 과장	2점	5분 / 전체 80분
ⓒ 희극적 형상화	3점	
ⓓ 의사소통의 혼란	2점	

10

갈래	고전 소설, 국문 소설, 판소리계 소설	특징	• 선악의 대립구조와 모방담 구조
성격	풍자적, 해학적, 교훈적		• 비극적 상황을 웃음으로 극복함
시점	전지적 작가 시점		• 서민적인 등장인물과 토속적 어휘 및 과장된 표현 사용
주제	형제간의 우애와 권선징악		

[모범답안]

ⓐ 수수깡(한 뭇)

ⓑ 박 (한 통)

[바른해설]

ⓐ [A]에서 '수수깡 한 뭇'은 제대로 된 집을 갖추지 못하고 열악한 주거 환경에서 살아가는 흥부의 처지를 보여 주는 소재에 해당한다.

ⓑ [B]에서 '박 한 통'은 제비의 다리를 고쳐 준 흥부가 그에 대한 보답을 받아 일확천금을 얻게 되는 상황 반전의 계기를 보여 주는 소재에 해당한다.

[채점기준]

답안	배점	예상 소요 시간
ⓐ 수수깡 (한 뭇)	5점	4분 / 전체 80분
ⓑ 박 (한 통)	5점	

수학

11 [모범답안]

① 6

② 8

③ 12

[채점기준]

답안	배점	예상 소요 시간
t에 관한 방정식 $t^2-6t+8=0$에서 두 근의 합은 6이다. 그러므로 ① =6	3점	
t에 관한 방정식 $t^2-6t+8=0$에서 두 근의 곱은 8이다. 그러므로 ② =8	3점	2분 / 전체 80분
$\dfrac{8^\alpha+8^\beta}{2^\alpha+2^\beta}=$ $\dfrac{(2^\alpha+2^\beta)^3-3\times2^\alpha\times2^\beta(2^\alpha+2^\beta)}{2^\alpha+2^\beta}$ $=\dfrac{6^3-3\times8\times6}{6}$ $=6^2-3\times8=36-24=12$ 그러므로 ③ =12	4점	

12 [모범답안]

다항함수 $f(x)$가 닫힌구간 $[0, 3]$에서 연속이고 열린구간 $(0, 3)$에서 미분가능하다.

따라서 평균값 정리를 이용하면,

$$\frac{f(3)-f(0)}{3-0}=f'(c)\ (0<c<3)$$

의 값을 만족하는 상수 c가 열린구간 $(0, 3)$에 적어도 하나 존재한다.

이때, 조건 (가)를 이용하면

$$\frac{f(3)-f(0)}{3-0}=\frac{f(3)-3}{3}=f'(c)\ (0<c<3)$$

한편, 조건 (나)에서 모든 실수 x에 대하여

$$|f'(x)|\leq 1$$이므로

$$|f'(c)|\leq 1$$

이때 $f'(c)=\dfrac{f(3)-3}{3}$이므로

$$\left|\frac{f(3)-3}{3}\right|\leq 1,\ -3\leq f(3)-3\leq 3$$

$$\therefore\ 0\leq f(3)\leq 6$$

따라서 $f(3)$의 최댓값 $M=6$, 최솟값 $m=0$이므로

$$\therefore\ M-m=6$$

[채점기준]

답안	배점	예상 소요 시간
[평균값 정리를 이용하여 $f'(c)$ 구하기] 다항함수 $f(x)$가 닫힌구간 $[0, 3]$에서 연속이고 열린구간 $(0, 3)$에서 미분가능 하므로 평균값 정리를 이용하면, $\dfrac{f(3)-f(0)}{3-0}=\dfrac{f(3)-3}{3}$ $=f'(c)$ $(0<c<3)$ (단, c 이외의 다른 상수로 변환한 경우에도 배점처리)	4점	5분 / 전체 80분
[조건 (나)를 이용하여 $f(3)$의 범위 찾기] 조건 (나)에서 모든 실수 x에 대하여 $|f'(x)|\leq 1$이므로 $|f'(c)|\leq 1$이다. 이때, $f'(c)=\dfrac{f(3)-3}{3}$이므로	4점	
$\left|\dfrac{f(3)-3}{3}\right|\leq 1,$ $-3\leq f(3)-3\leq 3$ $\therefore\ 0\leq f(3)\leq 6$		
$f(3)$의 최댓값은 $M=6$, 최솟값은 $m=0$	1점	
$\therefore\ M-m=6$	1점	

13 [모범답안]

$a_{10}+a_{20}+a_{30}+a_{40}=60$에서

a_{10}, a_{40}의 등차중항과 a_{20}, a_{30}의 등차중항이 a_{25}로 같으므로,

$$a_{10}+a_{20}+a_{30}+a_{40}=(a_{10}+a_{40})+(a_{20}+a_{30})$$
$$=2a_{25}+2a_{25}=4a_{25}=60$$

$$\therefore\ a_{25}=15$$

한편,

$$a_1+a_2+a_3+\cdots+a_{49}$$
$$=(a_1+a_{49})+(a_2+a_{48})+(a_3+a_{47})$$
$$+\cdots+(a_{24}+a_{26})+(a_{25})$$
$$=(2a_{25})\times 24+a_{25}=49a_{25}$$

$$\therefore\ 49a_{25}=49\times 15=735$$

[채점기준]

답안	배점	예상 소요 시간
$a_{10}+a_{20}+a_{30}+a_{40}=60$에서 a_{10}, a_{40}의 등차중항과 $a_{20},$ a_{30}의 등차중항이 a_{25}로 같다. $\therefore\ a_{25}=15$	4점	3분 / 전체 80분
$a_1+a_2+a_3+\cdots+a_{49}$ $=(2a_{25})\times 24+a_{25}=49a_{25}$	4점	
$49a_{25}=49\times 15=735$	2점	

14 [모범답안]

함수 $y=x^4-6x^3+9x^2=x^2(x-3)^2$이므로 그래프의 개형은 다음과 같다.

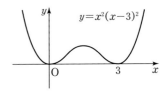

따라서 구하고자 하는 넓이는

$$\int_0^3 |x^4 - 6x^3 + 9x^2| \, dx$$

$$= \int_0^3 (x^4 - 6x^3 + 9x^2) \, dx$$

$$= \left[\frac{1}{5}x^5 - \frac{3}{2}x^4 + 3x^3 \right]_0^3$$

$$= \frac{1}{5} \times 3^5 - \frac{3}{2} \times 3^4 + 3^4$$

$$= \frac{243}{5} - \frac{243}{2} + 81 = 81\left(\frac{3}{5} - \frac{3}{2} + 1 \right)$$

$$= 81 \times \frac{6 - 15 + 10}{10} = \frac{81}{10}$$

$$\therefore \frac{81}{10}$$

[채점기준]

답안	배점	예상 소요 시간
$y = x^4 - 6x^3 + 9x^2$ $= x^2(x-3)^2$의 그래프의 개형	2점	
$\int_0^3 |x^4 - 6x^3 + 9x^2| \, dx$ $= \int_0^3 (x^4 - 6x^3 + 9x^2) \, dx$	3점	4분 / 전체 80분
$\left[\frac{1}{5}x^5 - \frac{3}{2}x^4 + 3x^3 \right]_0^3$ $= \frac{1}{5} \times 3^5 - \frac{3}{2} \times 3^4 + 3^4$	3점	
구하고자 하는 넓이는 $\frac{81}{10}$	2점	

15 [모범답안]

$\triangle ABC$의 변의 길이가 각각 $a=4$, $b=4$, $c=2$이므로 코사인법칙에 의해

$$\therefore \cos A = \frac{b^2 + c^2 - a^2}{2bc} = \frac{4^2 + 2^2 - 4^2}{2 \times 4 \times 2} = \frac{4}{16} = \frac{1}{4}$$

한편, $\sin^2 A + \cos^2 A = 1$이므로

$$\sin^2 A = 1 - \cos^2 A = 1 - \frac{1}{16} = \frac{15}{16}$$

$$\therefore \sin A = \sqrt{\frac{15}{16}} = \frac{\sqrt{15}}{4}$$

따라서 $\triangle ABC$의 넓이는

$$\frac{1}{2} \times b \times c \times \sin A = \frac{1}{2} \times 4 \times 2 \times \frac{\sqrt{15}}{4} = \sqrt{15}$$

[채점기준]

답안	배점	예상 소요 시간
[세 변의 길이를 이용하여 $\cos A$의 값 구하기] $\cos A = \frac{b^2 + c^2 - a^2}{2bc}$ $= \frac{4^2 + 2^2 - 4^2}{2 \times 4 \times 2}$ $= \frac{4}{16} = \frac{1}{4}$	4점	
[$\sin^2 A + \cos^2 A = 1$를 이용하여 $\sin A$의 값 구하기] $\sin^2 A + \cos^2 A = 1$이므로 $\sin^2 A = 1 - \cos^2 A$ $= 1 - \frac{1}{16} = \frac{15}{16}$ $\therefore \sin A = \sqrt{\frac{15}{16}} = \frac{\sqrt{15}}{4}$	4점	3분 / 전체 80분
[$\triangle ABC$의 넓이 구하기] $\therefore \frac{1}{2} \times b \times c \times \sin A$ $= \frac{1}{2} \times 4 \times 2 \times \frac{\sqrt{15}}{4} = \sqrt{15}$	2점	